不存在的受害者

SIMON TOYNE

How do you catch a killer if the victim doesn't exist?

DARK OBJECTS

A NOVEL

U0538936

賽門・托恩 著
顏湘如 譯

獻給我的父母，感謝他們在書香四溢的屋裡撫養我長大

一、米勒宅第

1

星期一早上。七點半。

希莉亞．巴恩斯打開米勒宅第的門鎖，這將會是最後一次。將粗短的安全鑰匙插入鎖孔時，她並不知道在短短數小時後，這鑰匙將會與屋內其他幾樣物品一同裝袋、登錄，成為一起命案偵查的證物。

但是他知道。

他從後照鏡注視她，看著她轉動鑰匙，看著她倚靠在厚重的門上將門打開。他盡可能把車停在山坡底下最近的地方，既不違停，又能避開裝設在大門高處，時時刻刻緊盯不放的兩部監視器。

沿著史溫巷有一道被煤煙染黑的圍牆，其中嵌著一段高出一倍的磚牆，米勒宅第便隱身其後，與海格特墓園隔離開來。而唯一顯露出這段高起磚牆的另一邊，存在有樹林、墳墓與死去的倫敦人之外的東西，就只有裝設在左上角的一大片方形毛玻璃，以及一扇與牆面齊平的堅固大門，為了搭配煤黑色磚牆，門板還漆成深灰色。

此時希莉亞．巴恩斯跨進大門消失在牆內，就像在變魔術，而她是表演的一部分——其實這麼說倒也沒錯。

他看了看時間，然後戴上口罩。才沒多久前，只要在公開場合戴口罩，尤其是醫療用口罩，都會引人側目，現在卻是隨處可見。過去這幾個月來，這個事實對他幫助極大。

他步下車，將外套拉緊抵抗清晨的濕氣，一面遠離米勒宅第，朝山坡底下其中一道通往墓園的柵門走去。對外開放時間是十點到四點，但他稍早已撬開了鎖，離開時會再重新鎖上——這道通往墓園的柵門，這座通往米勒宅第後側的墓園。

他愈走心跳愈快，但他迫使自己放慢腳步，不要著急。事後，當房屋周圍拉起藍白色的封鎖線，警察開始盤查時，也許會有人想起某個行色匆匆的男人。何況他有的是時間。他知道希莉亞的工作習性，知道她會先打掃哪些房間，每個房間又會花多少時間。此時此刻，他對希莉亞・巴恩斯的了解不下於她對她自己的了解，甚至更多吧，因為他還能預見她的未來——他知道她接下來的遭遇，只不過知道這個並未帶給他喜悅。

在這整件事當中，希莉亞・巴恩斯是無辜的，她卻即將面臨駭人而殘酷的經歷。但這也是必要的。

米勒宅第內，有個細微的嗶嗶聲迴響在鋪設著深暗而光亮的木板、空蕩蕩的玄關，並順著宛如脊柱般豎立在建物中心的那座柚木鐵梯而上。

希莉亞・巴恩斯往上瞥了一眼正對著門口的監視攝影機，稍微等候一下人臉辨識軟體確認她的身分，然後打開嵌在門邊水泥牆上的一片柚木小板蓋，裡頭有個方形感應器，旁邊有個按鍵板亮了起來，她瞇眼看著寫在手上的一串字。密碼又長又複雜，混合了符號、數字與字母，而且會定期更換，再由屋主麥可傳簡訊通知她。在警報器響起前，她只有三十秒的時間，因此會在出門前用原子筆將密碼寫在手上，寫得大大的，免得還要摸找手機或眼鏡，浪費寶貴的時間。去米勒家打掃的第二天，她可能是按錯密碼，也可能是時間拖太久，又或許是兩者皆有，結果觸動了那該死的東西。那聲響真是不可思議，尖銳刺耳、震耳欲聾的嗚笛聲響徹屋內，不到兩分鐘便傳來警察重重的敲門聲。兩分鐘吶！

就在聖誕前夕，她自己家裡遭小偷，直到兩個多小時後才有人出現，而且還只是一個社區輔警，他們家德瑞克都喊他們「塑膠條子」。不過話說回來，她住的是拱門區一間兩房的前議會社宅，不是什麼位在海格特、價值三四百萬英鎊之類的設計師豪宅。

剛接到這份工作的時候，希莉亞先設法查探了一下。她對自己打掃的房子都會這麼做，先猜猜房價，然後飛快地將地址鍵入Rightmove房地產公司的網站，查詢同一條街上房屋的售價。說實話她後來變得很厲害，連他們家德瑞克都說她應該別再打掃了，乾脆去找一間高級房產仲介，做估價以及開著一輛時髦的BMW小型電動車跑來跑去的工作。希莉亞很高興他認為她能勝任這類工作，很高興這番話顯露出他是如何看待她，但她知道自己永遠做不到。他們絕對不會僱用她做這種工作，她不夠格——不夠年輕、不夠自信、不夠體面。她也只是善於猜測同類房屋的價格，至於那些風格奇特的郊區宅邸值多少錢，她根本毫無頭緒，那些現代豪宅看起來不像住家，倒更像辦公室。譬如說，米勒宅第的售價就沒有紀錄，無論是在Rightmove、Zoopla或是她經常使用的其他房地產網站。這條街上，甚至於整個海格特區，都沒有一間和米勒宅第相似的房屋，所以她對房價毫無概念，只知道「很貴」，這樣應該沒辦法進上流房地產仲介公司，對吧？

希莉亞按下最後幾個字碼時，手在微微顫抖，比起關掉住宅警報器，她的焦慮程度更近似於拆解炸彈。這也是她永遠無法為高級房產仲介工作的另一個原因，有那麼多不同的警報器要應付，那麼多不同的密碼、那麼多的人、那麼大的壓力。與其這樣，還不如給她一本精采的有聲書、一間沒人的房子、一把吸塵器和一桶漂白水；這小小福分已讓她十分滿足。他們家德瑞克從鐵路局領到他的失能撫恤金，於是他們去年付清了房貸，而她的清潔工作每星期賺的錢也足以讓他們過得舒舒服服。她非常心滿意足。

她按完密碼後，將大拇指摁在方形感應器上。那嗶嗶聲大發慈悲，安靜了下來。

希莉亞．巴恩斯長長地吐出一口她不知道自己一直憋著的氣，一面脫下外套，一面經由白色樹脂地板走向扭曲的樓梯，同時豎耳傾聽有無任何活動的聲響。警報開啟並不代表沒人在家，她是從自身經驗學到的教訓；有一天早上，她就這麼出其不意地撞見麥可，正在主臥室旁的小健身房裡運動。他戴了耳機，所以沒聽見她，而且除了一件運動短褲，什麼也沒穿，不過天吶，那畫面可真養眼。當時希莉亞站在原地，動彈不得，只見他舉起啞鈴並透過大片落地鏡端詳自己，肌肉在那被曬黑的光滑皮膚底下一動一動，她整個人都被迷住了。他看起來就像她上美髮院時翻閱的八卦雜誌裡，那些彷彿卡通人物般的男子，一身完美的古銅色肌膚，塊石磊磊的腹肌好像畫上去似的。只不過麥可・米勒是真實的，人就在她眼前，活生生地。

她以目光描摹他的輪廓，沿著雙腿而上，接著是他臀部與背部的結實曲線。直到此時她才發現他已經停止舉重，正透過鏡子回看著她。她雙頰飛紅，登時感覺心慌意亂、頭暈目眩，不料麥可只是微微一笑，然後竟然是他向她道歉，麥可不正是這樣的人嗎？那樣地悠然自在，那樣地充滿自信，即便是這種尷尬時刻也能一笑置之，全然不當一回事。

實在太不公平了，為什麼有些人好像擁有一切：財富、健康、美貌、魅力。愷兒・米勒也是一樣。米勒夫妻是不同族類的人，那是一對金童玉女，好像多進化了一階之後使他們擁有一切天賦，躍升於凡夫俗子之上。要討厭他們根本易如反掌——要不是他們人這麼好的話。

希莉亞走到樓梯井，停下腳步，視線透過玻璃牆，越過雜草叢生的墓園，望向遠方令人驚嘆的倫敦。她打掃的其他房屋當中，也有幾間能眺望市景，但都比不上這裡。由於米勒宅第背靠墓園，完全沒有其他建物遮擋視線，就連安全圍籬也經過特別設計，因此從落地窗往外看，只會看到樹木、如今已褪去綠意染上秋色的樹葉，以及遠方閃閃爍爍的倫敦。

他從一棵無花果樹的陰影中注視她。

他站在離主要通道幾公尺外，隱身在某個早已遭人遺忘的維多利亞時期女帽製造商人的墓碑後面。希莉亞・巴恩斯並未朝他的方向看。她根本沒有望向下方的墓園，而是看著遠方，一如往常。

米勒宅第的後牆幾乎整面都是玻璃，擦得晶亮的大片玻璃完美銜接著三層樓，上頭倒映著天空，使得屋子看起來幾乎猶如隱形。希莉亞．巴恩斯被框在玻璃正中央，一個渺小、半透明的人形，飄浮在倒映的灰色雲間。他注視著靜止不動的她，這是暴風雨前片刻的寧靜，隨後她轉身下樓前往放置打掃用具的雜物間。

她慢慢地走，下樓的每一步都謹慎小心，輕輕地踩踏硬木階梯，放輕腳步以免驚擾可能還在這偌大宅子某處安睡的人。她很貼心，但其實沒有必要。她大可恣意弄出噪音，誰也不會聽見，不論是屋裡，或是這外頭的墓園裡。那面映照天空的玻璃牆——厚達三層，從設計國挪威進口，在當地是為了阻隔挪威冬季的惡寒——也會隔絕聲音。屋內的人與持續不斷的市囂隔離開來，沒有聲音進得來，也沒有聲音出得去。

他凝望直到她消失於視線外，這才往前移動，穿梭於一排排歪七扭八的墓碑與月桂灌木叢間，但始終保持在陰暗處，就這樣逐漸接近設計精密的安全圍籬與坐落在圍籬另一側的屋宅。

希莉亞將外套掛到雜物間門後的掛鉤上，從不鏽鋼水槽後面取出拖把桶後開始裝水。她戴上耳機，在手機上重新開啟有聲書，是唐娜．利昂的最新作品。接下來幾個小時，她或許人在海格特某棟宅子裡打掃某人的廁所與地板，但腦海中的她卻是與布魯奈提警司一起在威尼斯，搭著水上巴士飛梭於運河間、享用作者所描述的美食、嘟嘟囔囔埋怨遊客，同時追查下一個狡猾的殺人犯。

她往水桶裡倒入漂白水，看著水面上升、冒泡直到半滿，才關掉水龍頭進屋去。她第一個清掃的是樓下廁所，因為鮮少使用，是工作清單中可以輕鬆勾除的一項。而且這裡離主臥室最遠，因此在這裡發出任何聲響都比較不會打擾米勒夫妻——如果他們在家的話。希莉亞順道打開車庫門看了看。霓虹燈光一閃而過，顯見愷兒和麥可的車都在，因此她輕輕將門帶上，繼續往樓下廁所走去，並在開始打掃前關上了門。假如愷兒和麥可還在睡，就讓他們多睡一會兒吧。

希莉亞花不到五分鐘便將原本便已一塵不染的大理石檯面擦乾淨，地板也掃完又拖過，而她一面工作一面聽著一個美國腔的聲音敘述布魯奈提在聖斯德望廣場檢視一具屍體。接著她到雜物間重新將水桶注滿，上一樓，到達樓梯頂端時暫停有聲書，再次傾聽米勒夫妻有無任何動靜。她什麼也沒聽見，於是重啟有聲書，腦海重回威尼斯，人則跨入主客廳。

米勒家的客廳和宅內其他地方一樣，是白色的：白色牆壁、白色地板、白色家具，唯一可見的顏色就是透過她左手邊的玻璃牆所看到秋天墓園裡微帶橘色的綠。

然而現在卻有另一個顏色。

現在多了紅色，一條條鮮豔的紅劃過牆面與天花板，劃過白色皮沙發與掛在白色大理石壁爐上方那幅米勒夫妻愷兒與麥可的巨大照片。照片中的他們穿著相搭的白襯衫，微笑互擁，兩人的牙齒就跟宅子一樣潔白完美。只不過此時有樣黑黑、綠綠的醜陋東西從愷兒面容的正中央突出來，破壞了她的微笑。

希莉亞往前一步，試著思索眼前的景象。看起來好像客廳裡被到處潑灑了紅色指甲油，她不由自主便開始思考該如何清理，除去汙漬。接著她又往前一步，看見地上有個東西，因為被沙發擋住，她剛進來時沒看見，這時她才明白那紅色是什麼。

他看著水桶從希莉亞的手中掉落，距離與玻璃的厚度使得這個動作安靜無聲。她兩手飛快地摀住嘴巴，身子踉蹌後退，瞪大眼睛盯著地板。

從站立處，他看不見希莉亞在看什麼，卻看得出那東西的可怕反映在她臉上，不禁感到哀傷。他並不想讓她痛苦，但這無可避免，而他也必須在場確認她天生強烈的潔癖不會驅使她破壞他精心布置的現場。

在那頭的米勒宅第裡，希莉亞．巴恩斯仍繼續踉蹌著遠離客廳中央的可怕景象，直到背撞到牆面，碰歪了一張照片，照片中又是那對白得不能再白的米勒夫妻，面露幸福美滿的微笑。吃了一驚的希莉亞似乎猛然回神，連忙放下摀著嘴的手，伸進口袋摸找電話。她暫時轉移視線用力按了一個號碼，將手機拿到耳邊後，圓睜的雙眼才又重新凝視地板。

他從口袋掏出一個小型的手持式無線電，眼睛很快從希莉亞．巴恩斯身上移開，一啟動無線電立刻又重新注視著她。她繼續盯著下方看，眼睛睜得大大的，將電話拿在耳邊的手明顯在發抖。她開始說話，同時空出的手快速地動來動去，不停指向地板，彷彿電話另一頭的人可以看到她在說什麼似的。片刻過後，她不再開口，轉而開始點頭。

他的Tetra無線電無法截取手機訊號，但能截聽到接下來的緊急服務的無線電通話。現在電話另一頭的警務派遣員會先安撫她，讓她放心，要她暫時等一下，他們會請求支援。他聽著風在頭上的枝葉間呢喃，然後耳中輕輕響起一個電子吱嘎聲。

「請求緊急援助，」一個女性聲音說道：「接到一起重大刀械攻擊事件通報……地址是NW8史溫巷三號。」

中斷片刻後，有另一個聲音回答，是巡邏警車，確認已接獲通報並正在前往現場。

米勒宅第內，希莉亞．巴恩斯仍繼續在點頭，並瞪著地板看。派遣員現在應該在告訴她警察快來了，要她待在原地，還有——最重要的——要她什麼都別碰。

他又觀察了一會兒，以確定希莉亞．巴恩斯有照吩咐做，沒有靠近屍體，也沒有亂動他仔細地留在現場以待發現的任何物品。

遠處響起微弱而尖銳的警笛聲，起起落落，愈來愈大聲。他等到鳴笛聲的目的地已毫無疑問，才緩緩向後走，雙眼直盯著還在視線範圍內的希莉亞．巴恩斯，她被框在玻璃牆中央，飄浮於倒映的天空，猶如墓園上方的鬼魂。

2

坦納錫．罕抱著三個重到快讓他手臂脫臼的箱子步下四層階梯，走到一半，感覺到口袋裡的手機震動。

「要命。」他嘟噥一聲，心知這支手機的來電意味著什麼。

他用身體將箱子壓靠在牆上，從上衣掏出手機，查看來電者——特勤派遣。

「要命。」他又嘟噥一句才接起電話。「總督察罕。」

「我們接獲重大傷害事件的通報，」派遣員說：「是刀械攻擊。」她一一列舉細節——私闖民宅、被害人女性、位於海格特的私宅。

坦納錫大致估算一下本來就不好過的這一天還會增添多少痛苦。「好，」他說道：「那請妳通知其他警員開著凶鑑組專車，到北倫敦凶案組辦公室外接我。」

「收到。」派遣員說著掛斷電話。

北倫敦凶案組，坦納錫特別強調「北倫」二字，不過凡是不屬於該單位的人都會說成「白爛」，主要是為了取笑屬於該組的成員。

坦納錫將手機收回口袋，調整一下抱箱子的姿勢，繼續下樓。

今天午餐時間將要召開記者會，公布最新的犯罪統計數據，他原本打算利用上午時間重看一遍從這些箱子裡的文件蒐集到的資料。幾個星期前，上司便提醒他注意這些數據有多糟，並要他試著從以前的數字中找出點什麼來，好讓目前的數字看起來不那麼令人震驚，尤其是有關他的專業領域——刀械犯罪——方面。你們覺得這些數字很糟，但與二〇〇四年相比根本算不上什麼——諸如此類。基本上就是粉飾。

只可惜坦納錫找到的證據，卻只更加凸顯最近的數據究竟有多可怕。他本來打算利用這個上午來竄改一下歷史資料，將其他罪行收歸於「街頭犯罪」的名目底下，讓舊數字顯得更高，不料突然冒出這個新案件，使得他這一天全毀了。如果大夥兒可以暫停五分鐘不要拿刀互捅，他也許會有一絲機會弄明白為什麼大夥兒每五分鐘就要互捅。

他推開前門走出大樓，發現有一輛黑色賓士MPV停在馬路對面的雙黃線上，閃著警示燈，穿著黑色外套的司機站在打開的前車門邊抽菸。坦納錫抬了抬就快滑落的箱子，重新抱穩後走了過去。「你是快遞嗎？」他問道。

司機的回答隨著煙吐出。「我看起來像他媽的快遞嗎，老兄？」

他臉上鬍子刮得乾乾淨淨，一頭黑色短髮，黑色外套底下是黑色T恤，戴著無線耳塞式耳機，很可能以藍牙連接著手機，從賓士車敞開的車門可以看見充電座上有支手機正在充電。

「像。」坦納錫說。

那司機把香菸往下一丟，踩熄，隨即靠上前來，直到胸口撞上那疊證物箱，坦納錫微微吃了一驚。「你在搞笑啊，老兄？」他身材短小，必須仰視坦納錫，但身高的差異似乎並未困擾他。

坦納錫可以聞到他口氣中有酸酸的煙味與濃濃的咖啡味。他正要回話時，馬路另一頭又出現一輛車，是一輛黑色福斯廂型車，幾乎和停在那裡的賓士一模一樣。車子開得很慢，駕駛在座位上往前傾身查看建築物的門牌號碼。北倫敦凶案組目前的辦公室分散在哈洛威區一棟大樓內兩個租用的樓層，這棟建築醜陋且毫無特色，幾乎不可能找得到，哪怕是用GPS。

「是我弄錯了。」坦納錫說著從憤怒的司機身旁走過，來到馬路上好讓真正的快遞看見他。

「喂，ISIS，你想給我上哪去？」司機邊說邊跟著他走上馬路。「不過你箱子裡裝的是什麼，炸彈嗎？」

坦納錫感覺到胸中冒起一股熟悉的怒火，但口袋裡的勤務手機響了，提醒他還有更重要的事要處理，這時福斯車已在他面前停下，後車門開始升起。他走到車尾，比起一開始，此時箱子感覺重了十倍，快遞員也下車幫忙。

「喂，ISIS，你把我當空氣啊？」另一名駕駛吼道。

快遞員似乎驚呆了。「別理他。」坦納錫心懷感激地將箱子放到福斯車後側，一面說道：「你有托運單嗎？」

「你們兩個在搞玻璃啊？」那司機仍不肯善罷干休。「那些箱子是裝滿了假肉棒還是啥的？」

坦納錫活動一下僵硬的手指，很快在單子上簽完名後，拿出口袋裡響著的手機，用手指按了一下，鈴聲隨之停止。

「我人在前門外的街上。」坦納錫說：「你們還有多遠？」他聽了回答點點頭，然後掛斷電話。他等到快遞駛離後，才終於轉身面對憤怒的司機。「你剛剛說我像什麼？」

司機哼了一聲說：「兔子，你像兔子也像恐怖分子。」

坦納錫點頭道：「因為深色皮膚對吧？深色皮膚，肯定是恐怖分子。我在成長過程中，被喊過各式各樣的外號——巴基仔、騎駱駝的、包頭巾的。其實，我爸是巴基斯坦人，我媽是愛爾蘭人，但我遺傳老爸的膚色，所以……」

附近不知哪裡響起警笛聲，聲音在建築間迴盪，分不清聲音來處。

「上中學以後，有一段時間我假裝成義大利人，以為可以讓那些討厭鬼閉嘴。那時也沒想太多，結果卻改被喊拉丁佬或西佬，直到有人得知真相，原來那些外號才又紛紛回來——或者應該說直到911以前。」

此時一輛深灰色佛賀Insignia從轉角出現，警笛聲加倍響亮，水箱罩內的藍燈不停閃爍。坦納錫向司機坦承是自己口誤。

「自從911恐攻和77倫敦爆炸案以後，我多半會被喊賓拉登或是塔利班，或是——你剛剛喊我什麼？ISIS。」

那輛車停了下來，震耳欲聾的警笛聲劃破空氣。坦納錫做出橫切喉嚨的手勢，鳴笛聲隨即安靜下來。他從口袋掏出一個小皮夾，鬆手讓皮夾打開來，同時注視著司機臉上的表情變化，司機看見了印在識別證上的字：

警察
坦納錫・罕
總督察

「那麼我再問你一次，」坦納錫將皮夾收回口袋，說道：「我像什麼？」

司機嚥了一口口水。「像警察。」他說道，此時語氣中的囂張氣焰已消失殆盡。

坦納錫緩緩頷首，然後回頭看著停在路邊的賓士MPV。「你的車嗎，先生？」

司機點頭。

「很好。」坦納錫移步到車頭，看了看車牌。「還是今年的牌照。我問你，你知道什麼是ANPR攝影機嗎？」

司機搖頭。

「就是自動車牌辨識的意思。現在到處都有，號誌燈啦、十字路口啦、圓環啦、停車場啦，我們只要輸入我們感興趣的車牌號碼，當車子一駛過網路系統上的某部攝影機，就會在中央電腦上跳出來，而電腦就會發送警報給距離最近的巡邏警車，然後警車就會攔下那輛車，速度之快你根本來不及說警官我什麼也沒做，一定是有人因為我有點種族歧視就把我的車牌號碼放上去了。」坦納錫上前一步，壓低聲音說：「你看著我。」那司機眼睛往上瞄，卻低垂下巴，活像隻知道自己咬錯鞋的狗。

「大家都會犯錯，最重要的是要能夠認錯並學到教訓，你明白我的意思嗎？」

司機點頭。乾嚥了一口。「對不起。」他喃喃地說。

「你說什麼？」

「對不起，」他這回說得大聲了點。

坦納錫沒有搭腔，時間長到氣氛開始變得尷尬了，他才微微一笑說：「好孩子。」他從司機身邊走開，坐進等候著的凶鑑組專車的副駕駛座。「對了，說句實在話，」他關門前說道：「你看起來真的像快遞。」

說完，他砰地關上門，小組專車隨即沿路駛去，燈光閃動，警笛高鳴。

3

晨光籠罩的倫敦，灰濛濕漉，有如一條丟棄在垃圾桶旁的舊羽絨被。勞頓・李斯——蓬鬆波浪捲髮、小臉龐、一雙嬰猴大眼——穿著浴袍站在自家的小小廚房裡，望著外頭被雨水打濕得發亮的屋頂，她自己隱約倒映的身影看似幽靈般若隱若現。

遠方某處響起警笛聲，她不假思索便拿起水壺旁的警用掃描器，這是一位Sepura工程師自製贈送的禮物。她透過工作認識對方，後來還試圖交往，結果卻是災難一場，那整段過程唯一的好處就是得到這個掃描器。

她轉頭張望一下確認沒有別人，才開啟儀器。她輕輕調降音量，直到幾乎聽不見嘰嘰喳喳的聲音，才傾身向前以一種漠然而專業的態度傾聽。她像這樣竊聽的案件全都不會出現在她的辦公桌上，至少短時間內不會，她覺得這很令人安心，就像躺在一張被陸地包圍的溫暖床上，舒舒服服地聽著海上氣象預報，心知預報中的暴風雨離得很遠很遠。那略微曖昧的語言也讓她感到安心：一起騷亂的通報、一起疑似攻擊的事件。他們絕不會使用「謀殺」或「強暴」之類的字眼，但從他們反應的性質，勞頓便能分辨出嚴重與否。從派出的單位數量看來，這不是小案子；發生在海格特一處民宅的重大刀械攻擊事件。很可能是命案。又一樁。

勞頓摸摸茶壺身——還溫溫的，但八成不能喝了——看一眼微波爐的時鐘：7:58。

離起床已將近四小時。

她將浸泡太久的黑色液體倒入水槽，仍一邊豎耳傾聽警用掃描器中低低的嘟噥聲，並從浴袍口袋拿出手機。再喝一壺便要展開新的一天，也展開每日例行作戰：叫女兒起床上學。

「凶鑑組專車前往現場，」掃描器的雜音中傳出這條訊息。「預計五分鐘後抵達。」

凶鑑組專車——凶案鑑定小組。

那鐵定是命案調查了。

勞頓轉開冷水，調節水量，讓水流緩慢穩定，然後用手機計時六十秒——這是她大多數儀式的預設時間。進行水壺儀式時，必須裝水六十秒鐘，分秒不差，只要早一秒或晚一秒都必須重來。她將水壺放得更靠近水龍頭，眼睛直盯著計時器。

三、二、一。

水壺在水底下。

然後放輕鬆。

她裝了三杯分量的水，開始燒煮。交織在她生活中的諸多儀式當中，三也是經常冒出來的數字，因此當她察覺到這將是她今早的第三壺，心情也略略平靜下來。

「三個茶壺的難題。」她喃喃說道，但心裡明白不是這麼回事。讓她輾轉難眠的事情甚至稱不上一個杯子的問題，但此刻的她依然糾結著該對女兒的校長說些什麼，反覆練習講述她的論點，不斷地加以改善調整，就跟她準備以專家證人身分出庭前一樣孜孜不倦。她舀了一匙散茶葉放入壺內，又再次啟動論述，大聲地說出來，好讓自己習慣說這些話時的語感。

「戴校長，謝謝您撥空見我，我知道您公事繁忙，也就不拐彎抹角了。我覺得貴校對於霸凌的政策雖然立意良善卻效果不彰，無論貴校或是該政策都讓我女兒很失望。」

太強硬嗎？她嘗試過溫和一點的開場白，但想說的話需要兩個小時才說得完，和那個男人卻只有五分鐘的時間。水壺的水滾了，勞頓將還在沸騰的水倒入茶壺——最高溫度，最美風味，這是母親教她的——驀然的意外回憶不禁讓她好奇，母親是否也曾像她現在這樣擔心女兒一樣地站在這裡擔心她？八成沒有，就算有也不會為了這種事。母親只要一聽到「霸凌」這個字眼，就會無預警地直接到學校去，對著戴校長怒髮衝冠砲火四射，直到他做出處理。她一向都是如此無所畏懼，倘若有必要正面對決，她絕不逃避。這是她令人激賞的原因之一，也是害她送命的原因之一。

勞頓攪動茶湯——順時鐘三圈，逆時鐘三圈——然後蓋上壺蓋。

她與母親不同。一如大多數受過創傷的孩子，她討厭任何形式的正面衝突——哪怕只是預約好與校長的五分鐘會面。於是她讓茶在壺裡轉圈，一面排練要對戴校長說的話，這大概已經是第一千次了，但其實她大腦中有超然而理性的一部分知道這麼做毫無意義，因為現實中的行為絕對與想像不同，人絕不會照腳本走，即使排練得再純熟也一樣。

掃描器又喀喇一聲傳出新訊息。

鑑定專車已抵達現場，勞頓想像著鑑識小組人員衝下車，團團圍在敞開的後車廂旁，動作快速地穿上拋棄式勘察服，抓起鑑識工具組，建立命案現場紀錄並封鎖現場。

無線電又一陣嘰嘰喳喳。這回是救護車。

救護人員的語氣不慌不忙、有條有理。肯定是殺人命案。唯有無人可救時，救護車駕駛說話才能如此輕鬆。

勞頓從櫥櫃裡滿滿一模一樣的白色馬克杯中拿出新的一只——所有杯子的把手都右轉四十五度——試著重新集中精神。

「戴校長，從您在這所學校做出的成績，看得出來對於行不通的事，您是不怕去改變的。」這個好。先給這渾蛋戴個高帽子，再狠狠賞他一巴掌。「而您針對霸凌的政策就行不通，事實上那根本是一堆效果不彰的狗屁開明做法。」

好，這句顯然不行——感覺沒錯，用字不妥。

「別去見他。」說話聲音嚇了她一跳。她一回頭看見格蕾絲斜靠著客廳門框，那一頭亂蓬蓬、前拉斐爾風的深棕色頭髮散落在黑色睡袍的肩頭。「拜託不要去。」她那雙大眼睛流露出懇求。

「剛才沒看到妳在那裡。」勞頓說著將警用掃描器關掉，打開放Cheerios麥片的櫥櫃。

「我知道。妳要是看見了，就不會做那種煮開水計時的怪事，還開始自言自語。」

勞頓紅了臉，想到女兒早就站在那裡，目睹那些她極盡所能不讓她看見的儀式，尷尬不已。

「我不想要妳到我學校去。」格蕾絲又說一遍。「妳要是去了，說出妳剛才說的那些話，只會讓情況更糟。而且不要叫他戴校長，他喜歡大家叫他約納森。其實妳什麼都別叫，因為……別去就對了。」

「那些話我一句都不會說，」勞頓從另一個櫃子拿出一只碗，倒入麥片。「那只是為了提升我的辯述力。」

「可是我不希望妳去找我們校長辯論。」

「不是這……我不是去找他辯論。」

「妳剛剛自己說妳要提升辯述力。」

「這是一種修辭法，」勞頓將牛奶倒入碗中，然後順著流理台推過去給格蕾絲。「律師把自己的意見稱為辯詞，並不代表他們成天大吼大叫爭辯不休。」

格蕾絲移步向前，那身黑色睡袍和她的心情一樣清晰可見。「但妳又不是律師。」

「對，我是妳媽媽，所以今天早上我要去你們學校找校長，和他討論一下為什麼他任由那些臭女生和惡霸把妳的生活搞得這麼悽慘。」

「拜託不要這樣叫他們。」

「那要叫他們什麼？」

「我不要妳叫他們什麼，因為我不要妳去。這事情我可以自己解決。」

「真的可以嗎？」

「可以，我保證我會解決的。求妳別去見校長，就說妳臨時有事，需要另外約時間還是什麼的。」

「不行。我等了多久才好不容易等到這次會面。要見你們校長一面簡直比見教宗還難。吃早餐吧，準備好十分鐘後出門。我會把問題解決掉的，好嗎？這種事情我倒還真是挺拿手的。」

「才沒有。」格蕾絲從抽屜拿出一根湯匙，用力插入碗中。「妳會發脾氣，開始默數到三或是用手指敲打太陽穴，他會覺得妳瘋了，結果反而把事情搞得更糟。早知道就什麼都別告訴妳。我已經不是小孩，我可以照顧自己。」

勞頓看著女兒怒氣沖沖地囫圇吞她的麥片。格蕾絲現在十五歲，正好是勞頓失去母親的年紀。或許正因如此，她特別覺得需要保護女兒。然而最近，她愈是努力試圖抱住女兒，格蕾絲便似乎愈用力推開她。她可以感覺到她在慢慢漂離，變得愈來愈神祕、愈來愈疏離——難以企及。學校裡的狀況更是雪上加霜，但至少那是她能特別關注並試著解決的事情。

「十分鐘。」她說完便走出廚房，不讓格蕾絲發現她眼中閃著淚光。

外頭遠遠地，再度響起警笛聲。

4

坦納錫站在米勒家的客廳外面，等候犯罪現場負責人撤除EyeSpy360攝影機後，繼續前往其他房間拍攝。稍後，這些360度的畫面會接合起來，讓組裡每個人都能走在宅子的虛擬實境中，看見每件物品實際的模樣，其中部分特殊物件還能透過熱連結開啟，顯現出他即將拍攝的更詳細的影像與片段。他啟動自己的相機開始錄影，再次確認機器正常運作後，深吸了一口氣跨入室內，移動時白色的勘察服也跟著窸窣作響。

他進入門內後止步，慢慢地移動相機拍攝整個廳室，從最左邊往右移，強迫自己不要急，腦中同時浮現一段牢記在心的信條：

在命案現場沒有一樣東西不重要。
你必須訓練自己去留意看似不起眼的東西。
絕不能被一目了然的東西分散注意力。

在這個現場——在任何命案現場——唯一最一目了然的就是屍體，因此坦納錫暫時不去注意它，只不過屍體的擺置極不尋常，讓他很難視而不見。攝影機通過客廳中心點時，他從鏡頭底部瞥見屍體——女子仰躺著，雙臂張開有如耶穌受難像，周圍還放置了四樣奇怪的物品。

他勉強將注意力集中於客廳，繼續緩緩移動相機，捕捉每一道滴流過牆面、天花板、家具、地板的鮮紅線條。通常在犯罪現場提取血液跡證必須使用光敏靈試劑或黑光技術，讓它從汙穢的背景浮現出來，但這裡到處潔白無瑕，提供了完美的背景。他拿著攝影機依循血跡圖案，記錄下血漬形成的特殊形狀，將鏡頭的角度上仰，朝向噴濺在天花板的紅色細痕，那是凶器刺入此時坦納錫正極盡全力忽視的女人的身體後，呈弧線拔起，隨後又重新往下插入所留下的圖案。儘管已在刑案小組工作五年了，他對於人體內竟有那麼多血，仍感到不可思議。

他完成第一輪後展開第二輪，這回拍得更加仔細，首先聚焦於懸掛在壁爐上方的巨幅照片，影中人是一對穿得一身白的男女。發現屍體的清潔工指稱，女的是愷兒．米勒，男的是她丈夫麥可，目前行蹤不明。照片上的兩人看起來很幸福，幸福又完美：髮質健康、花大錢剪出的頭髮，毫無瑕疵的肌膚可能是拜Photoshop，或是昂貴的護膚課程之賜，也可能二者兼有。兩人都難以斷定年紀，看起來很年輕，但也像是進廠保養過，從眼周、從毫無皺紋的額頭，還有整整齊齊如白瓷般的牙齒，都看得出來。

坦納錫將愷兒．米勒的影像放大，說得更明確些，是放大那個被扎進她笑容中央的物品。那是一把刀子，刀刃上的血弄髒了被刺破的帆布，看似暈開的口紅。他穩穩掌著相機，拍下螢光綠的刀柄，以及一邊平刃一邊呈鋸齒狀的黑色刀刃。那是殭屍刀，倫敦街頭幫派愛用的武器，外形醜陋、險惡，和這個客廳和這棟屋子一點都不搭調。

坦納錫腦中又浮現另一句牢記的信條：

每個命案現場都有自己的性格。

在重案組那段時期，坦納錫便已發現這句話再真實不過。有些犯罪現場亂七八糟，有些充滿暴力，大多數則是相當低調不起眼，一如大多數凶手，但唯一有的共通點就是一致性。假如凶手雜亂無章又瘋狂，那麼整個犯罪現場都會是如此——家具被撞倒、物品被打碎、門板破裂且搖搖晃晃掛在鉸鍊上，屍體則往往是一團支離破碎地癱在某個角落，那是死者試圖撤退逃跑，最後遭到殺害的地點。一般說來，你可以看到凶手的心態刻印在他們遺留下的現場，清清楚楚。

但這個現場卻不然。

這裡呈現出兩種截然相反的人格。其一混亂而瘋狂，是一個殘暴的人數度刺殺死者，每一刀都高舉手臂，力道之大、速度之快，使得屋內潔白的表面布滿飛濺的血跡。其二卻是較為冷靜、井然有序許多的性格，不但設法進入了這棟看似採取高度安全警戒的屋子，還在殘暴殺人後慢條斯理地布置屍體，在屍體周圍精心放置特殊物品，然後才離開。說不定有兩個人。也說不定只有一人，他無須設法入侵，因為本來就在裡面了。

坦納錫回眸瞄一眼壁爐上方的照片。

麥可．米勒，下落成謎。

這不會是第一次有個愛妻的丈夫殘忍殺害妻子。所有的殺人案中，有百分之五十五被歸類為「與親密伴侶施暴相關」——這點小花絮是他過去幾個星期費了好大的勁看完那幾箱資料得知的。在這起案件中，丈夫成為凶手，很多地方肯定就說得通了，比方說警報器沒響與明顯充滿暴力的攻擊；恐怕沒有什麼比變調的愛更能激發怒火與暴力了。但也不是什麼都說得通，譬如為什麼凶器是一把街頭幫派用刀，而不是盛怒之下隨手從廚房抓起的菜刀。此外也無法解釋屍體周圍那些奇怪物品的存在或是目的，那些東西看起來根本不屬於這樣的房子。

坦納錫往客廳內走，遠離窗邊，而且始終沿著地板邊緣，他腦中依然閃現受訓時的信條：

每次都應該盡力走上凶手沒有走過的地方。

他來到客廳最深處，轉身，胸腔內的心臟忽然怦怦跳，因為瞥見玻璃牆上自己的倒影，因為穿著白色勘察服有如鬼魅。他持續拍了片刻遠景，從現在這個不同的角度拍攝客廳、血漬的混亂與粗暴、其他一切的冷靜與井井有條。一旦開始撤除犯罪現場，他們將只能藉由這支影片與他拍的照片看到凶手留下的現場原貌，如今尚未成形的理論，將來恐怕也只能藉此加以證明或辯駁了。他拿穩鏡頭直到確定都拍到了之後，上前一步，垂放下相機，這時才終於允許自己聚焦於屍體。

自從調到北倫敦凶案組以來，坦納錫參與並處理過數十件凶殺案，另外還研究過數百起案子的檔案證據，卻從未見過類似的情況。

愷兒．米勒仰躺在地，雙腿向外打直，手臂張開，金髮有如光環圈住她的頭，雙手上的防衛傷口好似聖痕。她躺的地毯幾乎全是發黑的血漬，可見她是在這裡斷氣的，因傷口無數而流血過多身亡，她身上除了大大劃開的刀傷，還有淚珠狀的戳刺傷口，與刺穿她照片的刀刃吻合。在她身體四周放了四樣物品。

一只小小的獨角獸絨毛玩具。

兩枚髒汙黯淡、綬帶褪色的勳章。

一串鑰匙。

一本薄書。

物品放置成菱形——獨角獸在她頭上方，書在她腳邊，勳章用一根小金屬棒掛著，平衡於她左手的食指上，鑰匙則放在她右側的地上。

另外還有第五件物品：一副眼罩鬆鬆地垂掛在死者臉上。坦納錫將鏡頭對準它放大。看起來是亮晶晶的廉價材質，有一條細細的鬆緊帶以鋸齒狀橫過表面，包裝的摺痕仍清晰可見。眼罩看似潔淨乾燥，不見血跡，顯見是死者死後，血流停止了，才放到屍體上。坦納錫蹲低身子以取得較好的角度，他看見一個景象，登時感覺一股寒意沿著背脊直竄而下。愷兒·米勒睜著眼睛，呆滯盲目的眼珠在眼罩底下瞪得大大的。他拍下幾張照片後又轉回攝影模式，並將注意力轉向其他四樣物品，暗自思量，試著為這些東西意味著什麼、又為什麼會在這裡尋找答案。

鑰匙——一把Chubb和一把Yale，掛在一個簡單的金屬環上——有可能是這屋裡的鑰匙，不過坦納錫多少抱持著懷疑。像這樣的宅第，這兩把鑰匙似乎太過普通了，但Yale鑰匙是鮮豔的亮藍色，以其不尋常的程度或許可以追蹤得到。

獨角獸玩具是工廠大量生產的商品，標籤還固定在一隻耳朵上。它被側著放在屍體旁，臉朝右，瞪著黑色無神的眼珠，讓人想起眼罩下的那雙眼睛。在屋裡看見這玩具讓坦納錫覺得奇怪，因為除此之外，毫無有小孩存在的跡象——玄關裡沒有腳踏車、三輪腳踏車或滑板，門邊沒有小鞋子，沒有孩子的照片或他們拍的照片。他鏡頭對著獨角獸默數十秒，然後接著拍下一樣物品。

勳章和玩具一樣格格不入，兩個六芒星徽章顏色像一分錢舊硬幣，配著褪色的緞帶——一條紫色，一條藍綠白——穿掛在一支金屬細棒上，棒子則小心地平衡置於死者左手伸直的食指之上。他拍了幾張相片，銅色徽章融入了血紅的背景中。接著他將相機轉向最後一件物事，就是放在死者腳邊的那樣。

他之所以把這個留到最後，和他最初刻意忽視屍體的原因相同，因為不知怎地，它不斷地吸引他注意，甚至有種熟悉感。書面朝下，看不見封面與書名，書背幾乎一片空白——沒有內容摘要，也沒有作者簡介。唯一能看見的是出版社名稱——皇冠山出版——看起來也很眼熟。

坦納錫步上前去，小心翼翼不去踩到血跡，藍色塑膠鞋套在白色樹脂地板上吱吱嘎嘎響。他一連拍下幾張照片，確實記錄書本與屍體的相對位置，然後蹲下來凝視書脊上的書名。一看到他便明白為什麼自己會忍不住去注意它了。他不只看過這本書，還背下其中許多篇幅，也就是在他處理這個犯罪現場期間，始終縈繞在他腦海的那些字句。他舉起相機，此時他的肢體以自動模式運作，根據的正是他從擺在眼前地上這本書學到的指令。自動對焦功能搜尋片刻後，清晰地捕捉到書名與作者名：

《如何處理謀殺案》

勞頓·李斯

這彷彿是凶手的嘲諷，彷彿是凶手留下清楚的訊息說——別浪費時間找線索了，因為我和你們讀了同樣的書，我知道你們在找什麼，也知道你們用什麼方法找。

但嚴重影響調查工作進行的不只如此——還有寫這本書的人。

二、書

《如何處理謀殺案》節錄

勞頓．李斯著

真實的命案現場和你在電視電影上看到的不一樣。

這裡沒有妙語如珠的警探一面跨越血淋淋的屍體，一面喝咖啡同時交換黑色幽默。幽默是有的，也一定有咖啡，但那是後來的事。

一開始，只有靜默與尊重，就像葬禮上的那種感覺與氛圍。此外，也和葬禮一樣，會有一群人列隊緩緩經過屍體旁，他們是事發經過的證人，有普通百姓也有專業人士，有不重要的也有關鍵的。雖然這些人的證詞有助於了解現場發生了什麼，卻還有其他見證者對於調查工作的貢獻也同樣寶貴。因為凡是凶手或被害者動過的一切，凡是被碰到過的一切，無論多麼輕微，都同樣能告訴你這裡發生過什麼事又為什麼會發生。因為在白熱化的暴力中會有一種特殊的魔法，將最基本簡單的東西變得比黃金更珍貴。也正是這些被傾覆、有時被忽略的不起眼物品，能幫忙述說現場發生的事。

這些便是能幫你抓到凶手的隱微物件。

5

海格特淑媛讀書會WhatsApp群組的第一條訊息，在八點二十七分響起。

—米勒家好像出事了—外面有警車。

—正要去上瑜伽課，我也看見了—有人立刻證實—有兩個警察站在門邊。

某位住在史溫巷附近的群組成員趕緊抓住機會，拖著她那條滿心困惑的老西班牙獵犬又出去散步一次，穿越墓園遛狗會經過米勒宅第後側，希望藉此獲得新的八卦話題，確實如她所願了，但卻不是她想的那麼回事。

—墓園被為了—她打完字，正迫不及待要按下傳送鍵前，發現自動校正功能讓她的訊息變得不知所云。

—**圍了**—她手指飛快動著，盡可能避開讀書會那群奧運級學究們可能蜂擁而出的糾正—他們封鎖了屋外的人行道。我問說發生了什麼事，他們卻只叫我走開。

在郊區景致中，最能燃起民眾興趣的莫過於圍牆，因此在米勒宅第周圍迅速建立起的資訊屏障，只會激發那些很懂得隨機應變、社交關係緊密且常年生活乏味的鄰居，更加勤奮地窺伺打探。鄰居們將「米勒宅第」、「海格特意外事故」與「警察」連同米勒夫妻的名字一起鍵入Google，一如一年前這對夫妻剛搬來的時候，搜尋的結果卻差不多同樣令人沮喪。毫無收穫——

沒有一張照片、一篇文章，甚至沒有任何臉書網頁。如今這個年代，無論什麼樣的人都能透過Google搜尋引擎追蹤得到，麥可和愷兒．米勒簡直就是幽靈。

—我猜是他打她，她報了警—一條新訊息寫道。

—天吶，我也這麼想—立刻跳出回覆—我在墓園基金會夏日派對上遇見他們，看起來太幸福了。沒有人會**那麼**幸福。

—沒錯。他們太完美了，不可能**那麼**完美。

—我也是在夏日派對上認識他們的。

另一則訊息插入：

—我覺得他們倆非常迷人，太、太有魅力了。

—不過有點高高在上，不是嗎？

—我也這麼想，聽到妳這麼說真是太好了。

—我倒覺得他們很友善—住離米勒家最近的高爾夫俱樂部會長海瑟．羅賓森幫腔寫道—去年聖誕，我為了賣摸彩券去敲他們家門，愷兒．米勒立刻就把十本彩券全買下了。給了我一張貴族銀行顧資的支票。她還贏了兩個獎，而且是大獎，卻要我把獎品放回下一輪的摸彩。希望他們沒發生什麼可怕的遭遇。

接下來暫停了一會兒，每個人都為自己的不厚道怯怯地反省片刻，隨後—

—兩個獎？—一則新訊息驚呼道—有人就是天生運氣好。Bn摸彩摸了十年，從來沒贏過。

—我也是。有錢人要慷慨比較容易。

—但他們是什麼人啊？有誰知道他們從哪來或是做哪一行的嗎？

—聽說錢都是太太的。

—我先生的一個朋友說都是先生的，說他繼承了一大筆錢，而太太好像是什麼瑞典貴族，還是丹麥吧，總之是某個北歐國家。對了，妳們有沒有看BBC四台的那齣警匪劇，就是有個自閉症警探到處跟人上床的那部？上禮拜我和羅傑狂追。

—我覺得他們很可疑—另一人說道，無視群組平時閒聊電視節目的消遣—那麼年輕就那麼有錢，肯定有什麼見不得光的事。

—我看見穿防護衣的人進屋—又一條新訊息說，情勢也隨即提升到全新階段，因為每個人都會追警匪劇，因此知道防護衣和警察意味著什麼。

—屋前有一輛救護車—緊接著另一條訊息響起—我好像看見愷兒·米勒上了車。

寫這則訊息的人，珍妮·法洛，是急於爭取眷顧的讀書會新成員，她並未看見愷兒·米勒上任何一部車，只是覺得她可能這麼做了，於是這個出於不安全感與想要有所貢獻的熱切渴望的小小謊言，讓所有人一頭栽進錯誤的方向。她們急忙調出聯絡簿，以銳利的目光搜尋醫界熟人，看有沒有人能查出愷兒·米勒被帶到哪裡去，並進一步得知她出了什麼事。

後來，當米勒家的真實情況成為眾所周知的新聞，珍妮·法洛將會回顧這一刻，並重讀她給WhatsApp群組寫的訊息，大夥兒再也沒傳過訊息給她了。雖然誰都不曾當面告訴她為什麼她會被當成空氣，她自己心裡卻知道一切都是在這一刻出錯的。因為她沒有看到愷兒．米勒上救護車，而她們集眾人之力、如火如荼地追了整個上午的消息很快就要傳入她們耳中，證明這一點了。

—**警察來了**—一則新訊息以粗體字出現。

是海瑟．羅賓森傳的，女會長兼米勒家最近的鄰居。

—我在廚房泡茶。鮑勃現在正在客廳和他們說話。

海瑟在托盤上放了四只骨瓷茶杯與茶碟，思考著要不要放些餅乾，同一時間，答覆的訊息如蒼蠅般嗡嗡飛來，使得她的手機在花崗岩流理台上不停震動彈跳。

—有沒有穿制服？

—他們說了什麼？

—發生什麼事了？

—發生什麼事了？

—發生什麼事了？

海瑟決定不放餅乾，並將高級瓷器換成平時給水電工、建築工與其他工人用的馬克杯，然後一把抓起在流理台上嗡嗡響的手機。

—水滾了—她手忙腳亂地打字—等他們走了，我馬上讓妳們知道他們說了什麼。

6

勞頓・李斯坐在位於哈洛威的聖馬可英國聖公會學校校長辦公室外面，天花板挑高的走廊上，感覺好像回到十二歲又惹事了。她以三下三下的頻率往椅子側邊敲彈手指，心裡想著已經想過不下千次的待會兒該說些什麼，眼睛一面東瞄西看，將這棟舊建築的諸多細節納入眼底：油漆龜裂剝落的鑄鐵暖氣片；還沒有電燈以前，為了盡可能增加採光所設計的高大窗戶。這讓她想起母親還在世，一切都還堪稱正常時，她上的學校。

「李斯太太？」她抬頭看見聖馬可的戴校長站在他辦公室門口的門框當中。他身材精瘦，皮膚曬得發黑，沙色捲髮往前梳，像羅馬皇帝一樣。「抱歉，讓您久等了。」他炯然的藍色眼睛閃閃發亮，黝黑的膚色襯得眼周的笑紋更深了。「請進。」

勞頓隨他進入一間大得令人吃驚的辦公室，他朝一排軟座打了個手勢請她坐，座椅環繞著一張矮茶几，桌上放了一大疊學校的教育方針《學習不同的學習》。另外還有一份薄薄的資料夾，上面寫著蕾蕾的名字，和警方存放舊案紀錄的資料夾是同一款，看見上頭有女兒的名字，勞頓不禁心跳加速口乾舌燥。

「謝謝您願意見我，戴校長。」她坐入一張矮椅，舒服地陷在低矮的座位中。

「約納森，」他對面而坐，露出和藹的笑容說：「叫我約納森就好，我們聖馬可沒那麼注重禮數。嗯，」他往前傾身壓低聲音，彷彿要分享什麼祕密。「據我了解，您是一位犯罪作家？」

「不，我……不算是。」勞頓動了幾下，將深陷在座椅中的身子往前挪，然後貼著椅子前緣端坐。「我是寫與犯罪相關的文章，但不是小說。」

約納森點頭。「不管怎麼說，我想做您這一行，一定會看到一些很令人坐立不安的景象，像是犯罪現場、命案之類的，對吧？」

「呃……有時候的確是，不過只是照片。我是學者，所以我研究的是已經破解的案件，不是調查中的案件。我不會去犯罪現場。」

「這樣啊。」他顯得失望。

「那麼，說說蕾蕾。」勞頓急著想把談話內容導回比較接近演練過的方向。

「好。她怎麼樣了？」

「老實說，不太好。」

「這樣啊。」約納森背往後靠，抱起雙臂，典型的防衛、封閉姿態。勞頓望向他處，切斷與他的眼神交流，好讓他感覺自在些，她本能地便運用了自己研究並撰寫的關於訊問犯人的技巧。她轉而注意到有一部比賽用自行車以特殊托架掛在遠方牆上，四周張貼著二十來張戴校長的學生照，於是心生一計。

「戴校長，」她開口時再次直視著他，但刻意將頭放低，眼睛的高度不高於他。

「約納森。」他糾正道。

「是，抱歉……約納森。您顯然為這所學校做了一些很了不起的事。」

他微微一笑，手臂鬆開了些。「謝謝。」

勞頓從桌上拿起一本《學習不同的學習》。「您在這裡面也寫了一些我覺得非常有智慧的內容……」她隨手翻著印有面帶笑容的孩童與勵志名言的紙頁。「您寫了有關失敗作為學習工具的重要性。」

約納森放開雙臂，迎接她強有力的讚美，光看到這個姿勢，勞頓立刻明白自己大半個夜晚都白擔心了。要想投合一個在牆上貼滿自己照片的男人很簡單，只須奉承幾句就行了。

「喏，像這句：在聖馬可，我們容許學童『失敗』，因為我們相信經過這次的『失敗』，他們會對某個觀念有更深入且更持久的了解。」

約納森點頭。「我堅信從自己的錯誤會比從別人的成功學到更多，因此失敗是必要的。」

「很好，那麼我認為這次會面應該會是一次有用的學習機會。」

「怎麼說？」

「因為您目前針對霸凌的政策是失敗的。」

約納森用半微笑、半懷疑的表情掃了她一眼。「嗯，我們並不容許任何形式的霸凌，所以我不太明白這怎麼會被視為失敗。」

「沒錯，我同意，霸凌零容忍的政策在任何一所學校都是必要的。我不太清楚的是你們如何不容忍霸凌。就舉我女兒的經驗為例吧。蕾蕾很不幸地，打從轉學到這裡以後就過得很淒慘。從第一天開始，她就徹底遭到排擠，不論是在校內或校外，不論是親身遭遇或透過社群媒體。幾個月前，我第一次去找她導師談，老師跟我說那個年級的學生特別排外，建議我給他們一點時間，問題自然會解決。結果到現在都快一年了，情況不但沒有好轉，還不斷惡化，她現在甚至遭人持刀恐嚇——這些事我全都向蕾蕾的班長、導師還有羅伊老師詳細申訴過，羅伊老師應該是全校關顧輔導的負責人吧，可是她們什麼也沒做，情況毫無改變。因此事實證明這所學校非但容許霸凌行為，還容許該行為蓬勃發展。」

約納森不自在地在椅子上動了動身體。「首先，我相信露易絲——也就是羅伊老師，她的確是關顧輔導的負責人——會仔細調查所有的事情。對了，她要我代她道歉，這禮拜她去上職訓課，不過一切狀況都會寫在令嬡的這份檔案裡面。」

他拿起蕾蕾的檔案翻開來，就在同一時間，他身後的門猛地打開。他轉過頭，微笑面對那個頭髮亂蓬蓬、手裡抓著一張紙、拖著腳步走進辦公室的十一歲男孩。

「早啊，卡特。你手裡拿的是什麼？」

男孩害羞地將紙遞給他，並冷冷地覷了勞頓一眼。

「哇，瞧瞧這個！」約納森將紙翻面，勞頓於是看見紙上畫了一個男人，頭上潦草塗著紅褐色頭髮，還有一雙藍眼。「畫得太好了，一定得把它展示出來，對不對？」

他起身從牆上捏下一小坨藍丁膠，將這幅畫黏到其他畫作旁，牆上之所以留下那一大團藍丁膠，顯然就是為了這樣的神奇時刻做準備。

「現在可以來讀書嗎？」男孩說著又以不友善的眼神瞄向勞頓。

約納森看著她，揚起眉毛表達詢問之意，彷彿期望她會說：喔，請便啊。見她沒作聲，他只得回頭對男孩說：

「我現在有事情要忙，卡特。」男孩一聽垂下了肩膀。「不過等我忙完，我們再來讀一下，好嗎？」

男孩回瞄勞頓一眼，好像她剛剛偷走他的冰淇淋似的，然後悶悶不樂地走出辦公室。

「他是我們的特教生。」約納森一邊解釋，一邊重新坐下拿起檔案。「就是具有特殊教育需求的學生。我們給予他們稍微大一點的行動自由，以免他們覺得有壓力；而我的辦公室大門隨時敞開，這也意味著整天都可能會有人隨時上門。」

他拿著資料夾伸長手臂定眼凝視，似乎是需要老花眼鏡，但出於自尊不願戴上。「您說令嬡受到肢體暴力的威脅……」他讀了一會兒之後眼睛往上抬。「她有真的遭遇到嗎？」

勞頓感覺到體內冒起了怒火。

「我相信您也清楚，」她盡可能保持冷靜地說：「肢體暴力只是霸凌行為的一部分，而且主要展現在男生身上。女生的霸凌策略要細膩得多，但這並不代表她們比較不惡劣，或是她們造成的痛苦比較輕微。被同儕排擠是霸凌，在社群媒體上被針對是霸凌，受到暴力威脅本身就是一種暴力行為，所以有的，她遭受過暴力對待，而且說句實在話，我有點不敢相信，在我女兒經歷了這麼多事情之後，您的第一個反應竟然是試圖把焦點轉移到她沒有經歷過的事情上面。」

「李斯太太，我可以向您保證我只是想要建構出……」

「是小姐，而且如果我得喊您約納森，那麼也請您叫我勞頓就好。」

「勞頓？」他皺起眉頭。「這名字挺有意思的。」

「是啊，說來話長，麻煩您，能不能不要轉移話題，我知道您的時間寶貴——之前我無數次試著安排這場會面，而每次您的祕書都會非常清楚地強調這點。」

約納森緩緩點了點頭，重新低頭看著檔案。「勞頓．李斯小姐。看來蕾蕾是您的獨生女，而且……」——他將紙頁翻到背面——「資料上沒有父親的姓名。這是否意味著您是單親媽媽？」

「是的，」她極力讓自己維持冷靜。「我是單親媽媽，但我不明白我的婚姻狀態和我女兒被霸凌有什麼關係。」

「請恕我直言，以我二十多年的教育經驗，單親家庭的孩子在成長期間有時候會……該怎麼說呢？他們對於自己能得到多少關注，會有一點不切實際的期望。結果呢，最後往往會覺得被排擠或忽視，尤其是在學校環境中，而事實上他們只需要去適應一般程度的關注就可以了。就長期而言，這其實是非常健康的調適，但短期內卻經常會出現各種吸引關注的策略。」

「所以您的意思是我女兒沒有真正受到霸凌，她只是……想吸引注意？」

「當然不是。我的意思是在下任何結論以前，需要先綜觀全局。」他舉起蕾蕾的資料夾。「看看令嫒的成績，好像突飛猛進了。一個不快樂的孩子通常不會有這種跡象。」

「一般人也許是這樣，但我了解我自己的女兒，相信我，她成績進步不見得是好現象。她跟我一樣，一旦感受到壓力就會埋頭工作，這是一種制約反應。」

「事情也許是這樣，但只怕大多數人不會將成績進步視為她在本校受苦的證據——事實上恰恰相反。若無具體證據，我們實在很難有充分的理由介入。就我所知，我們只有令嬡的片面之詞說發生了這種事，而她甚至不肯說出涉嫌威脅她的人的名字。我相信在您書中的警探人物也得收集到鐵證，才能到處去破門抓人吧。」

「我剛才說過，我寫的不是犯罪小說，而您已經忘記這件事，我認為這正是貴校存在有根本的問題的證據。」

約納森微微一抖。「什麼問題？」

「您不會傾聽，或者應該說您只聽您想聽的。我覺得您是不想承認學校裡有霸凌問題，因為如果承認了，就得做點什麼。因此您沒有採取任何行動去找出誰在霸凌蕾蕾，反而懷疑她，因為這樣比較簡單，說實話這實在是他媽的不像話。」

約納森直視著她，臉上的驚愕一目了然。勞頓原本無意爆粗口，但壓抑不住激動情緒，她倒是慶幸自己這麼做了。他滿口狡辯的狗屁廢話，就得在口頭上打醒他。這種感覺很好，終於像個稱職的母親，她想像自己的母親一直以來必定也都是這樣的感覺。這時候卻有個小小的聲音翻覆了一切。

「妳罵髒話。」

勞頓轉過頭看見稍早那個學生，他站在門口，睜大眼睛瞪著她看。男孩轉向約納森，而約納森已經從座位起身正朝他走去。「咦，卡特，我們沒看到你在那裡呀。要不你先出去一下，然後我們一定會讀一會兒書，好嗎？李斯小姐正好要走了。」

「有嗎？」

約納森冷冷地瞅她一眼。「是的。等露易絲回來，我會和她談談令嫒的事，然後我們會訂出一套行動計畫。」

勞頓猶疑地站起身來。「需要多久時間？」

「等她下禮拜受訓回來。」

勞頓搖搖頭。「這不行。我不會讓蕾蕾再這樣度過一個星期。假如您不打算正視這件事的緊急程度盡快處理，我就去找治理委員。」

約納森點點頭。「當然，您絕對有權利這麼做，只不過全體的治理委員都認同學校目前的政策與治理方式，所以我想他們只會重申我已經說過的話。此外，如果您選擇越級去找我的上司，我當然也得提出自己的說詞，並且報告這次會面的談話內容，包括您在學童面前情緒不當發作的事，這可能會讓他們對您或您的主張產生壞印象。」

勞頓往上注視著他略顯高傲的臉。她真想馬上揍他一拳，或是朝他的太陽穴來個迴旋踢。

「很抱歉我說了難聽話，」她說：「很明顯這是個讓我情緒激動的話題，就我的立場而言，我的確以為只有我們兩個人在進行大人之間的談話，我並不知道有學生在場。或許如果門關著的話……」

約納森身子忽然變得僵硬，勞頓於是沒把話說完，心想此時批評他的不關門政策恐怕是不智之舉。她只點了點頭，然後從他身邊走過離開辦公室，步入走廊，男孩正在那兒等著。

「進來吧，卡特。」約納森說道，此時的他又再度笑容可掬、目光閃亮地引領男孩進入辦公室的安全範圍，並砰地一聲反手將門關上。

「喔，現在你就關門了。」勞頓低聲喃喃地說。

鐘聲響起，刺耳的金屬聲，吵雜聲與學生立刻湧進走廊。勞頓——驀地自覺引人注目，又沮喪，又生氣，而且完全失控——隨著學生人潮漂移，一面讓大拇指輪流與每根手指相碰，依然是每次碰三下。

7

——**愷兒・米勒被殺了！**

海格特讀書會的WhatsApp群組在十點十八分跳出這則訊息。

最初的反應是一陣驚呆的沉寂。自從一發現米勒家外面來了警車以後便響個不停的電話，安靜了下來，彷彿讓人察覺到片刻的沉默。

緊接著開始出現反應……

——我的天吶，太可怕了！

——真不敢相信。

——我昨天才看到她。

——誰會做出這種事？

——警察知道是誰幹的嗎？

——麥可呢？他還好嗎？

——對呀，麥可呢？可憐的麥可。

提問的對象是海瑟．羅賓森，亦即寫出那駭人的七字訊息的人，目前她是會長，也是住離米勒家最近的鄰居，這表示警察第一個去敲她家的門，因此此時的她擁有她們大夥兒追查了一上午的資訊。

但隨著問題繼續噹噹地響，海瑟．羅賓森始終保持令人沮喪的沉默，彷彿想藏起這天外飛來的寶物。在這段沉默之際，一股冷風吹過海格特舒適的街頭，鑽入雙層玻璃拉窗，驅散了地暖系統的溫馨暖意。而這陣冷冽的風名叫「恐懼」，因為假如米勒夫妻都不安全了，還有誰是安全的？假如暴力與悲劇能觸及他們當中最富有、最耀眼、最年輕，也最幸福——至少在表面上——的一對，叫他們其他人該如何是好？

後來海瑟．羅賓森終於回覆了，原本的寒冷微風隨之變成颶風。

－麥可失蹤了－她的訊息寫道。

－警察問了好多關於他的問題。

－我很確定他們認為是他殺了愷兒！

8

坦納錫步出客廳，將相機交給負責採集並保存證物的警員，好讓她將內容上傳到犯罪報告中央系統，也就是一般所謂的「命案書」。在他拍攝現場之際，玄關也已勘察並清理完畢，對面有個看似書房的大房間，已然布置成臨時的行動指揮所。警長貝克正在前門邊，一面踱步一面講電話。他瞧見了坦納錫，隨即揮手致意緩緩走過來，電話仍緊貼著耳朵。

坦納錫與貝克合作至今已將近一年，卻仍摸不透他。以他的經驗，輕易便可升上較高階級，但停留在目前職位與薪資等級的他似乎非常心滿意足。他也有妻子和兩個女兒，在一個以具有破壞家庭能力著稱的職業中，他的家庭生活令人稱羨。他成功的關鍵也許就在於缺乏野心與附隨而來的幸福吧。

貝克來到他跟前時掛斷電話。「情況如何？」他朝客廳點了點頭說。

「亂糟糟。你這邊呢？」

「嗯，我們證實了男主人沒有躲在樓上，還踢了第一個到場的警察一屁股，因為他勘察不力。我們還把兩支牙刷和兩把梳子裝袋，以採集主人的DNA樣本，也開始挨家挨戶的去問話，看能不能有什麼發現，不過到目前為止，好像所有人對米勒夫妻的了解都不多。」

「閉路電視呢？」

貝克搖頭。「關掉了。我吩咐他們複製硬碟，也許裡面會有什麼有用的東西，但恐怕不會有昨晚的影像。一切看起來都相當冷靜、計畫縝密。沒有闖入的跡象，沒有東西被踢倒，沒有東西被打破，所以進來的人要不是有鑰匙和密碼，就是和被害人熟識，是她讓他進門的。我們聯絡了裝設保全系統的公司，索取權限名單，但我猜應該只有主人夫妻，既然他們當中一人死亡一人失蹤，也就不難猜測到底怎麼回事了。」

「你認為是男主人殺人？」

貝克聳聳肩。「十之八九都是丈夫幹的。」

坦納錫回頭瞥向客廳，蒐證組長與一名助理正站在愷兒·米勒動也不動的形體旁，此時可見她雙臂張開，空洞的眼珠直直仰望天花板，因為助理已小心地取下眼罩放入證物袋中。「不知道，」他說道：「說不通。」

「有哪次說得通了？」

「沒有，但如果你想殺害老婆，或者是夫妻吵架失控，結果失手殺了她，那麼要想掩蓋真相，最清楚簡單的做法是什麼？」

「把它弄得像是闖空門失敗。」

「沒錯。你會砸破窗子，翻倒一些家具，然後打電話報警，說你進門後發現太太倒在血泊中，而且極盡所能表現出驚嚇悲傷到快瘋掉的樣子。你不會在屍體周圍放一堆奇怪的東西，精心布置現場，然後消失無蹤。」

「是啊，那些物品十分特別。你以前見過這種狀況嗎？」

坦納錫搖頭。「只在書上看過。希望鑑識組能從中獲取一些有用的訊息。」

貝克透過牙縫吸了口氣。「是啊，不過你還是別抱太大期望。除了那裡頭的血泊之外，屋內其他地方都乾乾淨淨：沒有指紋、任何通道上都沒有血跡、前門和後門把手上什麼都沒有，浴缸、水槽或淋浴間裡面或周圍也什麼都沒有——而且這些東西多得是。」他衝著客廳點點頭。「我想凶手一定是在那裡面清理身體，換下衣服鞋子等等，然後全部用塑膠袋或是什麼東西打包起來。就像我剛剛說的：冷靜而且計畫縝密。不管凶手是誰，顯然都做足了功課。」

「很不幸的，確實如此。」坦納錫見那位證物組員從客廳出來，兩手各拿著一只證物袋，便朝他點了點頭說：「能不能請你把那本書舉起來一下？」

穿著防護衣的警員舉起裝書的袋子，貝克透過塑膠去看書名與作者名。

「勞頓．李斯。要命了！」

證物組員也定睛看著書皺起眉頭，他的臉被口罩與防護衣頭罩包起來，只露出那雙眼睛。

「麻煩。」貝克回答道：「一個可能讓人大感頭痛的人物。」

「勞頓．李斯是誰？」

「勞頓．李斯是李斯局長的女兒。」坦納錫解釋說：「而再不到兩個小時，她爸爸就要站在滿是記者的房間裡，告訴他們說首都的刀械犯罪率已是歷史新高，所以萬一媒體聽到風聲說今天早上又發生一起與刀子相關的命案，而且凶手似乎是利用他女兒寫的書當指南，讓犯罪現場乾淨得找不到相關跡證，他恐怕就難看了，對吧？」

「噢——」證物組員緩緩點頭說：「還用說，那就難看了，對吧？」

9

勞頓結束與校長的會談後，昂首闊步走過擠滿學童的走廊離去。她很想踢牆或是摔東西。勞頓的怒氣源源不絕，這種感覺她格外熟悉，是一種由挫折產生的憤怒：別人不好好聽妳說話的挫折感。每當瀏覽舊的命案檔案，看到被害人事前曾詳述他們對於後來殺害他們的人的恐懼，而這些陳述卻受到忽視時，她的感覺就和現在一樣。她好想直接衝進蕾蕾的教室，把她拖出學校。

但儘管她內心沉浸在這種焦土手段的幻想中，較實際、務實的一面卻開始爭辯起來。

把蕾蕾拖出聖馬可也許會有暫時的快感，但那能持續多久？一天？兩天？然後呢？理論上，這仍然是這一區最好的學校，否則至少也是最好的公立學校，而且教育標準局的最新報告給它各方面的評價都是「傑出」，所以我當初才會把蕾蕾送到這裡來。

是嗎，可是蕾蕾在這裡的經驗毫無傑出可言啊，她憤怒的一面吼著反駁。

不完全正確，她務實的一面回答。蕾蕾的學業表現就很傑出。

沒錯，但妳也得能撐到畢業不被捅死才行。

唉，拜託，妳明知道事實上學校裡發生重大暴力犯罪的機率微乎其微。

還是會發生啊。

喏，瞧瞧這個地方。妳可以看得出來學校也在努力。長期經費不足，這不是學校的錯。就跟警力一樣，妳也知道那結果如何。

是的，她知道結果如何。基本上，就是行不通，人太少，要做的事又太多。

蕾蕾班上有三十六名學生，本來最多應該只能有三十人。過去兩個學期，她的導師以壓力為由斷斷續續地請假，很可能就是面對人數過多又不服管教的學生而不堪負荷。因此蕾蕾的代課老師一個接著一個，每個都竭盡全力，可是在學生如此眾多的學校裡，頂多也只能做到群體管控罷了。但不知怎地，蕾蕾的學業依舊名列前茅，勞頓對此感到無比驕傲。因為利用讀書轉移注意力是一回事，在壓力下還能有優異成績可是需要強大的力量。

勞頓繞過校舍轉角，頭低低的，以免遇到蕾蕾可能會很尷尬，不料撞上一個從反方向匆匆走來的女生。書本與鬆散紙張全被撞飛，散落一地。

「天吶，真是對不起。」勞頓連忙追著紙頁跑，趁著它們還沒被風吹走。她將撿起的紙稍微整理一下，交還給女孩。「啊，妳好。」她認出她來。「瑪雅，對嗎？」女孩點頭，同時取過紙張。「我是蕾蕾的媽媽，」勞頓說道，因為不確定女孩記不記得她。

「喔，妳好。」瑪雅很快地瞄向她的眼睛，隨即又垂眼看著地上。

蕾蕾剛進聖馬可的時候，瑪雅是她的朋友之一，甚至在放學後來過家裡幾次，不過已經有一陣子沒來了。她又從地上撿起一張紙遞過去。「好一陣子沒見到妳了，」她說：「妳和蕾蕾吵架了嗎？」

瑪雅聳聳肩。「也沒有啦，只是她……我們只是沒那麼常在一起而已。」

「她常跟誰在一起？」

「沒有誰。」

勞頓感覺到因焦慮而糾結成團的胃又揪得更緊了些。她看得出來瑪雅恨不得趕緊離開，但她好不容易能從第三者的角度得知女兒的學校生活，可不能輕易放過這個機會。

「蕾蕾現在過得很辛苦，有幾個女同學在找她麻煩，」勞頓放低聲音，兩眼看著瑪雅。「甚至有人威脅要砍她，這件事妳知道嗎？」

瑪雅雙眼很快地往上一瞄，旋即又轉向一旁。

倘若在法庭上或是警方詢問的錄影帶上看到這類行為，勞頓會視之為閃避且可疑。但瑪雅只是個意外受到大人提問的青少女，所以也許沒什麼。

「如果妳知道些什麼，告訴我，以後不會給妳帶來麻煩的，我保證。」

瑪雅環顧操場一周，仍有吵雜的學生趕著去上下一堂課，但人已逐漸減少。她顯然非走不可了。

「拜託妳，瑪雅。」勞頓說：「如果學校裡有人拿刀威脅同學，那就非得做點什麼不可。」

瑪雅抬起頭，此時她臉上露出了所有青少年共有的那副「你們大人根本什麼都不懂」的表情。

「這裡是聖馬可，」她說著起步便要走開。「很多學生都會帶刀。」

10

希莉亞．巴恩斯坐在肯迪什鎮區警察局二樓某處，一間毫無特色的偵訊室內。她目不轉睛瞪著眼前傷痕累累的桌上的那杯茶，紙杯裡裝著相同顏色的液體，液體中央有一些泡泡在緩緩轉圈，形成一座漂浮的小島。她沒有看見泡泡，或是茶水，或是杯子。她看見的是愷兒．米勒倒臥在一圈殷紅當中，而她有一小部分脫離開來的心思還在擔心哪有辦法清除掉地毯、沙發和白漆牆面的汙漬。要是讓它們乾掉，就不可能了。

她發現的時候就乾掉了嗎？

她記不得，於是開始焦慮起來，萬一待會兒警察問起呢。她試著只專注於自己確實知道的事，以便冷靜下來。

當然了，牆壁可以重漆，不必使勁刮除汙漬，而沙發是皮製又很新，或許也救得起來。

但地毯沒辦法。

無論用再多鹽巴、白酒、小蘇打粉，或是使出她其他任何一招主婦密技，都無法移除那塊地毯上的髒汙。只能整塊換掉。只有這樣才能恢復客廳原來的乾淨整潔完美，一如愷兒．米勒喜歡的樣子。

愷兒。

希莉亞再次想像她的模樣，她的血滲入被弄髒的白色地毯，那副蒙住她雙眼的可怕眼罩，還有擺放在她四周的那些奇怪物事。

開門的聲音嚇了她一跳。一抬頭便看見剛才端茶來的那個親切女孩進到室內，同時拿著一只公事包和一台筆電。雖說是「女孩」，其實她穿著制服，必定是女警員，不過希莉亞心想現在恐怕不這麼叫了。那麼就直接喊警員，但這麼喊她感覺又不太對。

女孩露出和善但專業的微笑，在她對面坐下。

「感覺怎麼樣，巴恩斯太太？」她邊問邊將公事包置於地上，筆電放到桌上一支扁平的小麥克風旁，麥克風用膠帶固定，連接到裝釘在牆上的一個巨大錄音設備。

希莉亞張口欲答，卻不知該說什麼。事實上，她什麼感覺都沒有。儘管度過一個可怕的上午，她只覺得麻木又精疲力竭，好像一直在哭，但並沒有。她似乎擠不出一滴眼淚。

女孩持續對她展現和善的笑容。愛麗絲——這是她的名字，一個好聽、老派、能安慰人心的名字。她讓希莉亞想起自己的姪女，同樣的膚色、同樣的淺淡紅髮、同樣滿是雀斑的乳白皮膚和一雙淺綠眼眸。很可能年紀也相仿。俗話是怎麼說來著？當你開始覺得警察年輕，就知道自己老了？想想看，這麼年輕的女孩就得處理當天早上她在米勒家看到的情形。這讓希莉亞感覺更老了。老而純真，就好像她是小孩，而這個年輕女孩是大人。

「我需要採妳的指紋，只是為了知道屋裡的指紋哪些是妳的，那麼就可以加以排除，幫助我們確認有哪些是不應該出現在現場的。然後我要問妳一些問題，好嗎？關於房子，關於妳的雇主之類的問題，可以嗎？」

希莉亞不願回想，但她十分希望幫助警方逮到對愷兒．米勒做出這種事的人，因此她點頭，因為一想到那樣的人，那樣的東西可能還在外頭逍遙，就讓她感到害怕。

指紋掃描器從公事包取出後，希莉亞依照指示在上面滾動手指，接著穿制服的女孩按下錄音設備的一個按鈕，一盞紅燈隨即亮起。她看了看手錶。

「現在時間是九月十五日星期二上午十點五分。警員愛麗絲．伊茲針對編號45201/D案件對希莉亞．巴恩斯太太進行首次證人詢問。」她抬起頭，溫和的笑容再次就定位。「我知道這可能有點困難，巴恩斯太太，但我需要妳將今天早上發生的事一五一十地告訴我，愈多細節愈好，好嗎？就從妳進屋之前開始吧。請盡可能回想妳有沒有注意到街上有任何車輛、任何人。就算覺得很瑣碎也不要緊，在目前這個階段，每個細節都可能很重要，所以凡是妳記得的一切都說出來。」

希莉亞點了點頭，將茶杯拉近，透過硬紙感受茶水的溫熱。她沒有喝，而是開始說話，敘述整個早上直到發現愷兒．米勒屍體的過程。即便當她皺著眉頭，努力回想那個可怕早晨的諸多細節，她卻覺得愈來愈焦慮而無用。她很希望能想起更多有用的事情，而不只是一些無聊的細節諸如空蕩的街道、她從哪個櫃子拿出漂白水等等，列出自己乏味的早晨例行公事，只是更加強調出她的生活有多單調空洞，而且一直都是。當她明白無論自己做什麼或說什麼，都無法幫助他們抓到殺死愷兒的凶手或是阻止愷兒喪命，才終於流下淚來。

警員不知從哪拿出一小包面紙，從桌面滑過去給她。

「對不起，」希莉亞說著擦拭淚水並擤鼻子。

「沒關係。慢慢來就好，巴恩斯太太。」

「我只是希望能幫上更多忙，如此而已。」

「妳是在幫忙啊。知道妳在屋裡走過哪些地方、碰過哪些東西，就是幫了鑑識人員天大的忙。妳做得很好。妳想繼續的時候就跟我說一聲。」

希莉亞點頭。「我沒事。」

「好。妳有米勒家的鑰匙嗎？」

「有。」她往手提袋裡摸找，掏出一個鑰匙圈，上面掛著所有她負責打掃的屋子的鑰匙，他們家德瑞克總說她拿這串鑰匙很像獄警。她從中挑出一把銀色摻雜綠色的安全鑰匙。「這支是米勒家的。好像需要一張特別的ID卡才能複製。」

伊茲警員接過鑰匙，仔細端詳刻在長方形鑰身上那些複雜的溝紋圖案。「補充記錄，巴恩斯太太現在出示了一把安全鑰匙，鑰匙扣是綠色，上面印著品牌名稱Mul-T-Lock。」她抬眼看著希莉亞。「我們得把這個納為證物，可以嗎？」

希莉亞遲疑了。接下米勒家的工作時，麥可非常清楚地強調這把鑰匙必須非常小心保管。答應我妳會保管得非常周密，他這麼對她說，眼眸中閃爍的光芒削弱了他語氣中的嚴肅。而她也答應了，臉還微微泛紅，彷彿這是兩人之間的祕密。

但此時不同，這是警察，而她當時給他的承諾已經被一道大鴻溝隔離到另一邊去了，這條鴻溝貫穿了她的人生，將它分隔成愷兒的生前與死後。倏忽間，她難過地領悟到她再也不需要這鑰匙了，因為那個每週五與隔週週二去打掃米勒家的生活，如今已屬於「從前」，她再也不會回那兒去了。於是她動作笨拙地將鑰匙從鑰匙圈扭下，目視著親切的警員從地上的公事包拿出一個小塑膠證物袋，將鑰匙密封進去。

「妳會怎麼形容愷兒和麥可．米勒之間的關係？」警員問道，一面開始填寫證物表格。

希莉亞一時愣住，突然間轉換話題讓她措手不及。平常，她絕不會與任何人談論雇主的事，但話再說回來，這不是平常的狀況。

「他們在一起的時候很甜蜜，」她說：「非常非常相愛。」回憶如潮水般湧過她的腦海。「我可能會說他們大概是我所知道最恩愛的一對。我不知道他們在一起多久，但互動仍像是新婚夫妻。」她忽然想到這暗示著什麼，不由得臉紅。「我是說，他們的相處真的好甜蜜，好體貼，老是牽著手坐得很近。我是說，不是那種膩得讓人噁心的感覺，就是——很自然。」她想起一事微微一笑。

「我一直都得特別注意的事情之一，就是麥可買給愷兒那一大堆花的花粉。妳知道嗎？愷兒很愛百合花，白色百合——花是很美，可是花粉很容易弄髒就很討厭。」她覷了一眼錄音機上的紅燈。「我是說，如果不小心，真的會沾得亂七八糟，尤其是白色的表面，所以在那間屋裡，妳應該可以想像吧。最能避免的做法就是剪掉雄蕊，可是愷兒喜歡花的完整外觀，所以不能那麼做，於是我問他們介不介意給我買一台充電吸塵器，就是手持的那種，那我就能把掉落的花粉和雄蕊都吸得一乾二淨。不能用擦的，妳知道吧，因為這樣也會弄髒，可以說跟薑黃一樣糟，妳也知道當妳買印度餐外帶，結果灑了一地，會是什麼模樣。總之麥可買了一把給我——是Bosch，頂級的品牌——那個問題就是這麼解決的。我覺得在那之後，他比以前更常買花了。他老是買花送太太，買花、買卡片，還有小禮物，好像每天都很特別，像在過生日或紀念日似的。」

「這麼說妳沒有注意到有什麼問題囉？沒有吵架，也沒有不太對勁的跡象，像是分房睡之類的？」

希莉亞在椅子上動了動身子。她知道他們得問這些問題，但以這種方式談論愷兒和麥可，她還是覺得不自在，好像在跟陌生人說他們的八卦一樣。這時候她忽然認知到一件事，不禁雙眼圓睜。「妳該不會以為是麥可做的吧？」她開始搖起頭來。「不，他絕對不會，他不可能……」

「目前這個階段，我們不排除任何可能，巴恩斯太太，但重要的是我們必須了解他們之間的關係如何，說不定會有什麼緊張的狀況可能爆發出更嚴重的後果。因此假如妳確實有注意到什麼，特別是在過去這幾個星期左右，請告訴我們，這將會大有幫助。」

希莉亞仍繼續搖頭，不敢相信他們竟然認為麥可會做出這種事來。但緊接著她的思緒溜回到分界線的另一邊，回到的確發生過某件事的「以前」。

大約是在一個月前，其實是件芝麻綠豆大的事，但就是有點怪。那是她唯一一次目睹愷兒發脾氣，即便現在回想起來，有鑑於後來發生的這件驚天動地又可怕的大事，那件事就更顯得無關緊要了。如果她現在向這位親切的警員提起，一定會讓她產生各種聯想，想像一些根本不存在的事，結果反而把情況搞得更複雜，阻礙警方找到真正的凶手。何況爸爸不老是叫她別說死人壞話，甚至根本別談論死去的人嗎？

「妳一輩子都不可能遇到比他們更般配、更幸福的夫妻了，」她說：「而麥可絕對、絕對不可能做出傷害愷兒的事。不管凶手是誰，都不會是他。只要妳和他談過，就會明白……」又一個新思緒閃過腦海。「天吶，他不知道。得要有人去通知麥可。你們得去找他，告訴他發生了什麼事。他出門去了一個地方。」她重新低頭注視著茶水中轉圈的泡泡，絞盡腦汁回想著上個星期愷兒隨口說過的話。「他好像是去參加瑜伽靜修，在國外某個地方。我想是，印度吧。天吶，可憐的麥可，他一定會嚇壞了。得要有人打電話給他，讓他知道……得要有人告訴他……」淚水再度湧現，淹沒了她的話尾。

伊茲警員又抽出一張面紙遞給希莉亞。「我們曾試著聯絡米勒先生，」她說：「事實上已經試了幾次，但他都沒接電話。」

希莉亞擦擦眼睛，然後將面紙連同前一張緊緊揉成團。「那……說不定他在睡覺。他那邊很可能還是晚上。你們難道不能查出他在哪個度假村，然後請人去叫醒他嗎？」

「我們會的，」伊茲警員說：「我們正在盡一切努力找到他的所在。」

「不是他做的，」希莉亞又再搖著頭說：「麥可沒有殺愷兒。他不可能會這樣對……」

伊茲警員露出她和善、專業的微笑。「我相信妳是對的，巴恩斯太太。但是在我們能找到他問話並排除他涉案的可能之前，麥可．米勒都是我們的頭號嫌疑人。」

11

坦納錫脫下防護衣，揉成一團，塞進行動指揮所內一只犯罪現場垃圾袋中。隔著玄關對面的客廳裡，犯罪現場負責人與其助理正用大袋子套進愷兒．米勒張開的雙臂，束上繩索固定，將證據密封。他從口袋掏出手機看時間，剛好有一個小時多一點的時間可以穿越倫敦，另外有四通未接來電——兩通是辦公室打來，兩通是他母親——這是最近這陣子他最接近在工作與生活間取得某種平衡的一次。他走向前門，抬頭看見貝克警長正要下樓。

「你收工了？」

「對。找到丈夫了嗎？」

「有啊，結果他人一直在樓上。」

貝克從口袋拿出一根電子菸，隨著坦納錫來到前門，他腳下的藍色塑膠鞋套在昂貴光亮的木地板上窸窣作響。

「他還真有點神祕呢，我們這位米勒先生，和他太太一樣。選民登記名冊上沒有紀錄，網路上沒出現過，兩個人都沒有國保號碼，沒有工作史，沒有任何檔案紀錄。就紀錄來說，他們並不存在。他們是幽靈。」

他二人跨出門口，來到門外的史溫巷。

「那銀行對帳單、帳單之類的呢？」

貝克點燃電子菸。「到目前為止，屋裡到處都沒發現任何文件。沒有資料櫃、沒有筆電、沒有電腦，什麼都沒有。簡直就像剛搬進來，只不過聽鄰居們說他們已經搬來將近一年，但也僅此而已。他們沒有加入高爾夫俱樂部、健身房，或一般的社交團體，所以好像根本沒人認識他們，既不知道他們從哪裡來，也不知道他們靠什麼維生。」

「我們會繼續追，」——坦納錫仰頭看著屋子正面——「要賺到足夠買這種房子的錢，過程中絕不可能不留下一點痕跡或樹敵。」

貝克往上方迷濛的空氣吐出一長串白煙，然後搖搖頭。「我還是覺得是他。還有誰能不觸動警報器進屋？還有誰能再次離開並重設警報——發現屍體的清潔婦說她到的時候，警報器是開啟的。」

坦納錫緩緩點頭。「不管殺死愷兒．米勒的人是誰，肯定是出於一定程度的氣憤，甚至於暴怒，代表這可能涉及私人，屬於激情犯罪。可是話說回來，事後的清理卻那麼冷靜沉著，幾乎不帶任何感情。」

「那是因為他看過書了，不是嗎？」貝克又抽一口電子菸，一面搖頭一面吐出一條長長的、帶有草莓味道的白煙。「勞頓．李斯。女生取這什麼名字啊，難怪她那麼痛恨她爸爸——要是我被取了這種怪名，我也會很氣他。」

坦納錫回想著自己只遠遠見過一面的那名女子。「其實很適合她。」

「你認識她？」

「我報名升等考的時候，去聽過她的一堂課，當時我剛看完她的書，感到很好奇。」

「怎麼樣？」

「你說書還是她？」

「隨便，都說說。」

「書寫得很棒，清楚明瞭，見解深刻。她人也很不錯，出乎意外的年輕，非常銳利，專注得嚇人，她八成可以成為頂尖的警探。」

貝克嘟囔道：「只要和她老子扯上關係就不可能。」

坦納錫點頭。一如大倫敦警局的所有警員，他也知道大老闆和他那個疏遠的女兒之間感情不睦，但他總是刻意選擇不去深究，心想這與自己無關，他寧可不知道。但如今她所寫的關於犯罪現場處理程序的一本教科書，出現在看似徹底清理過的犯罪現場——他的犯罪現場——就變得與他有關了。「局長和他女兒到底怎麼回事？」

貝克轉向他，臉上帶著既困惑又感興味的表情。「你不知道？」

「只知道一些大概。我知道有個被局長抓進牢裡的人殺了他老婆，他女兒因此怪罪他。」

貝克哼了一聲。「她不只怪他，而且恨他，是恨之入骨。事情發生的時候我也在，真的不是一般的難看。其實，誰家裡沒有問題要處理，但不會像這樣，不會在每份報紙的頭版連續刊登好幾個月。那是大新聞，去查查麥維案就知道了。事發之後，女兒整個人變得超怪異，完全崩潰，也不肯和老爸住在一起，甚至流落街頭一陣子，還懷了身孕，後來才振作起來。現在她在替警察上辦案程序的課，還寫書教我們該怎麼查案，這不用心理醫生說也知道她在搞什麼。她好像把教訓父親當成畢生志業，要讓他知道自己做錯了什麼，又應該怎麼做才對。幸好是你要去跟局長說這些事，不是我。」

一輛公車隆隆駛過。正當公車重新啟動上路時，某扇上層窗口有名年輕女子看見他二人站在警車旁邊，連忙將手機從耳邊拿開，對著他們。時間應該太短，她沒來得及拍照。應該。

「你覺得我們應該封路，免得那些湊熱鬧拍照的人靠得太近嗎？」貝克說著將電子菸重新收進口袋。

坦納錫思考片刻後搖頭。「在社群媒體公布幾張模糊的照片，恐怕比封鎖公車路線上的主要道路而引起更多關注來得好。暫時就保持原樣吧，在屋子周圍拉一條線，關閉墓園，不要對任何人說任何事。如果真有記者出現，就說很快就會發表正式聲明。不過搬移屍體要小心，必要的話可以實行交管。」

「明白。」

坦納錫又看看時間：十一點五十八分。搭地鐵到西敏站半個小時，走到海格特站十分鐘，從西敏站走到新蘇格蘭場（大倫敦警局總部）十分鐘，記者會一點開始。他還有時間。差不多剛好。他從外套口袋拿出幾張印了字的紙，迅速瀏覽所有的資料，他原本希望能利用早上時間背下來的。

「犯罪數據有多糟？」貝克問道，一面偷覷紙頁。

「很糟。」坦納錫說：「尤其是刀械犯罪。所以在我們釐清案情之前，不能讓記者靠近這裡。萬一被小報記者發現有一本局長女兒寫的、關於鑑識的書，出現在一個沒有留下跡證可供鑑識的『千萬豪宅命案現場』，消息一定會佔據所有頭版。打死我都不想去跟局長解釋這個。」

12

電郵在正中午寄達。

布萊恩・史萊德——瘦如竹竿，穿著低調時尚的慢跑服裝，站在編輯室角落他那張升降辦公桌前——一開始並未看到。截稿時間快到了，他正如火如荼地撰寫一篇關於戴倫・普拉特的報導的主文；這位英超前鋒或許有，也或許沒有夥同他兩個朋友在某間飯店房間和一名未成年少女發生性關係。判決會在今天出爐，最遲明天，等到公告一出來，就會立刻成為《每日報》的頭條。

史萊德啜飲一口水瓶裡的水，身體重心在兩腳之間轉移，左右輪流抖抖腿，甩掉因為緊張而充斥全身的能量。他並不在乎判決的方向。如果普拉特被判有罪，史萊德有一大串前女友和形形色色的一夜情對象在排隊等著，她們會穿著清涼地（每脫一件就給幾千塊）擺姿勢，並鉅細靡遺地講述這位足球員在臥室裡與人品上的諸多怪癖與缺點。而如果普拉特獲判無罪——依據往例加上他每星期賺二十萬的事實，他有能力砸錢獲得最好的辯護，看來有此可能——那麼史萊德便會利用這些前女友所說的不堪入目的小故事作為威脅，取得普拉特的獨家專訪。無論如何，他都能獲得一則獨家，《每日報》也能得到頭版。性愛、運動、金錢與魅力，這些是帶動報紙風向與決定點擊數與流量的關鍵，一直以來都是，以後也會是。現在只需要判決結果，他的報導就能馬上收尾了。

他伸伸懶腰活絡筋骨，再喝一口水，正準備重新埋頭寫稿，螢幕上忽然跳出一則行事曆的提醒通知。

警局記者會－1pm

如果說性與醜聞是史萊德的基本生計，那麼「警察很爛」的報導則更像是嗜好，而犯罪統計年報的公布通常都很有價值。多虧他收買的一個條子，史萊德已經看過那些數據有多糟，難得能看到李斯局長扭捏侷促地企圖把他不得不遞出去的一堆狗屎弄得好看一點，這機會可不容錯過。倘若史萊德能在五分鐘內寫完稿並暫時擱下，就會有充裕的時間前往新蘇格蘭場，坐定後好好享受這番樂趣。他點了一下通知訊息將它關閉，隨即便發現那封電郵，標題主旨吸引了他注意：

喬治．史萊德警長——RIP

史萊德感受到每次見到父親名字時都會有的激動情緒：痛恨、憎惡、恐懼——都過這麼多年了，依然感到恐懼。他環顧編輯室，看能不能發現有誰在偷笑或是假裝不看他，但每個人都盯著自己的螢幕。寄這封電郵的人若非不在編輯室裡，便是低調隱藏得很好。

他看了看寄件者——justice72@yahoo.com——可能是任何人，編輯室裡標準的小動作，找到某人的弱點，然後死命戳下去，而在這裡每個人都知道每個人的祕密，你找上我，我也會找上你，同歸於盡，爛者生存。

史萊德點開訊息，以為會看到某人臀部的照片，或是某部男同志色情影片的截圖，並利用photoshop將畫面中某個被另一位老兄騎在身上的傢伙替換成他的臉，又或是類似的玩笑。不料，一打開便有一連串大的影像檔案開始下載。

第一張照片是一間染血的白色房間，大量的血，房間正中央似乎躺了一名死去的女子。第二張是女子活著的模樣，一個金髮美女，只不過有一把刀刺穿她的笑容，刀刃上的血沾染上她的貝齒。她依偎在一個溫柔英俊的男子身旁，男子看起來像是名人，但史萊德不認得他，所以不可能。他們倆站在一起就像廣告中一對夫妻，在推銷某種令人夢寐以求的東西，例如投資物或高級遊艇等等。照片底下有一串字寫著：愷兒與麥可．米勒。

史萊德google他們的名字，點入圖片，捲動搜尋結果，完全找不到相符的照片。

有意思。

現而今，有誰是在google上搜尋不到的？

史萊德又回到郵件，直瞪著照片中被刀子戳穿的那對微笑夫妻。「嗨，愷兒和麥可．米勒，」他喃喃地說：「不知道你們是何方神聖。」

另一張圖片下載下來，是一棟房屋的外觀，擁有一整面玻璃牆的現代化大宅，聳立在高大樹木背後，前景看似有許多墓碑。這是令人震撼的影像，從緩慢的下載速度可知這些都是大檔案，解析度高，不過犯罪現場的照片右下角都會有時間與日期標記，事後得裁掉。史萊德可以想見這棟房子的圖片安置於標題下方，但內容是什麼？郵件主旨提到他父親，他卻看不出這些圖片與父親有何關聯，除了這是一個犯罪現場，而他老爸曾經是大倫敦警局的警探，後來被踢了出來。他看了看犯罪現場照片上的時間戳。日期是今天。所以說不是他的某樁舊案。那是什麼呢？

又一張照片開啟，是女子屍體的放大照，她躺著的白色地毯，將血襯得格外鮮紅；此外有個東西，史萊德在遠景照中漏掉了。他向前俯身，瞇眼細看照片，試著釐清那些仔仔細細擺放在女子屍體周圍的物品。彷彿在回應他似的，另一張開啟的照片正是其中一樣的特寫，是一本書，史萊德立刻知道故事是什麼，該如何編造，他更有十足的把握。

勞頓．李斯。

他已經多年未想起她，上一次已是將近二十年前，他報導麥維案的時候。

他一把抓起手機，從最近的通話紀錄中找到一個號碼，撥了過去。

勞頓．李斯，他第一個貨真價實的獨家新聞的主角之一，隨著她人生急遽轉化為悲劇，也等於源源不斷地送禮給他。但後來她振作了起來，便不再有新聞價值。如今她回歸了，她的名字在一棟百萬豪宅中一個血淋淋的房間飄然而出。

金錢。謀殺。上流人士。他不到五分鐘就能寫出來，只是需要確認真假，又或者有無足夠的真實性發展出一篇報導。

電話響了起來，他重新搜尋照片想找到那棟房子。就蓋在舊墓園旁邊，這種房屋不可能太多，至少在倫敦不可能。當然，有可能在另一座城市，只是他不這麼認為。

「要幹嘛？」一個低沉的聲音嘟噥道：「犯罪數據已經給你了。」

「不是為了那個，是關於一宗命案。被害人是女的，金髮，外表打理得很好，大概三十來歲，也可能四十多，但保養得不錯，至少在某人捅她好幾刀以前是這樣。她被殺的房子是那種故作氣派、建築師設計的鋼鐵玻璃盒，看起來很像牙醫診所還是科技公司的辦公室。房子旁邊就是一片老舊墓園，全是大樹，墓碑上有青苔。可能是海格特，也可能是斯托克紐因頓。」他聽見一聲嘆息，接著隱約傳來敲鍵盤的聲音。「什麼時候的事？」

史萊德回瞥一眼照片角落的時間戳。「今天早上。」

鍵盤又敲了幾下。「好，找到了。死者是愷瑟琳·米勒。三十九歲。被清潔婦發現陳屍在她海格特的住家。」

史萊德打開筆記本寫了起來。「知道清潔婦的名字嗎？」

「呃……希莉亞·巴恩斯。」

「有沒有嫌犯？有沒有人被羈押？」

「還沒有，不過我們在找那個丈夫，名叫麥可·詹姆士·米勒，四十八歲，目前行蹤不明。你想知道什麼？」

「還不確定。還有其他的嗎？」

「不多。現場還在採證，所以得等他們回來上傳報告，才會有最新的檔案。那個清潔婦被問過話了，有錄音檔。」

「那給我。還有什麼嗎？」

「好像沒有了。有一份簡短的初步報告是一位凶案組警長寫的，他形容現場非常乾淨。」

史萊德重看女子躺在房間中央的照片，房裡妝點著她的斑斑血跡。「你說『乾淨』是什麼意思？」

「就鑑定上的意思——沒有指紋、沒有DNA，好像是被很專業的人給擦掉了。」

「真的？」史萊德捲回到書本的照片，重看書名後露出微笑，此時報導內容在他心裡具體成形。「檔案裡有沒有提到一些留在屍體旁邊的東西？」

「沒有。聽起來你知道的訊息比我還新。誰給你的？」

就是啊，誰呢？

「幾點報的案？」

「呃……早上七點五十七分。」

史萊德將郵件內容往上捲，查看所有犯罪現場照片的時間戳，不由面露笑容。

「我高層的朋友不只你一個，」他說：「有新的進展隨時讓我知道，我晚一點再打給你。」

他掛斷電話，打開一個新檔，所有關於戴倫．普拉特的心思與他的官司全都拋到腦後去了。

晚報頭版只會有一則報導，而這不會是關於幾個足球員亂搞性關係的新聞。

13

勞頓・李斯衝進位於倫敦都會大學四樓的小辦公室，袋子隨手扔在布料已破舊到露出橘色海綿的椅子上，砰地關上身後的門。

「該死！」她咒道，順便將她怒氣沖沖從女兒學校一路走來積累的火氣發洩一點出來。她看看時間。第一堂課還有十五分鐘——走到教室兩分鐘，算四分鐘好了，也許電梯停在其他樓層，有十分鐘空檔。現在馬上著手，時間差不多剛好。

她一屁股坐進與另一名同事共用的老舊旋轉椅，開啟那台同樣與人共用的米色古董桌上型電腦，輸入密碼，這是唯一專屬於她的東西。

「該死。」她又咒一聲，這回輕了些，接著她腦中回響起瑪雅那句不經意出口卻令人毛骨悚然的話，忍不住又罵一句湊成三次。

這裡是聖馬可。很多學生都會帶刀。

好哇，真的是夠了。如非必要，她絕不讓蕾蕾在那個地方再多待上一天，尤其那個「叫我約納森」一堅持他那愚蠢的哲學教育方針，根本死不認錯。

電腦螢幕一閃，啟動了，倫敦都會大學的校徽填滿畫面，一頂黑色武士頭盔加上一隻抓著魚的手，總會讓她覺得自己是在蒙提・派森搞笑大學講課。她打開一個瀏覽器，搜尋「北倫敦頂尖私立學校」，然後點進排在第一位的結果。

網站的首頁載入，出現一棟美輪美奐的紅磚建築，與其說是學校倒更像飯店的三溫暖設施。勞頓撥打聯絡電話，等候電話接通之際，一面捲動網頁，只見一張張專業拍攝的照片中，快樂的學生正興高采烈地上音樂課與化學實驗課。看起來令人驚喜、振奮——很安全。而且看起來很貴。

她瀏覽直列於網頁側邊的導覽選單，看見「學費」二字，才剛點下去就有人接起電話。

「海格特與哈洛威女子學校，」一個語調高雅但和善的女人說道。她聽起來平易近人，和聖馬可櫃檯那個暴躁的凶婆子天差地別。

「妳好，」勞頓說：「我只是想替女兒找間適當的學校，不知道能不能和誰談談？」

「當然了，」女子友善的聲音宛如鶯燕啼鳴。「我馬上為妳轉接註冊組的威爾森女士。」

電話喀一聲，舒緩的古典音樂填補了空檔，讓勞頓想起在草地樹蔭下慵懶的夏日午後。她瀏覽「學費」的網頁，一面心算加總，眉頭不自覺地皺起：一學期七千，一年兩萬一，同意入學時須繳訂金五千，外加一百五十英鎊的報名費（不可退還）。看來，快樂得付出代價，而那個代價光是第一學年就差不多要兩萬六。

「該死！」她喃喃自語，就在同一時間夏日音樂中斷，另一個友善的聲音取而代之。

「妳好，我是荷莉．威爾森，海格特與哈洛威的註冊組長。據我了解，妳有意為令嬡申請入學？」

「是的，應該……是的。」勞頓即刻心慌意亂起來，擔心這位和善的女士剛好聽到她咒了那句「該死」。

「好極了。那麼我們先從幾個細節說起，好嗎？」女子繼續說道，看起來她應該沒聽見，謝天謝地。「令嬡叫什麼名字？」

「蕾蕾，呃，格蕾絲．李斯。」

「格蕾絲，好美的名字。我們學校好像沒有人叫格蕾絲，那麼她將會是第一個。」

勞頓聽見緩慢敲打鍵盤的聲音。她瞄一眼螢幕最上方的時間，發現自己有棘手的問題要問，卻沒有太多時間。

「格蕾絲今年幾年級呢？」威爾森女士問。

「九年級。」

「好，所以她正要做會考選科。」

「是的。」

直接問吧。*這是絕對合理的問題。別再被這位優雅和善的女士嚇退了。*

她吸一口氣，將滑鼠游標移到螢幕一個空白處，按了三下滑鼠鍵後說道：

「抱歉，威爾森組長，我不能講太久，因為我在上班，我得……事實上，學費有點難以負荷，不知道是否有提供哪些獎學金？」

「噢，是，當然有。我們確實有為每個年級提供獎學金，以考試成績和學期中的表現作為依據。」

「那麼能折抵多少呢？」

「這個嘛，根據成績有不同的額度，不過最多可以減免到百分之二十五。」

百分之二十五。

勞頓暗自計算。每年仍然得另想辦法再籌到一萬五——稅後——還別提那訂金五千，加上制服費用，而且前提是蕾蕾得拿得到最高的七五折折扣。

「你們還有其他的補助可以申請嗎？」

「嗯……我們是正式登記的慈善機構，所以有一部分學生會接受祖父母的部分或全額贊助，這對節稅非常有幫助。」

「並沒有。我是說，蕾蕾沒有祖父母。」謊言輕易地脫口而出。反正就這次的談話而言，這是實話，因為她絕不可能求助於他。「那麼有在地學生的助學金嗎？我們住在哈洛威，所以……」

「有的，我們每年的確會透過經濟狀況的調查，為一小部分無法負擔全額學費的學生提供補助。需要的話，我可以寄一些詳細資料給妳。」

「那就太好了，謝謝妳。」

「或者我也可以當面交給妳——妳參觀過學校了嗎？」

「沒有，我……」

「那麼我非常樂意為妳和格蕾絲安排參訪，她甚至可以順便進行入學測驗。」

「入學測驗，是啊。」勞頓空出來那隻手的拇指開始輪流與每根手指相碰，每次碰三下，她一察覺立刻感到氣惱。

這是她想要的，不是嗎？把格蕾絲弄出那間爛學校，進入一間可以讓她有正常作息，不必受人持刀威脅的學校。那她還猶豫什麼？不是因為錢——好吧，有一部分還是因為錢，但這個她總能設法解決。她可以多接一點諮詢工作，拉長工作時數，寫本犯罪小說——總會有辦法。她看看螢幕上的時鐘，發現沒時間了。

「不好意思，威爾森組長，我得趕緊走了。今晚我會和蕾蕾談談，明天再回電給妳，希望能安排一個參觀的時間，好嗎？」

「沒問題。我可以很快問個問題嗎？」

好像不行——她暗忖。「當然。」她說。

「妳們為什麼要轉學？」

因為那個校長是個蠢蛋。

因為那間學校好像每個人都會帶刀。

「因為我認為她目前的學校不太適合她。」她說：「我覺得多一點……制度對她有好處。」

「可不是嘛。」威爾森組長回答道，聲音中明顯帶著笑意。「我相信格蕾絲會非常適應我們海格特與哈洛威的。我期待早日聽到妳們的回音。」

勞頓掛斷電話，抓起儲存了她所有教學幻燈片的記憶卡，再從桌上堆積如山的書中挖出兩本──《數字遊戲：為什麼你的足球知識全錯了》和一本薄書，是某個學生從Amazon網站訂購拿來請她簽名的。匆匆忙忙走出辦公室時，她瞄了一眼封面，一具屍體輪廓上方寫著書名：《如何處理謀殺案》。

也許應該叫所有學生買她的簽名版。版稅對於付格蕾絲的新學費會有幫助。

14

坦納錫抵達海格特地鐵站時，正好有一班南向列車駛離月台。他吁了長長一口氣，看看時間表。下一班車還要四分鐘，他在月台上踱步，享受著離去列車所帶來，漫過整個月台的涼風。

據前輩們說，曾經有一段時間，在倫敦最快速的交通工具絕對就是閃著藍燈、鳴著警笛的警車。如今，預算大減加上如地獄般的倫敦交通，警察要從城市這一端到另一端的最快方式，和其他人沒兩樣。

地鐵。巴士。單車。走路。

他從外套口袋掏出小抄，那是他在今天記者會前所匯集到所有犯罪與刀械犯行的歷史資料的濃縮精華版，但他太心不在焉，無法專注。他滿腦子只想到米勒宅第，和環繞著死者的奇怪物品，還有局長女兒——誰都不許提起的那個女兒——寫的那本書。

去瞧瞧麥維案，貝克這麼說。

坦納錫將筆記重新塞回口袋，取出手機查詢勞頓．李斯．麥維。

地鐵站內的訊號微弱，而且坦納錫已經聽見下一班列車接近的吱嘎聲與隆隆聲，於是他沿著月台走，像個尋水師般將手機直直拿在胸前，搜尋較強的訊號。

搜尋結果的頁面下載完成時，列車正好戛然在他身邊停下。車門轟隆打開，他點進第一條搜尋結果，同時跨入車廂，停留在門邊，趁著列車離開前盡可能捕捉訊號。

橫幅首先載入，顯示他進入的是《每日報》的網站，接著頭條出現：

「蒙面魔人」嫌犯殘暴殺害逮捕他的警察之妻

- 亞德里安・麥維，被控在十年間殺害八名兒童並攻擊數十人，卻由於辦案過程拙劣，導致戲劇性轉折，無法成案，麥維獲得釋放。
- 數小時後，麥維殘忍殺害了負責調查他的案子的總督察約翰・李斯的妻子。
- 李斯總督察之女勞頓・李斯，年十五歲，目擊了母親遭殺害的過程。

布萊恩・史萊德為《每日報》與拉魯出版撰稿

車門滑動關上，列車猛地往前晃動，坦納錫一時失去平衡。他用空出來的手抓住握桿，用拇指滑動文章頁面，以確定全文皆已下載，那麼一旦離站後失去訊號，他還是可以閱讀。文章是完整了，但照片還在下載，一開始模模糊糊，隨著數據一點一滴流入，一些人與面孔也逐漸從數位迷霧中浮現。有一張上頭是個五十出頭的男人，稀疏的紅髮往前梳，方形金屬邊眼鏡反射的光線讓他的眼睛彷彿閃閃發亮。

亞德里安・麥維，說明文字寫道，「蒙面魔人」嫌犯。

另一張上頭是個年輕女孩，嬌小、金髮，正被醫護人員帶離一棟屋子走向救護車，一雙大眼瞪視著相機。

勞頓・李斯，十五歲，說明文字寫道，目睹母親慘遭亞德里安・麥維殺害。

列車又顛晃了一下，接著空隆隆駛入隧道，車廂窗戶隨即轉黑。坦納錫的訊號降為一格，隨後訊號全無，照片也停止下載。

他朝車廂另一頭走去，隨著列車行進左搖右晃，最後找到位子坐下，將文章滑到最頂端讀了起來。

亞德里安・麥維，五十二歲，久未偵破之戀童癖「蒙面魔人」連續殺人案主嫌，昨晚在殘暴殺害四十八歲的格蕾絲・李斯後落網。格蕾絲・李斯乃負責偵辦麥維案的總督察約翰・李斯之妻。

當天稍早，法官羅賓・普蘭德利斯撤銷了麥維案，麥維因而戲劇性地被釋放。被帶離法庭時，麥維指著李斯總督察大喊：

「你毀了我的人生。也讓你嘗嘗看人生被毀的滋味怎麼樣？」

此刻看來他正是打算這麼做。

晚間十一點過後不久，一名鄰居聽見李斯位於阿克頓的住家傳出尖叫聲，立刻報警。警察在幾分鐘內便到達現場，發現四十八歲的格蕾絲·李斯渾身是血，已無反應。她身中數刀，似乎是為了保護十來歲的女兒勞頓，警方認為她才是麥維下手的目標。

李斯太太與女兒被緊急送往附近的漢默史密斯醫院，稍後李斯太太因傷重不治。攻擊發生時，約翰·李斯總督察並不在家。

麥維被發現時，人在房宅外揮舞著一把沾滿血的菜刀，還戴著一副動物面具——「蒙面魔人」的正字標記。他被制伏逮捕，然後送到一間高度安全戒護的精神病院，目前就關押在那裡。

這次駭人的攻擊事件讓人再次對於麥維究竟是不是「蒙面魔人」提出質疑。到目前為止，警方尚未表達意見，但為麥維辯護的資深大律師露絲·考丁頓伯雷發表了以下的聲明。

「麥維先生的姓名與身分與本案的連結已公諸大眾，致使我的當事人處境艱困不已。他必須承受難以容忍的審視與恨意，凡是被逼到這步田地的人都會瀕臨失去理智。我當然同情遭受此暴力行為的被害人，但重點是，請別忘記我的當事人也同樣是受害者。」

昨晚的悲劇事件是否如麥維的律師所言，是無辜人士被逼到發瘋，抑或是所謂的「蒙面魔人」的暴力恐怖統治終將告一段落，仍有待後續觀察。

地鐵列車放慢速度，剎車聲尖響。

車門開啟。有人下車。有人上車。

這些，坦納錫全然沒注意到，只是接著往下讀。

十年的暴力恐怖統治

一切始於一九九五年七月十六日，一名六歲女童正在位於東南倫敦布洛克利區的自家院子玩耍，母親就站在幾呎外的廚房裡做三明治，她卻在光天化日下被擄走。

幾分鐘後，母親聽見哭聲，發現小女兒人在院子後方的鐵軌路堤上。起初母親以為她爬過圍籬時受了傷，不料女兒——為了身分保密，暫稱為X——竟說出令人不寒而慄的話，揭露一個更凶險許多的事實。

「兔子人弄痛我了，」她說：「兔子人抓住我，把我弄痛了。」

事後的醫檢顯示女孩受到性侵。後來當警方詢問X女孩，試著蒐集關於攻擊者的特徵細節，她畫出一隻卡通版的兔子，有一雙大大的黑眼睛還帶著獰笑，稍後經確認那是一副兒童的兔子面具，只是有一個恐怖的差異。攻擊者將他面具上的眼睛挖得更大。從此便展開了這個人稱「蒙面魔人」的戀童癖連續攻擊者的暴力恐怖統治。

接下來的八年間，他至少又出手了十二次，全都在大倫敦地區內，一次比一次更加暴力，而且每次都戴著挖大眼洞的兒童動物面具。

隨著他惡名遠播，關於那副面具有何意義的揣測也甚囂塵上。很顯然是為了隱藏攻擊者的身分，但何必將眼洞挖大呢？純粹只是為了讓那些被他鎖定、驚嚇不已的孩子看了更加害怕嗎？無論原因為何，每一次攻擊的相似度證實了在逃的是個連續攻擊犯。攻擊次數不停增加，民眾的怒火也有增無減，尤其是針對逮捕行動似乎毫無進展的警方。

接著，就在第一次已知的攻擊過後八年又一個月，「蒙面魔人」的恐怖統治更形惡化了。

二〇〇三年八月一個溫暖的夜晚，十歲的艾思美．羅德從她地下室公寓的臥室中被帶走。翌日早晨，在附近一處建築工地發現她的屍體。她遭到性侵勒斃。在她屍體旁放了一個兒童的貓面具，眼洞挖得較大，是誰犯下這起可怕的案子已然毫無疑問。

「蒙面魔人」第一次殺死了被害人——卻不是最後一次。

後續的兩年內，又有四名孩童在這個凶徒手下喪命：伊蘿姿．伏瑞澤、瑪蒂達．瓊斯、伊莎貝拉．摩里森與露比梅．布朗。每回出現新的受害者，就會為不只倫敦地區而是全國各地的父母親增添新的恐懼，夜裡當他們鎖上門哄孩子上床時，總會自問：「蒙面魔人」是誰，又何時會再次出手？

二〇〇五年九月四日，我們有了答案。一直以來因為查案毫無進度加上無法阻止殺戮的無能而備受批評的警方，終於逮捕了一個人。一開始，他的身分礙於法律規定必須保密，後來卻在受審前夕洩漏出去，在網路上流傳開來，使得嫌犯不再匿名。

此人名為亞德里安．麥維，五十二歲，在南倫敦榮橡公園區一所在地小學當兼職工友，大多數的攻擊都發生在那一帶。

麥維在那個地區生活了一輩子，是當地的熟面孔，鄰居們驚愕地形容他是個安靜、友善而且總是十分有禮貌的人。他獨自住在他出生的房子，大家都知道他會穿襯衫打領帶，套上他已故母親為他織的毛衣，騎著腳踏車到處跑。

那屋子位在格里爾遜路，是一間維多利亞式排屋，剛好也背靠「蒙面魔人」第一名受害者遭受攻擊處的那條鐵道路堤，該案發生地點布洛克利距此僅半哩遠。

身分曝光後，麥維的房子屢遭破壞，他為了紀念母親玫瑰·麥維所種的玫瑰園被人燒毀。麥維本身收到無數死亡威脅，有一回受到暴力攻擊讓他幾乎一眼失明，只好將他送往蘭普頓安全醫院單獨監禁，同時等候開庭。

經歷了這許多事情，一直到在沸沸揚揚的報導中進入中央刑事法院「老貝利」受審，麥維都一再堅稱自己是無辜的。他的辯護律師團（由露絲·考丁頓伯雷主導）聲稱會證明他的清白，並主張警方太迫切想找到一名嫌犯來為這些罪行承擔罪責，以至於已準備要誣陷一個無辜的人，麥維正是他們這種心態的受害者。他們特別點名總督察約翰·李斯，調查該案的負責人，說他就是跟麥維「過不去」，因而將調查工作導向針對並迫害麥維。

審判依原訂時間於六月十四日展開，預計會持續至少八週，不料陪審團都尚未宣誓，羅賓·普蘭德利斯法官便在辯方聲請召開的審前會議過後，戲劇性地撤銷此案。

在一份聲明中，普蘭德利斯法官表示：

「公平正義乃是我們在此所做一切的核心，刑事司法系統最重要的角色無非便是展現公平正直。在本案中，警方未能妥善揭露與本庭能否公平審判密切相關之關鍵證物，甚至一度企圖加以隱匿。本庭依辯方提出的證據，相信這些嚴重情事屬實，有鑑於此，本庭別無選擇，只能遺憾地裁定無須答辯，被告當庭釋放。」

就在這份聲明出來後的喧譁騷動中，亞德里安·麥維指控總督察約翰·李斯毀了他的一生，並揚言報復。當時誰也不知道他有多認真……

（按此繼續閱讀……）

坦納錫不假思索便點了連結以展開全文，卻跳出一個新視窗寫著「頁面無法載入」。

他抬頭望向車廂漆黑的窗戶，列車深入地下，一點訊號也收不到。他不知已過了多久，也不知自己身在何處或是即將抵達哪一站。

他重新低頭看手機，回到前一頁，往下捲動，經過度假與投資等廣告後來到留言區。

高爾夫人，英國，三天前

就該判死刑。

大衛，英國，一星期

對付這種垃圾，重新啟用絞刑吧。

英國鬥牛犬，英國，兩星期前

警察和法院沒比罪犯好。馬上凍結警察薪資！

（按此繼續閱讀……）

底下是相關報導的連結：

警方汙名洗清

調查「蒙面魔人」過程無任何不當作為

針對警方調查人稱「蒙面魔人」亞德里安．麥維時處置不當一事，昨日查詢結束，所有參與辦案的警察皆獲證清白，正式返回工作崗位，無須採取進一步行動。負責主導調查工作而受到最嚴厲批評的總督察約翰．李斯表示，他希望能盡快恢復正常工作。「已經發生的事誰也無法改變，」他發表簡短的聲明說道：「但願每一位相關人士都能好好療傷，繼續自己的人生。」……

（閱讀更多）

蒙面魔人案偵辦警探之女離家
為母親之死怪罪父親

勞頓．李斯，在「蒙面魔人」亞德里安．麥維凶狠的復仇行為中，母親慘遭殺害的悲劇女主角，離家出走並主動接受社福機構安置，說她不願再與父親同住，她認為父親要為母親的死負責。李斯小姐（15歲）並無其他家人，她打算在社福機構待到滿十六歲……（閱讀更多）

蒙面魔人警察的悲劇女兒
如今成為單親媽媽接受救助

《每日報》獨家披露勞頓．李斯（18歲），即負責調查惡名昭彰的「蒙面魔人」案的總督察約翰．李斯之女，與她出生不久的女兒在街頭流浪了一段時間，如今母女倆住在一間生活重建收容所。自從三年前母親悲慘離世後，她便未曾與父親聯繫……（閱讀更多）

坦納錫已看到網頁最下方，抬眼之際，列車正好減速進站。

托登罕宮路。還有四站，轉一次車，依然無訊號。

他捲動回到頁面最上方，看著那個年輕女孩被帶離家門的照片。

十五歲的勞頓．李斯，雙眼驚恐圓睜，她都還沒真正有機會過上正常生活，機會便已經溜走了。

15

總督察坦納錫．罕在倫敦地下的黑色隧道中繼續他的旅程之際，愷兒．米勒的屍體也完成了它下山的短程之旅，從海格特移至惠丁頓醫院的太平間。

上午向來是醫院太平間最忙碌的時段，愷兒．米勒裹著塑膠屍袋躺在活動驗屍台上，加入了其他幾人的行列：一位年長的紳士，與血癌打了一場短暫而毫無勝算的仗，在午夜過後不久敗下陣來；一名九旬婦人，在丈夫驟逝離她而去三十三年後，她終於迎來死亡；一名四十出頭的男子，酒駕超速；與一個瘦骨嶙峋、約莫十五歲的男孩，他一頭棕色捲髮，皮膚狀況不佳，遍體鱗傷的身子到處青一塊紫一塊。

值班的資深病理技術員雅琳．麥馬納斯向護送最後這具屍體抵達的兩名員警微笑致意後，走進冰冷室內。她無視警方附掛於愷兒．米勒屍袋的紅色緊急標籤，而是拿起男孩的入院紀錄。儘管二十七年來因職業上的需要，她已練就情感抽離，但見到孩子仍令她難受。

凱．穆斯塔法。

她大聲唸出他的名字，這是她從上班第一天便開始的儀式，至今已持續將近三十年，藉此向每一位由她經手的人致敬。他也有警方的標籤，但不是緊急的，她瀏覽警方報告，得知當天清晨六點半左右，男孩可能是跳下、墜落或是被推下霍恩西巷橋，摔落在十米下方的 A1 公路上，被兩輛車與一輛巴士撞上後，車流才終於停下。到場的醫護人員還在男孩背上發現刀傷，但他們無法確定主要死因是這些刀傷，或是從高處墜落，又或是遭車輛撞擊。這點將由她與法醫來鑑定。但時間未到。

在太平間，表面底下包覆著僵化的體制與規定，就像皮肉包覆著骨頭，因此男孩還得再等等。因為他只是一個流浪兒，一個從破碎的社福制度逃離的孩子，一個生死都處於社會邊緣的人。沒有人會徹夜不眠擔心他的去處，沒有人會驚慌地打電話向警察通報他失蹤，因此在太平間這個人力與資金短缺的現實世界，他不是優先選項。他只是另一個數據，另一個刀械罪行下的年輕被害者。

雅琳．麥馬納斯輕輕將他的紀錄放回金屬台上，放置他殘破遺體的屍袋旁，抬眼瞥見勤務員再次進入冷藏室，準備搬運第一具屍體到隔壁去，嘰嘰喳喳的動感音樂聲從他的無線耳機流瀉而出，在這個陰鬱的房間裡聽起來格格不入。雅琳移步走向掛著紅色標籤的女子。她透過透明的白色屍袋端詳女死者，圈住她臉蛋的是一頭花了不少錢在美髮院修剪整燙過的金髮，如今已被血染得黯淡。死亡理應最能公平待人，但雅琳知道事實並非如此：證據就明擺在眼前，這名女子才剛剛送到卻得先處理，而男孩卻得等到最後，哪怕都已經死了。金髮女子看起來生前也從未排隊等候過，然而她無疑萬萬料想不到自己會這麼快便加入此一行列。

雅琳低頭注視她，暗自緬懷片刻，隨後瀏覽她的紀錄，尋找她生前身分的蛛絲馬跡——女兒、姊妹、妻子、母親——如今這些都只是描繪一名逝者的約略輪廓的文字罷了。出乎她意外的是此女也是刀械犯罪的被害人，接著是她緬懷的最後之舉：大聲唸出死者姓名。

愷兒．米勒。

「什麼？」勤務員拉出一隻耳朵的耳機，那嘈雜的音樂似乎更大聲了。

「她名叫愷兒．米勒，」雅琳回答道，手比向以白色塑膠袋包覆的女子。

勤務員點點頭，緊張地看著她，彷彿她問了一個他不知如何回答的問題。他年輕、瘦長、急切——一個高中畢業等著進醫學院的學生，來得快去得也快。誰都不會在這裡待太久。除了她。

「能不能請你把米勒太太送到實驗室？」雅琳直接下指令，因為太累也太忙，顧不得向這個年輕人解釋她的儀式。「順便告訴柯林斯醫師已經準備好了。」

杰克．史蒂文斯點點頭，重新戴上耳機，將躺著女子屍體的金屬台的滾輪剎車鬆開。

愷兒．米勒——不知怎地，這名字似乎有點耳熟。

他將台子推向連接主要太平間的門，朝下瞄一眼屍袋，想到裡頭可能是自己認識的人略感不安。

他們用的是白色透明塑膠袋，而不是電影中看到的那種又厚又黑的屍袋，因此他可以看到女子臉龐的模糊輪廓。這是他做這份工作以後學到的許多奇怪小事之一，之所以來做這個是因為他的學測考砸了，母親堅持要他有一點「生活歷練」，但推著屍體走來走去算什麼「生活」歷練他也不太確定。可以確定的是這很爛，尤其是有一些和他一樣懈怠的同學現在正坐在泰國海灘上，等著他們的重考。

這時他猛地想到了。

母親稍早傳了簡訊問他，有沒有一個叫愷兒．米勒的被送醫，還叫他去問問她出了什麼事。這人想必是媽的朋友，媽顯然以為她只是出了點意外什麼的。

天吶！她不知道。他得告訴她。

他將金屬台從門口推入主要實驗室，感覺有點驚愕，但也微感開心，終於有這麼一次能向難以取悅的母親證明自己偶爾確實也能有點用處。

他很快就到休息時間。到時再傳訊息給她。

他將屍體推到不鏽鋼解剖台旁邊，踩下剎車，將屍體挪移過去，先從頭部開始，接著移動雙腳。他拿出手機，關掉音樂，覷向門口，等候雅琳護士與兩名警員走進來。他聽見隔壁一道儲藏櫃的門匡啷一聲，忽然想到可以很快地偷拍一張屍體的照片。

不會有人知道。

但他隨即打消這個愚蠢又噁心的念頭。

況且，萬一被逮到，他會被炒魷魚，事實上這正是運送員就職時第一件被告知的事——不許拍照，不許胡搞，這裡是肅穆專業的場所。再想想看，到時還得向母親解釋說他是為了給她死去的朋友拍照而弄丟了工作。

不行。還是待會兒傳簡訊告訴她這個噩耗就好。或者甚至可以打電話給她，免得她太難過。

他鬆開剎車，推著已經淨空的金屬台出去，回到冷藏室消毒後重新繼續使用，準備迎接下一具到來的屍體，與永無止境的倫敦死者行列。

16

坦納錫從西敏地鐵車站出來，進到一片濕冷霧中，泰晤士河畔的建築被霧氣迷濛成若隱若現的灰色形體。他沿著河堤走，撥了一個電話號碼，將手機緊貼在耳邊以摒除車輛噪音。手上仍聞得到丁腈手套留下的氯的味道。響了兩聲後，貝克接起電話。

「有什麼消息嗎？」坦納錫繞過兩名停下來拿著手機研究地圖的遊客。「但願是好的消息。」

「不算是。清潔婦說麥可・米勒在國外某個度假村，所以我們去查了，發現上星期二有一位麥可・米勒訂了英航機票飛往果阿，但好像一直沒出現，所以至少他人還在國內。但是又不可能，因為他並不存在，他太太也是。」

「你驗過她的指紋嗎？」

「驗了。初步調查，資料庫裡完全沒有相符的，不過我們會繼續查。我們在其中一間浴室採集到的一組也一樣，那應該是丈夫的指紋。我們也在前後門的掃描感應器採到拇指指紋，前門上那枚是清潔婦的，後門那枚與我們在浴室採到的其中一枚相符。」

「麥可・米勒。」

「很可能。但也僅此而已；屋裡完全找不到其他有用的東西。正如我們的猜測，乾乾淨淨，這無疑得感謝我們親愛的局長的女兒寫那本書提供的資訊。」

「那屋子本身呢？肯定有某種買賣的文件紀錄吧，或者如果是租的，也會有律師提供的詳細資料、房仲的檔案之類的。」

「那是另一回事。我去問過土地登記局，米勒夫妻不是屋主，屋子是一年多一點之前，由一間登記在開曼群島的公司買下的。水電帳單上寫的也都是同一家公司暮光控股。我們會繼續挖，只不過……」坦納錫聽見貝克吸了一大口電子菸發出嘶嘶聲。「要命的開曼群島。要追那邊的金流，祝我好運吧。一堆人去開曼群島開公司不是沒有原因的。」

「因為他們是騙子。」

「沒錯，這是原因之一。」

「這麼說的話，也許他們為了什麼事在逃亡。也許他們為了賺錢做了危險的事——販毒、洗錢，或是幹什麼偷偷摸摸的勾當賺不少錢，但後來出了差錯，只好改名換姓，搬到沒人認識他們的地方。我們應該先向國刑局查問看看他們是不是接受保護的人士，但我不太相信，感覺他們遠遠消受不起這個身分。」

新蘇格蘭場的白色建築從前方的霧氣中冒出，提醒坦納錫也該暫時將米勒案放下，回到犯罪數據上來了。

「還有請鑑識組以特急件處理。說不定愷兒．米勒的DNA可以告訴我們她的真實身分，或是直接或是透過家人的篩檢結果。」

「收到，不過就算送急件，最早也不可能在明天下午以前知道結果，而且假如資料庫裡已經有她的DNA，我們也只會得到直接吻合的結果。」

「嗯，如果他們透過保密信託又用假名買房子，顯然是在躲避什麼，所以誰知道呢，也許裡頭真的有她呢。」

「跟你賭十英鎊，沒有。」

坦納錫步上玻璃大廳區的階梯，來到門邊停下。「不賭，」他說：「我們也應該仔細看看在屍體旁發現的那些物件。也許勳章可以追蹤得到，鑰匙肯定能插進某個鎖孔，而且說不定能從藍色那把查到一點線索。還有獨角獸玩具呢？這怎麼會出現在一對沒有孩子的夫妻家裡？」

他拉開大門，看見媒體記者已經魚貫進入簡報室。這一刻已讓他擔驚受怕數星期，但如今真正面臨了，看起來卻也不過是個小問題，一個最好能盡快解決的阻礙，好讓他繼續回去工作。

「得走了。」他說。

「好好享受拷問，」貝克回答：「也祝你好運，得告訴頭兒說他女兒幫助殺人犯清理犯罪現場。」

17

局長約翰・李斯——高大、纖瘦，穿著正式的制服流露出老派的威權——在新蘇格蘭場頂樓一間太過溫熱的盥洗室裡照著鏡子。

儘管穿戴著擦得晶亮的服務獎章與標示高階的紅色飾緒，他仍隱約顯露出憔悴神情。從微微凹陷的雙頰（被頭頂上的強烈燈光照得更加明顯），從如今已幾乎全白的頭髮可見一斑。他的頭髮兩側貼著頭皮剪得極短，頭頂部分豎直，髮線下方的額頭被太多年太沉重的責任壓得滿布皺紋。至少他還有些許頭髮，他用手往上撥，讓髮絲一一立正站好，為他一米八的真實身高再多加個兩三公分。

他進入警界時，至少得有一米七的身高才能申請，但自從警察不再是令人渴望的崇高職業後，這項規定早已取消，現在就算費盡心力也不見得吸引得到人前來申請。最近他看過一些新男警從走廊上走過，還不如說他們是來應徵小矮人。然而，在這份工作愈來愈辛苦的今日，穿制服的新人自有其價值，無論那價值何等微薄：貧窮世界裡的乞丐，由不得你東挑西揀。

李斯深深吸氣，聞到歪歪斜斜躺在小便斗內的松香除臭片底下散發一股溫熱尿味。他往下瞄一眼手上的紙張，用原子筆寫的犯罪統計備忘稿。即使在治安最好的時候他也很討厭記者會，而現在總是每況愈下，就像每年要來一次的襲擊，他明明知道卻仍不得不迎上前去。

他拿到數據已經幾個星期，結果就是必須忍受與各個不同的公關專家開會，他們是總部派來的職業說謊專家，精通黑色魔法，能夠在談論一件事情時讓它聽起來像另一回事。他們全都一致認為今年滿坑滿谷的鳥事當中，刀械犯罪屬最大宗，並建議他改稱之為「街頭犯罪」，嚴格說起來也沒錯，因為幾乎所有獲報的事故都發生在街頭。那群公關人士認為，改名為「街頭犯罪」能弱化恐懼因素，因為絕大多數有房有車的人（亦可稱為選民）在「街頭」的時間不多，便會覺得對自己沒有真正的影響或威脅。

李斯點頭稱是，恭順地將聲明中提及的「刀械犯罪」一律改為「街頭犯罪」，他心知那只是上了一層薄漆，底下仍是一坨屎，因為無論他如何措辭，數字依然沒變，仍是自一九四六年有紀錄以來最糟的一次。

標題就擺在眼前，他可以想像，斗大、粗黑、恐怖的標題橫幅，就為了讓民眾嚇得趕緊買份報紙或點入連結，以便知曉情況到底有多糟，對於他們這個已經搖搖欲墜的世界所產生的變化又需要多害怕。

李斯端詳鏡中的自己，整一整頸子與襯衫衣領間的小空隙，將領帶微微繫緊。他試著微微一笑，卻只是加深凹陷雙頰的皺痕，於是他褪去笑容。

街頭犯罪。

他伸手進口袋，用拇指旋開一小瓶止痛藥的蓋子，倒了一錠在手心。「好了，來吧，你這故障失靈的老混蛋，」他喃喃地說，鏡中人也喃喃回應。「把這場撐過去吧。」

他將藥丸拋入嘴裡，乾嚥而下，然後轉身走離鏡中的他。

18

坦納錫邊道歉邊穿過群集的記者，走向記者室最深處高起的講台。其他人全都到了——新聞組長艾德·墨瑞、專門刑事部領導人艾恩·鄧肯，還有一名身穿商務套裝的女子，他不認識，八成是為了和他相同的理由被召來，亦即提升民眾對於族群多元與性別平等的觀感：一位女性－打勾；一位黑皮膚的人－打勾。幸好局長還沒來，因此嚴格說來他沒有遲到，不過新聞組長還是瞪著他看。坦納錫默默向他與其他人點了個頭致意，在他們旁邊坐下，從口袋取出筆記，面轉向在場記者時暗暗作第一百次禱告，希望紙上的事實已記入腦中，而不只是拿在手上。

現場的人比他預想的還多，多多了。最後面有兩部電視攝影機架設在三角架上，鏡頭越過席間記者的頭，對著講台前方空空的講台桌。他剛才從地鐵站快走過來，覺得室內太熱，都可以感覺到外套與襯衫底下有汗水流淌。他用袖子擦擦額頭，模模糊糊想起有位警校媒體教官曾經提起過，說尼克森在有史以來第一場總統候選人電視辯論上，從頭到尾汗流不止，最後輸了選舉。還好他不是在競選總統。

他最後一次飛快看一眼筆記，目光徒勞地滑過密密麻麻的數據區塊，忽然間嘈雜的說話聲倏地停止，他抬頭看見大倫敦警局局長約翰·李斯步上講台，走到講台桌後站定。

「女士先生們，大家好，」局長以低沉的聲音說道：「相信大家手上都已經拿到一份最新的犯罪統計數據，但為了讓大家更清楚瞭解，也為了電視攝影之故，我現在會全部再說明一遍，然後開放提問。」

他在講台桌上放了一張紙，然後望向席間眾人，隨即一一解說數據，眼睛看著每個人也沒看任何人，一次都沒瞄向備忘稿，坦納錫想到自己待會兒上台後的業餘演出，心情更糟了。

他細聽著那些數字，數字愈往上升他的心愈往下沉：殺人案增加六個百分點；強盜搶奪案增加九；家暴增加一；刀械犯罪——抱歉，是「街頭犯罪」——個別案件共四萬三千件，增加了十二個百分點；這一整年下來整體暴力犯罪發生數增加了十九個百分點。

李斯開放記者提問，所有人搶著發言的那股勁頭幾乎把坦納錫嚇壞了。李斯指向前排一位臉色紅潤、穿著粗花呢服裝的男人。

「謝謝局長。《每日電訊報》比爾·尼可遜。這些數字似乎高得不尋常，您能說說是什麼原因嗎？」

「嗯，新冠疫情過後經濟景氣格外低迷，依據慣例，犯罪率也會跟著提高。病毒造成的封城期間也直接關係到家暴案件的激增，如今這些數字應該會重新下降。此外，近來犯罪報告的技術進步不少，導致更多犯罪案件的紀錄與分類具備前所未有的正確性，特別是在街頭犯罪等類別。」他轉身比向坦納錫。「關於這些街頭犯罪的數據，我現在請總督察坦納錫·罕來說明更多一點的細節與背景——」

「您為什麼一直用『街頭犯罪』的說法？」高聲喊出的問題打斷了李斯，他不得不回身面向記者席。

坦納錫往群眾間張望尋找說話者。「您為什麼一直用『街頭犯罪』的說法？」一個瘦巴巴、全身曬得黝黑、身穿運動服的光頭男子，一面起身微微轉向攝影機，一面重複他的問題。「您現在談的顯然是『刀械犯罪』。」

「其實數據包括的不只有刀械犯罪。」李斯回答道：「而且刀械犯罪確實僅限於街頭，這樣的說法完全正……」

「那昨晚在自家被刺死的那個女人呢？」

攝影機旁的錄音師朝光頭男子的方向湊上麥克風，李斯猶豫著，意識到此時雙方的對話都會被錄音。

「您應該也清楚，我不能對調查中的案件發表……」

「海格特的貴婦，」光頭男子打斷他，此刻正對著所有記者說話：「在她價值數百萬英鎊的北倫敦豪宅裡被人用刀刺死。」他接著轉向李斯。「看起來『街頭犯罪』已不再侷限於街頭了。」

李斯暫停片刻。「如我方才所說，我不能對剛發生的案子發表意見，所以……」

「那如果在女子屍體旁邊發現一本教人如何湮滅命案現場跡證的書，而且書的作者是令嫒呢，局長──那麼您願意談一談嗎？」

一陣低語聲傳遍記者室，夾雜著相機的喀嚓聲與急促的書寫聲。

「不，」李斯回答：「我不會談──不過我倒是很有興趣知道您是從哪兒得知消息的。」

光頭男子微微一笑。「想也知道您會有興趣。」他再次轉向記者們。「大概半小時後去看看《每日報》的網站，你們就會知道街頭犯罪真正的樣子。」說到「街頭犯罪」時他還用手指在空中畫引號。「網址是The Daily點com，總是第一個搶先報。」他又回頭看著李斯，眨眨眼，接著離開走向出口。

眾人紛紛舉手，室內充斥著喧嚷聲，每個人都高聲大喊以博取局長注意。

李斯回瞄坦納錫一眼，好像打算將記者會交給他處理，但隨即轉向記者席，叫嚷聲立刻加劇。

局長！

局長！

刀械犯罪是不是失控了？

是不是已經離開都市街頭，蔓延到郊區了？

令嫚真的寫書教人如何逃避犯罪追查嗎？

局長！

局長！！！

局長！！！！！

李斯很快地瀏覽眾人一圈，當他開口說話，嘈雜聲才平息下來。「謝謝各位記者女士先生，」

他的低沉嗓音在全室的噪音底下隆隆響起。「還有任何問題的話，可以向新聞組提出。」

隨後他步下講台離開了記者室。

坦納錫看著這一幕，動著腦筋試圖理解剛剛發生的事。他低頭看備忘稿，數星期的準備工作頓時變得無關緊要。他身旁的警察開始魚貫走下講台，他自動跟上，同時朝滿室的記者覷上一眼，他們的注意力已經轉移，或是彼此交談，或是用手摀著話筒偷偷摸摸講電話，告訴自家總編輯方才這裡發生的事。他本該盡力協助拆解犯罪統計這顆炸彈，本該盡力「掌控敘事」，試著讓這些記者可能寫出的報導呈現較廣泛、較正向的一面。但現在只有一則報導會被刊登，而這則報導的核心案件正是由他負責偵辦。

他步下講台從邊門走出去，差點撞上新聞組長艾德．墨瑞，他在情況順利時會泛紅的臉色，現在卻幾乎紅得發紫。

「可能是史萊德為了搞砸記者會而上演這齣戲，」墨瑞對那群從講台上下來，此時緊緊圍在李斯局長身邊的人說：「肯定不會是第一次。我會打去北倫敦分局問問看他說的是什麼案子，如果他有說錯任何一件事，就立刻發出反駁聲明。」

「他沒有，」坦納錫說道，所有人隨即面轉向他。「我就是直接從他說的那個案發現場過來的。他說的全都是事實。」

墨瑞狠狠瞪他，彷彿這一切都是他的錯。「也包括那本書的部分嗎？」他大吼。

坦納錫點頭。

「不會吧！你為什麼沒在記者會開始以前告訴我？你難道沒想過記者有可能得到消息，用來突襲？」

李斯舉起一手示意他住口。「就算他試著找你談，你也會叫他別浪費你的時間。突襲的重點就在於讓人猝不及防，不是嗎？」他將注意力轉向坦納錫，說道：「去找那個記者，試著問出他還知道些什麼，又是怎麼知道的。他名叫布萊恩．史萊德，他爸爸以前當過警察，那又完全是另一個問題了，但基本上他知道所有的規矩，所以別浪費力氣試圖對他施壓，只須和他談條件，拿一條和調查有關的內線消息，可以公開的，交換他的合作。看看能問出些什麼，然後向我回報。」

坦納錫點頭卻沒動，不確定該遵守什麼樣的準則。

「去吧！」李斯說。

坦納錫於是離開。

19

勞頓．李斯將那本書頁上方貼了許多便利貼的《數字遊戲》丟到書桌上，重重坐進老舊旋轉椅，立即揚起一陣橘色海綿粉塵。

走回這間與人共用的狹小辦公室路上，她下了決心，決定要用她解決她人生中其他所有問題的方式來處理蕾蕾的就學問題，亦即利用奮發而徹底的研究精神與鑑識時的仔細態度。

她從袋中取出一根穀物棒、一瓶水與筆記本，將筆記翻到一空白頁，在最上方橫著寫上**學校**、**學費**、**獎學金**、**助學金**，每兩項中間畫下一條直線形成欄位，然後開始google「北倫敦最佳私校」。勞頓一口一口吃完穀物棒的同時，紙頁上也填滿了資料。她原希望海格特與哈洛威女子學校會是比較昂貴的選項之一，但其實它是落在中段價位。有一些較便宜的選項，但這些學校都位在比較郊外，而且學業成績表現差多了。很明顯，一分錢一分貨。而不管什麼貨，勞頓都付不起。

她傾身向前，頭擱在桌上闔上眼睛，倏忽間所有重量重重地壓在她身上。大多數日子她幾乎都能應付得來——工作、母職、做出正確選擇，或至少看出錯誤的選擇並試著避開。但偶爾卻好像會有什麼東西從天外飛來砸在她臉上，讓她發現自己瀕臨深淵有多近、多可怕。這種時候，她就想丟下一切，逃離工作，喘口氣。

可是她不能這麼做。從來不能。

因為她父親就是這樣。

他始終是個謎樣的、迷人的、多數時間都缺席的人，早出晚歸，有時候徹夜未歸，宛如彗星般穿越她們的軌道。關於他的傳說透過母親的床邊故事變得更加光彩，母親哄她入睡時往往總得提起父親與他的一切事蹟，以便彌補他幾乎從不在家的事實。

爸爸在抓壞人，她這麼說道。他要去追捕他們，把他們關起來，讓他們不能再傷害人。而壞人從無一刻安寧，所以爸爸才沒法在這裡給妳讀床邊故事，或是送妳去上學，或是幫忙妳做功課，因為如果爸爸總是待在家裡，那麼誰來保護我們不受到壞人傷害呢？

他就這樣成了她的英雄，他的傳說與她其他床邊故事中的王子與武士的傳說交融在一起。即便當她進入青春期，他的英雄地位仍絲毫無損，因為人人都會看警探影集，而她知道那是她父親真實的工作。因此她原諒他的缺席，欣然將他的犧牲也視為她自己的犧牲。儘管內心想念，她仍願意將英勇的爸爸借給世人，因為他們比她更需要他。何況，她身邊一直有媽媽在。

但後來有一天，他抓到一個大壞蛋，超級壞，而他沒把他關起來，他也沒在場阻止那人傷害她或她母親。就這樣，他的傳說粉碎了。他不是英雄，他只是經常不在的爛爸爸，和其他所有的爛爸爸一樣，甚至更糟：因為即使身為房仲業者、店員或工廠工人的爸爸把工作搞砸了，不會有人死。她的父親犧牲了家庭生活，犧牲了自己女兒的童年，最後還犧牲了妻子的性命——結果得到什麼？什麼也沒有。她絕不會像他那樣讓自己的女兒失望。沒有任何一件事比女兒更重要，無論是工作，或甚至是她個人的幸福。蕾蕾就是一切。

勞頓抬起頭，拿起桌上電話，撥出第一個號碼，同時用空著的手敲桌面，每根手指敲三下，希望能在接通前五根手指都敲完。敲到中指時，袋子裡的手機響了。她瞄一下來電顯示──未顯示。

「倫敦市女子學校。」一個女人的聲音忽然在她耳邊響起。

「噢，是，呃，妳好。」勞頓結巴起來，連忙用力按下手機的關閉鍵讓鈴聲停止。

「有什麼需要我幫忙的嗎？」女人進一步問道。她的語氣比上一個人更優雅，勞頓登時感到膽怯。

「是，是的，呃……是關於我女兒。」

天吶，這恐怕比和被判刑的變態交談還困難，但只要是為了蕾蕾，她就會去做。

「我想問問看貴校有提供什麼樣的獎學金和助學金……」

20

大批記者群集在新蘇格蘭場的大廳，坦納錫穿梭其間，尋找那名穿著運動服的光頭男子。史萊德，老闆是這麼喊他的，布萊恩．史萊德。說他爸爸曾經在警界服務。也許他就是這樣得到情報的，利用某個陰暗複雜的老同僚人脈網路。

他擠過人群，走出大門，走到階梯最頂端的矮牆邊，以便更清楚地看到街道。霧氣已稍微消散，現在可以看見河了。他往右望向西敏橋，盡量穿過薄霧看到最遠，接著往左順著河堤花園與國防部大樓望去：許許多多的人，沒有一個是他在找的那個。

他不可能消失得這麼快。

想一想。

史萊德說他任職於《每日報》。他們的辦公室位在肯辛頓，他很可能會回報社去，而最快的方法是搭地鐵。但史萊德也穿了運動服，何必穿著運動服參加記者會，然後搭地鐵回辦公室呢？跑步的人會選最直接的路線，最綠意盎然的路線。

他拾級而下朝國防部方向走去，鑽進維多利亞河堤花園，穿透薄霧凝視前方。有些許遊客在小徑上漫無目的地走著，或是盯著手機看，或是仰望零星散布於公園內的陰暗雕像。依然不見他尋找那人的蹤影。

坦納錫開始慢跑起來，透過薄薄的鞋底可以感覺到路面碎石。他轉向跑上草地，心想可能會有某個軍人之類的，從高處某扇窗戶氣呼呼地對他咆哮。今早仍然沒吃東西，他的身體對於最近情勢的轉變很不滿意。嘴裡已經嘗到金屬味。他經過一根石柱，有隻看似東方品種的貓蹲坐其上，那模樣像在笑他，就在此時他身後有個聲音喊道：「在找我嗎？」

坦納錫在潮濕的草地上滑停下來，回頭看。

史萊德正斜倚著石柱，雙臂交抱，手機拿在手上，臉上露出撇著嘴、有點討打的笑容。「我就想你老闆可能會派人來找我。」

他外表像個健身狂——雙眼凹陷、零體脂，黑色T恤和運動短褲好像人體彩繪。他看起來與其說是記者，倒更像長跑選手，由於頭頂光禿，難以猜測年紀。可能三十，也可能五十，或是介於兩者之間。他步上前來，同時闔上手機的皮蓋。「布萊恩．史萊德，」他點頭招呼說道：「你是？」

「總督察坦納錫．罕。你好像知道不少的那個案子就是我負責的。」

「真的嗎？你看起來幾乎連開違停罰單都嫌太年輕。大倫敦警局最近是不是招募不到成年人啊？」

坦納錫極力克制自己別被激怒。「你好像對我的案子知之甚詳，」他說：「我想你應該不打算告訴我消息是從哪來的吧？」

史萊德微微一笑，露出小小的白牙，讓坦納錫聯想到廁所裡的磁磚。「對，我是沒這打算。

當然了，除非你準備和我交換點什麼。」

「比方說什麼？」

「比方說跟我說說現場，」史萊德抱起雙臂，手機正好擱靠在左臂突出的二頭肌上。「很乾淨嗎？我的意思是就鑑識角度來說。」他笑得更開了。「我已經知道現場有多血腥了。」

坦納錫感覺對史萊德頓生厭惡。他知道現場「血腥」，也看過他在那客廳裡看到的情景，怎麼還笑得出來？他往下瞥見史萊德的手機，發覺他很可能在錄音，原本的厭惡於是轉變為近乎痛恨。「聽起來你並不需要我告訴你什麼。」他說。

史萊德聳聳肩。「好吧，你不想玩，明白。」他掀開手機蓋，抽出一張名片遞了過去。「想知道我手裡有什麼嗎？大約五分鐘後上《每日報》網站去瞧瞧就會知道了。」

坦納錫接過名片。「五分鐘？你剛才說半個小時。」

「是啊，但那時候我們還沒聊過。我本來希望這案子我們可以合作，但如果你要這麼遮遮掩掩的，我就直接用我手邊有的東西寫下去。再說，」他看了看手機上的時間。「現在都已經洩漏口風了，我得趕緊把消息報導出去，免得被哪個可敬的同業搶先一步。」

他轉身準備起步離開。「對了，所有可以直接聯絡我的細節都在那張名片上。也許你看了報導以後會想打給我。」他最後又微微一笑，隨即慢跑開來，一跑到聽不見的地方便將手機舉到耳邊。

坦納錫注視著他從遊客與公務人員身旁一蹦一蹦地遠去，肩膀往後拉，胸挺得高高的，活像隻矮腳雞。就連他跑步的樣子都令人著惱。坦納錫從口袋拿出自己的手機，打給警長貝克。

「嘿！」電話鈴都還沒響，貝克就接起來了。

「屋子周圍封鎖的範圍需要擴大。」坦納錫說：「多叫幾個制服警員，現在馬上封街。」

「好。怎麼這麼急？」

「因為《每日報》不知從哪裡得知調查細節，他們打算報出來，所以再過十分鐘很可能會出現更多更多記者，也會有一大堆湊熱鬧的人往你那邊去，說不定還更快。」

「馬的！知道了。」

「鑑識組那邊怎麼樣？有什麼新發現嗎？」

「沒有。看來嫌犯肯定看過那本書了。你跟老闆說了嗎？」

「沒有，不過他已經知道了。」

「要命！」

「是啊。」坦納錫重重地往石柱上一靠，那隻咧著嘴笑的黑貓還在上頭。「總之呢，把路封了，守好現場。」他說道：「先看看這篇報導有多糟，再見機行事。我會盡快趕回去。」

21

勞頓結束與另一個禮數超乎尋常的註冊組人士的通話，看了看時間。離下一堂課還有十分鐘多一點，應該還能擠進一通電話，但她興致缺缺——她一天內對於優雅陌生人展現的親切態度也只能容忍至此。

她關掉顯示學校清單的瀏覽器，轉而打開她的研究資料夾，埋頭於工作與舊刑案的幽靈之中，每當現實的日子讓她不堪負荷，她就會自動進入這種慣常的模式。她重新打開手機，點進一個名為「伊恩寇薩」的檔案，正準備從發生在八十年代中期愛丁堡的雙屍命案中尋求慰藉，手機突然響起。依然無來電顯示，她也依然打算置之不理，卻猛地閃過一個念頭。

蕾蕾。

也許蕾蕾出了什麼事，驚慌的校方打來找她。她一把抓起桌上的電話接聽。

「喂？」

「妳好，請問是勞頓．李斯嗎？」是不認識的男性聲音，有點喘，好像正在跑步，讓人略感詭異。不是「叫我約納森」。

「是，我是勞頓。請問你是……」

「不曉得妳知不知道今天早上妳的一本書出現在某個命案現場？」

來電和女兒無關讓勞頓鬆了口氣，但仍對電話內容的發展保持警覺。「你是哪位？」

「書名叫《如何處理謀殺案》，而且兇手似乎是利用從妳書中擷取的資訊，把命案現場清得乾乾淨淨。」

「那本書是為調查人員提供的程序指南，」勞頓說：「不是教人怎麼清除指紋或逃脫殺人嫌疑的手冊。」

「是啊，可是礙於令尊的身分，犯罪現場偏偏出現妳的書，還是令人十分尷尬，不是嗎？我的意思是，關於鑑識和調查程序的書那麼多，卻偏偏是妳的書被留在現場。我非常有興趣想和妳談談。」

「我無話可說，我不參與調查中的案子。」

「這我了解，不過這個案子妳已經參與其中了，所以我以為妳或許會破例。當然，我可以付妳錢。」

勞頓的標準回應應該會是說「謝謝，但不必了」，多半沒這麼禮貌，然後掛斷電話，繼續過她的這一天。

「有鑑於妳出色的資歷，」對方繼續說道：「加上妳與局長的私人關係，我們談的肯定有五位數之數，假如還能有後續報導，甚至可能更多。」

五位數。

她的目光往下游移到筆記本上的私校名單與學費，也是五位數。「讓我考慮一下。」她聽見自己這麼說。

「好的，但別拖太久。我會用email寄我的聯絡方式給妳，妳可以直接聯繫我。期待妳的回音。」

他一下子便掛斷電話，留下皺眉聽著撥號音的勞頓。他從頭到尾都沒說他是誰，或是替哪家報社工作。不過也沒什麼差別。自從母親死後一堆記者日日夜夜守在她家門口，她就出於本能地不信任他們。想起這段難以擺脫的回憶，她又開始三下三下地敲彈手指。每當她離開家門，便是一架又一架如鯊魚眼般的相機與高聲吶喊的提問，既無所遁逃又脆弱的感覺讓她只想就此消失，一如已然消失的母親。

她的電腦輕輕叮了一聲，一封email寄到。

BSlade@TheDaily.com－主旨：採訪邀約。

《每日報》。當然是《每日報》了，八卦媒體中最龐大的怪獸，也擁有最大的銷售量。難怪他有能力在她面前擺晃那厚厚一疊金額誘人的支票。

第一則報導即將丟出，郵件中寫道：這次妳已經免費參與，因此下次如果想要有償參與，請來電。與其被壓在車輪下，倒不如上車吧。:) x

底下有個連結。

勞頓再度感覺到一種已半遺忘的不快蠢蠢欲動。她有絕佳理由不參與調查中的案件。她的案子全都是鮮為人知而低調的舊案，不會被報社記者得知進而引起騷亂。調查中的案子亂七八糟、難以控制又危險，有可能引來不必要的注意，甚至可能致命。

她看看時間。

下一堂課不到四分鐘就要開始，但電梯正常運作，所以兩分鐘就能趕到。她點入連結，跳出一個新視窗，呈現眼前的是《每日報》網站的俗麗顏色。

頭條是關於某個她從未聽說過的足球員，為了某件骯髒事受審。有一張大大的照片是走出法院的他，身穿的套裝竟能同時顯得昂貴又廉價。右手邊堆疊了更多報導，猶如兒童積木堆起的彩色高塔，其中有更多她不認識的人或是光鮮亮麗地走在紅毯上或沙灘上，或是一副狼狽樣從車內或單調的大門內現身。

她捲動網頁，瀏覽標題，胃裡彷彿漸漸生出一顆石頭。見到釘有紅色「獨」字標籤的部分她便停下來看，心想這必然是獨家，但全都是名人相關新聞——歌手、實境秀明星、電影明星、其他足球員。

似乎沒有一則是關於最近的命案。

她更新頁面，出於習慣按了三下按鍵，但重新出現的網頁仍然沒變。她看了時間，下一堂課三分鐘。

三。

她將此視為一種預兆，又按了三下更新鍵後，抓起筆記本走出辦公室。

她沒看見身後更新的網頁，足球員的照片被一本印有她名字的書的封面取代了，書本躺在被血浸透的地毯上。

22

坦納錫上新蘇格蘭場九樓前往局長辦公室，心裡有種被分派了一項任務卻空手而歸的感覺。要求史萊德配合始終就是希望不大的事，即使如此也沒有讓他好過些。

電梯門開啟，他沿著走廊走去，經過以玻璃牆隔開的會議室與坐滿資深管理人員的開放式辦公室。他可以感覺到朝他瞥來的目光，但全然沒有回應。此時此刻，記者會上發生的事應該人人皆知了。

手機在口袋裡響起，他掏了出來，暗自希望會是貝克及時送來一些關於案情的消息，不料卻是他母親。他正打算置之不理，忽然想起稍早的兩通未接來電，愧疚感加上或許可以趁機轉移注意力，不去在意整個九樓那詭祕凝視的目光，他於是接起電話。

「嗨，媽。」

「出什麼事了？」

「什麼時候出什麼事了？」

「記者會。我在看網路直播，結果你還沒上台就切斷了。」

「喔，我沒上去。」

「什麼？為什麼？」

母親說話時仍懸帶著都柏林口音，即便在英國已待超過四十年。

他吸一口氣，準備開口解釋，卻又發覺事情太過複雜，他沒時間。「他們改變主意了。」他說。

「可是你人都去了，我有看到你在後面。你看起來很累。」

「謝啦。」

「他們把你操得太厲害，你最後一次休一整天假是什麼時候？」

「禮拜天！」

「禮拜天不算，禮拜天本來就每個人都要放假。而且你那天要是放假，怎麼沒來看我？我已經好幾個星期沒見到你一面了。」

坦納錫淺淺一笑。他受過最嚴格的偵訊技巧，但有時母親仍然技高一籌。

「好吧，媽，被妳逮到了。我禮拜天也在工作。我得準備那場後來沒發生的記者會。」

「哼，結果根本就是浪費時間。跟你老闆說你需要放幾天假，就說是你媽說的。」

坦納錫再次露出淺笑，隨即轉過轉角進入高層辦公室區。正前方，局長辦公室的門開著，準備好了。

「我得走了，媽，」他說道，與她談話得到的短暫撫慰已煙消雲散。「我晚點再打給妳，好嗎？」她還沒來得及說什麼，他就掛斷了。

他一靠近，局長助理便抬起頭來。「他們在裡面等你了。」他說著朝敞開的門點點頭。沒有笑容。沒有暗示。公事公辦。

坦納錫往門口走去，清了清喉嚨，然後跨步進門。局長的辦公室呈灰色調，出奇地空蕩，只有一張辦公桌、兩張椅子，和一面落地窗讓室內充滿柔和光線。李斯局長站在窗前，望著外面霧濛濛的世界。新聞組長艾德．墨瑞原本埋頭看著局長辦公桌上一台打開的筆電，坦納錫進來時才抬頭。

「他怎麼說？」

「沒說太多。他問現場乾不乾淨，就鑑識角度來說，這表示他要嘛不知道，要嘛就是在探我的口風。」

「那乾淨嗎？」

「相當乾淨。主要的現場很雜亂，但屋內其他部分都一塵不染。」

「是啊，看得出來。」墨瑞語帶苦澀地說：「你瞧瞧。」他將筆電轉過去，讓坦納錫可以看到螢幕。

百萬豪宅遭持刀攻擊

刀械犯罪率達新高之際

女子（39歲）被刺死在自家豪宅

坦納錫俯下身，捲動文章閱讀。第一個影像是愷兒與麥可．米勒的照片，殭屍刀刺穿她的笑容，圖片顏色經過變更增強，使得綠色刀柄與紅色血汙更加鮮明。下一張是客廳的遠景照，躺在正中央的愷兒．米勒的屍體清晰可見，只不過打了馬賽克，好像那才是照片裡最令人心驚膽顫的地方，而不是用photoshop編輯時筆刷沒有加以修飾的斑斑血跡。

此外也有所有物品的照片，布滿紅色噴濺物的背景模糊，但從突出的顏色無疑可以看出那是什麼。書本那張比其他照片略大，因此可以看到書名與作者名。

圖片說明寫道：死者屍體旁發現此書，作者為勞頓．李斯，警察局長約翰．李斯之女。

底下有一張李斯在記者會上的照片，說明寫著：約翰．李斯局長公布了有史以來最糟的犯罪數據。刀械犯罪率達新高。

「什麼亂七八糟的啊，」墨瑞瞪著坦納錫說：「史萊德到底是怎麼拿到犯罪現場的照片？我說呀，你們那是哪門子的保全措施，如果有的話？」

「現場有保全。」坦納錫邊說邊捲動閱讀剩下的文章。

「顯然沒有嘛。你得給我一份清單，列出每一個踏進過那間屋子的人——目擊者、制服警員、凶鑑組成員，每一個人。我們得找出漏洞把它塞起來。」

坦納錫抬眼瞄向李斯局長，落地窗裡映著他的倒影。

「局長，我認為您有必要向令嬡提出警告。史萊德說他可能會聯絡她。」

李斯繼續凝視著窗外的霧，他的沉默與鎮定令人不安。坦納錫不確定他究竟有沒有聽見，直到他以低沉嗓音答覆道：「我說什麼她都不會聽的。也許你應該去跟她談談，讓她了解最新的狀況。告訴她我也很樂意跟她談……如果她願意的話。」

「那些都別管了，」墨瑞在辦公室裡來回踱步，看著自己的手機說：「我們得把你組上的內奸找出來，把他們五馬分屍。我不希望史萊德再得到更多資訊或照片，明白嗎？」

坦納錫頷首，將文章往上捲動，停在那本書的照片，不知怎地，這照片讓他隱隱感到擔憂。接著他驀地想到了。他又看一次照片，確定有百分之百的把握了才開口。

「不是我們的人。」他喃喃說道。

「什麼？」

「這照片不是我拍的。你看，」他將筆電轉向墨瑞。「這張照片裡的書是面朝上放在地上，但我進到現場時，書是面朝下。這我知道，因為一直到拿起書以後我才發現那是什麼書，是誰寫的。我拍攝的書封全都是有尺寸對照的相片，但這張照片裡沒放比例尺。」

他再次靈光一閃，繼續將文章往上捲，來到拍攝愷兒．米勒躺在客廳中央的那張主要照片。他指著照片背景的玻璃牆。「外面還是暗的。」他低聲說。

「所以呢？」

「所以，我們到的時候天已經亮了。這些照片肯定是在我們抵達前拍的。」

他直起身子望向李斯，李斯終於已經轉身背向窗戶，此時正直視著他。

「所以史萊德才會問我犯罪現場乾不乾淨。他是真的不知道。把消息給史萊德的不是我們的人，而是殺死愷兒・米勒的人。」

三、眼罩

《如何處理謀殺案》節錄

勞頓．李斯著

殺人就像緩慢的爆炸。

一開始規模很小，只是一起暴力行為。

但很快地，這個單一行為的後續影響會開始傳播開來，像池塘裡的漣漪，不斷外擴綿延直到四面八方的天際。這便是為什麼命案發生後的第一時間，也就是所謂的「黃金時刻」至關重要，此時漣漪仍然小而清晰，而且圈繞在初始行為周遭，仍可輕易看出它們彼此間的關聯。

然而調查工作進行得愈久，便愈難看出這些關聯，而當這些漣漪愈擴愈遠，最後會在外力的影響下輪廓變得模糊。所謂外力包括證據的效力、民眾的臆測，還有與一些虛虛實實的話交織在一起的陰謀論，說著說著看起來就像事實了。

因此，若能將緩慢爆炸的時間拉得愈久，你愈有可能將「黃金時刻」延長，以至於數小時或甚至數日內，事實都依然緊密地在你的掌控中，那麼逮到殺人凶手將他繩之以法的機會也就更大了。

23

—上新聞了！

史萊德的文章上線後不到一分鐘，海格特讀書會的 WhatsApp 群組立刻跳出這則訊息。接著暫停一段極短的時間，大夥兒看到訊息、上網搜尋報導、閱讀之後，海格特的電話便紛紛作響，又開始在花崗岩與大理石的流理台上彈跳起來。

—她被人用刀刺死的！

—警察剛剛上我們家來。問了麥可的事。

—他們也來過我們家。問了**一大堆**關於麥可的問題。他們鐵定覺得是他。

—麥可真的會殺死愷兒嗎？還用刀子？不敢相信。

—文章中說刀械犯罪已經離開街頭。也許是哪個發瘋的毒蟲。

—讓人在自己家都覺得不安全。

—那可不。喬治已經打電話給安達泰。

—天吶，理查也是。他想在家裡裝監視器。

—米勒家有監視器啊，還有很先進的警報器。可也沒能幫上可憐的愷兒。

—所以我才覺得一定是麥可做的。那樣的保全系統還有誰進得去？

—天吶，倫廣現在正在播報。

大隊的復古型收音機與語音助理Alexa立即啟動，轉到地方的倫敦廣播電台，只聽見新聞播報員正鄭重其事地報導一則已播到一半的新聞，是關於一名女子在海格特家中遭人刺死。

布萊恩·史萊德也在收聽，他面帶微笑沿著肯辛頓大街跑步，電台廣播透過手機傳送到他塞在耳中的藍芽耳機。以往若是其他新聞媒體跟風報導他的新聞，他總是很生氣，這回他卻視之為背書。「他們愛跟就跟吧，只要你是帶頭的就好。」有位資深編輯曾這麼對他說過，此人是老派的報界殘兵，每天六十根菸，常泡在酒館裡吃午餐，五十六歲撒手人世，但對於寫報導確實有兩把刷子。「見血才能上頭條」是他的另一句金玉良言，啊，這句話至今都還是不變的真理呀。

史萊德放慢跑步的速度，進入《每日報》大樓高聳的中庭。他刷了證件磁卡通過保全門時，瞄了一眼服務台背後的大型展示螢幕。正中央的螢幕一年到頭都設定在《每日報》的網站，當他看見自己的報導幾乎落在最頂端，不禁再次露出笑容。別人想跟就讓他們跟吧，他知道自己可以一馬當先，因為只有他有內線。

他爬樓梯上三樓，當作跑步完的舒緩運動，同時查看手機，看看justice72@yahoo.com有沒有再寄email來。

沒有。

無所謂，這則新聞已經有了自己的動能，就像一顆骯髒的大雪球滾下山坡，一路夾帶各式各樣的織物，愈滾愈大。眼下規模還小，差不多還能掌控得了，而他將是決定它走向的人。警方顯然並不打算給他任何東西，至少不會公開給，但只要凶手繼續在逃，警方始終抓不到人，這本身就能成為一條新聞，要重新秀出他獨家的犯罪現場照片，多得是機會。再者被害人也同樣充滿魅力，那燦麗的金髮，那姣好的容貌，最後殺害她的英俊丈夫，還有那萬貫的家財！他愈是吹捧他們，把他們塑造成人人夢寐以求的美滿佳偶，他們的遭遇就能愈感悲慘。吹捧他們，然後擊垮他們。

那麼那間宅子呢？光是這個就能寫出一整篇特稿來了；去找到最後出售的房仲，獨家取得他們所有的照片及其他媒介，希望除了獨家報導之外，甚至能結合虛擬導覽放到網站上——參觀豪華凶宅——有誰不會點進去並與所有無聊的友人分享呢？

有那麼多的金主。有那麼多事情可做。

他進入編輯室，大步走向自己的辦公桌，途中可以感覺到其他那些不長進的同僚投來的目光，但他全然不予理會。認命點吧，你們這群沒用的傢伙。他向來不喜團隊合作，始終覺得那沒用。跑步也不是團隊運動，他一個人跑步能跑得更遠更快，不會被其他人拖慢腳步、偷走氧氣。

他抓起桌上的水瓶，灌下長長一口，一邊盯著新助理夏奇拉看。夏奇拉也抬頭看他，眼神迫切而期待，等著他說出自己的需求。他對著她眨眨眼，繼續喝水；她只能報以微笑，不然還能怎麼做？翻白眼罵他豬頭嗎？這不是編輯室裡權力平衡的演化模式，聰明人都明白。夏奇拉到底會有多聰明伶俐，目前仍有待觀察。史萊德不再喝水，反手抹抹嘴巴。

「我要妳替我挖點資料，找到幾個人。」

夏奇拉拿起筆記本和筆。老派作風。他喜歡她這點。不用毫無感情的語音備忘錄，也不在手機上敲敲打打。說不定她也會是個老派的亞洲人，總是隔著幾步走在他身後，像侍奉國王一樣。也許晚一點帶她上館子再瞧瞧。他翻開自己的筆記本，瀏覽稍早與警方內應談話時草草記下的內容。

「好，首先盡可能找出一切關於住在海格特史溫巷三號的米勒夫妻的資訊。丈夫麥可・詹姆士・米勒，四十八歲，妻子愷瑟琳・米勒，三十九歲。不必白費力氣上網搜尋，因為什麼也找不到。妳得有點創意，找找黑色檔案，把他們的照片透過Clearview做人臉辨識，看會不會跑出任何身分或化名。」

夏奇拉桌上的電話響起。

「我還要他們任何一個親人或合夥人的身分背景、照片、姓名和聯絡方式。我們在找的是任何一個認識米勒夫妻的人，要嘛能告訴我們關於他們的個人經歷，或是一些有用的背景資訊，最好兩個都有。另外，試著去找到目前在為他們工作的人；他們是有錢人，所以我指的是司機、保母、園丁之類的。確定有一個清潔婦，因為屍體是她發現的。」史萊德檢查了一下自己的筆記，夏奇拉則趁機拿起電話中斷響聲。

「清潔婦名叫希莉亞・巴恩斯，」史萊德說：「從她開始。」

他抬起眼睛，注意到夏奇拉臉上的嚴肅表情。「怎麼了？」他問道。

「是警察，」她說：「他們現在在樓下，說要馬上見你。」

24

一旦得知是凶手傳照片給史萊德，情勢立刻急轉直下。李斯局長設法加快搜索票的核發，並派出一組數位鑑定人員前往《每日報》報社，查扣史萊德的手機與電腦納為證物。數位影像檔案還包含了眾多其他資訊，可以披露拍照用的是哪種相機或手機、拍照的時間與地點，甚至於手機號碼與手機合約簽訂人的姓名。無論以何種方式傳送照片——電子郵件、檔案連結——或許也都可以透露寶貴資訊。坦納錫有點希望能跟著一起去，瞧瞧史萊德看見搜索票時的表情，但他有更重要的事要做，就是回北倫敦分局將大致情形告訴組員。至少拜情勢升溫之賜，他可以搭便車回去，不必再搭地鐵。

他坐在一輛快速北駛的警車的副駕駛座，回一通與李斯會談時沒接到的電話。是不認識的號碼，因此他猜想八成是太平間。通常他都會參與屍檢，但記者會與接下來大大小小的事破壞了這特定的計畫，因此他拜託確實前去參與的犯罪現場負責人轉達，請驗屍官一得到結果便立刻打電話給他告知細節。他聽著電話鈴聲時，灰色的倫敦街景從窗外飛逝而過。

「柯林斯。」一個疲憊的聲音回應道。

「嗨，我是總督察罕。」

「喔，對，那起刺殺案，或者應該說其中一起刺殺案。」坦納錫聽見紙頁翻動的窸窣聲。

「嗯，她確實是被刺殺身亡，不過我想你自己八成已經推測到了。總共三十八處不同的穿刺傷——有些是防衛傷，多數不是——傷口深淺不一，從一點五公分到二十公分都有，看起來都是同一把刀子造成的。從傷口外觀看來，凶刀刀刃長約二十五到三十公分，一邊直刃，一邊呈鋸齒狀，很可能是獵刀。

「正式死因是多處刀傷導致失血過多。我要是賭徒的話，其實我就是，我會把關於致命關鍵的賭注放在頸部一道六公分的刀傷，傷口位置介於環狀軟骨與下顎骨之間，導致外頸動脈嚴重損傷。」

「知道死亡時間嗎？」

「這個嘛，由於急速大量失血，屍斑非常少，但從體溫與屍僵等跡象判斷，應該是在午夜到兩點之間。」

「好。還有什麼嗎？」

「血液酒精濃度零點二，所以她很可能在晚上某個時間喝了一大杯紅酒。藥檢結果陰性。胃內沒有東西。骨盆部位的檢測顯示死者沒有遭受任何性侵。她死亡時也沒有懷孕，也未曾生產過。我已經採集陰道分泌物的檢體去做進一步分析，不過我看得出來絲毫沒有明顯的性動機。」

「有其他傷勢嗎？」

「沒有什麼值得注意的。」

「舊傷呢？有沒有什麼顯示她最近被施暴過？」

「她沒有家暴的痕跡，如果你指的是這個：沒有掌骨骨折的癒合痕跡，沒有口腔顎面的創傷，沒有角膜出血。顯著的舊傷就只有一些相當典型的醫美手術留下的痕跡：隆胸、整鼻、輕微的臉部拉皮，以及大腿和腹部有抽脂跡象——全都是頂尖而精密的手術。

「但我還想補充一點，只不過這純粹是個人的觀察，不是斬釘截鐵的臨床見解。在入院紀錄中，死者的年齡是三十九歲，但我認為，當然是就解剖結果而言，她似乎更像四十五六歲，毫無疑問保養得很好，但粗估肯定不只三十九。我不想把這個寫進報告，因為就像我說的，這只是個人想法，但我認為讓你知道或許會有幫助，萬一……萬一派得上用場的話。」

「謝謝你，」坦納錫說：「派得上用場的。也謝謝你這麼快就讓事情有轉機。」

「由不得我，我只是按吩咐辦事。」

坦納錫微微一笑。「我也是。但還是多謝了。」

他掛斷電話，望向窗外，想看看眼下到哪裡了，但駕駛顯然為了避開車潮挑了一條偏僻小路。一塊路標閃過，用紅色寫著NW1，前面是街名。康登。北倫敦已經到了。

他看著街道飛快掠過，試著安定心神，並利用這平靜的時刻客觀看待此案。凶手聯絡媒體等於將一切旁分，為案情打上聚光燈。為什麼一個逃亡的人，一個盡其所能在日常生活中保持低調的人，會聯繫媒體並寄上他犯罪的照片？話再說回來，他為什麼以如此凶殘的手段殺死妻子之後，又精心布置她的屍體，在四周放置奇怪的物品？他思索著那些物品，如今每一件都已封袋、貼上標籤，正在接受最高規格的鑑識程序。

書本、眼罩、鑰匙與獨角獸皆是量產品，因此不太可能透過零售或製造通路獲得什麼有價值的線索。實驗室會對這些物品進行許許多多檢測，其中包括以真空金屬鍍膜法採集布料上的指紋，以及利用顯微鏡纖維分析與化學分析，試著配對找出特定的製造商，但這些最快都要等到明天才會知道結果，即使有李斯局長全力施壓也一樣。

鑰匙或許會有收穫，藍色表漆讓Yale那把與眾不同，因此有更大機會追蹤得到。此外藉由檢測兩把鑰匙的原料移轉，實驗技師也可以判定鑰匙的合金成分，加上刻面、複製痕跡與分析鑰匙槽，便能確認鑰匙出處，進而得知它們可以打開什麼樣的門。

接著是動章，這要特殊得多，因此也更加可能導向某個結果。兩枚勳章都是六角星形，其一刻有「大西洋之星」的字樣，另一枚刻的是「1939-1945星」。他看過這個勳章，在二十多年前、數千哩外。

他當時十一歲吧，還是十二歲，第一次搭飛機，比起目的地是哪裡，搭飛機這件事更讓他興奮許多。巴基斯坦，與它所象徵的一切，都是他不願認同的，更遑論造訪。這趟旅程來得突然，只有他和父親，兩人匆匆收拾行李便飛到世界另一頭去探望他生病的祖母。

他們直飛拉合爾，一下飛機便進入他從未體驗過的熾熱。他的叔叔阿里（父親的六個兄弟之一）開了一輛彷彿用破銅爛鐵拼湊成的車來接他們，以駭人的速度飛車經過擁擠的街道前往祖母家。那屋子位在舊城區，是一棟建於印巴分治前、搖搖欲墜的建築，破裂的窗板幾乎是勉強掛在生鏽的鉸鍊上。他們走進大門，鋪有地磚、天花板吊掛著風扇的室內意外地整潔涼爽，只見祖母有如女王一般躺靠在堆得高高的抱枕上，四周圍著一大群人，但沒想到那只是他龐大家族的一小部分人罷了。

眾人輪流上前來拍拍坦納錫的背、捏捏他的臉頰，並用旁遮普語對著他像機關槍似的嘰嘰喳說個不停，那是他一直不肯學的語言。巴基斯坦以及他與這個國家的關聯始終讓他引以為恥，是他極盡所能不願面對的一個祕密，好像只要忽視得夠久它就會消失不見。但這個地方無法忽視，它非要你注意到它的存在——五顏六色、喧鬧噪音、不可思議的溽熱，宣禮員定時的長嚎聲在空中飄移，每日五次召喚民眾禮拜，還有大批大批的親戚個個對他笑容滿面、摟摟抱抱，還不停塞給他辣得讓人嘴麻的食物，一面說著——試試這個，試試這個——可以說就是把他的文化硬塞給他。這趟旅程將巴基斯坦從一個向來只是讓他感到無可名狀的羞恥的字眼，變得真實、具體、強大，讓他不只覺得驕傲，而且有歸屬感，彷彿是他從來不知道自己擁有的某種隱藏的、異國的超能力。

在他停留的最後一天，paṛadādā，就是他爺爺，帶他進一個房間。爺爺稱之為書房，裡面擺滿他在英國當兵與在旁遮普警界服務時的紀念品。他走來走去地開抽屜，尋找他所謂的khazānā，亦即傳家寶。其中之一便是一枚六芒星章。

「看到了嗎，孩子？」他說著從生鏽的菸草盒裡取出勳章，拿高給孫子看。「我替英國人打仗，結果那群王八蛋只給了我這個。」他咬咬那黃色金屬。「連鍍金都不是。王八蛋！不過到最後勝利的還是我們。」他氣呼呼地說，同時將勳章丟給孫子。「英國人教我們打仗，好讓我們替他們賣命。結果兩年後，我們反過來把他們給踢走了。」

那是坦納錫唯一一次見到父親的家人。他們回家後，過了幾個星期祖母便過世了，那整趟旅程很快地褪去，感覺好像從來沒有真正發生過。爸爸對於巴基斯坦的傳承幾乎比坦納錫還不感興趣，於是在成長過程中，坦納錫對愛爾蘭的認同感更強烈許多，因為他每年都會和媽媽去愛爾蘭造訪她那個更龐大、更喧譁的家族。

警車轉過轉角，經過一家愛爾蘭酒吧，有幾個人在門邊抽菸，店裡亮著溫馨的橘色燈光，接著又一塊路牌閃過——N7區到了。

他忽然想到一事，連忙拿出手機搜尋「倫敦都會大學」。他在準備警長升等考試那會兒，去旁聽過勞頓．李斯的課，當時她就在倫敦都大。他打開首頁，然後捲動教職員名單。她還在那裡。他將游標移到她的姓名上，立刻開啟了課程表。她今天下午就有課，已經開始上課，但還要一個小時才會結束。

他再次看著窗外。

鑑識結果都拿到手了，要再拿到其他任何結果至少還得一小時。貝克正在挨家挨戶查問。數位鑑定組才剛剛取得史萊德收到的照片，還得過一陣子才會有下文，而辦公室裡則有一整個團隊的人正在深入調查愷兒與麥可．米勒的背景，看看他們到底是何方神聖。那些物件所提供的線索中，目前唯一尚未徹底調查的只有書本作者。

他瞅了駕駛一眼。

「這裡離倫敦都大多遠？」

「大約五分鐘，長官。」

坦納錫思索片刻後點點頭，彷彿在回答一個沒有問出口的問題。「那好，」他說：「計畫略有改變……」

25

希莉亞．巴恩斯站在自家廚房，有點心不在焉地聽著新聞。她的廚房或許不比她打掃的那些豪華，但她的收音機卻同樣高檔。Roberts品牌，專門為威爾斯王儲與王妃供應無線電接收機的廠商，證章上是這麼寫的。這是他們家德瑞克買給她的五十歲生日禮物。真希望他現在人在這裡；他確實說過乾脆今天別去做物理治療，早點回家，可是一旦爽約，要想再重新預約簡直難如登天，因此她跟他說自己沒事，不用擔心。

她斜倚著碗槽，凝視窗外拱門區住宅的灰色石板與紅磚，感覺到公寓裡的寂靜與空虛從背後壓擠上來。

「……今早陳屍於北倫敦的自家住宅，明顯是刀傷致死……」新聞播報員語氣凝重地說：「警方呼籲目擊與知情民眾出面，若有人知道死者丈夫麥可．米勒的下落……」

聽到他們的名字像這樣被報出來，希莉亞便覺得自己多少讓他們失望了。

任何一個清潔工與雇主之間都有一種默契，他們讓你進到家中，就表示他們期望你在那裡看見的一切隱私都要保密。希莉亞對於道人長短的事向來就不十分自在，因此對她來說這始終不是問題。也正因如此，聽見愷兒與麥可．米勒的名字連同發生在他們住家私密領域的種種細節，在新聞上播報出來，感覺有如背叛。畢竟，打電話報警、啟動這一切的正是她。儘管知道這麼做沒有錯，她卻萬萬想不到最後會上新聞。

她的手機忽然輕快地嘰嘰響起，嚇了她一大跳。平常電話鈴聲會讓她的心稍稍為之一振，因為知道她電話的人少之又少，不管誰打來她都很樂意接。今天卻覺得只是又多了一件她幾乎無法應付的事。

她從還披掛在廚房椅子上的外套的口袋裡拽出電話，看見螢幕上出現「無來電顯示」的訊息，不由皺起眉頭。她現在絕對無法和某個好意的業務員談論寬頻什麼的，於是她將電話放到流理台上，低頭瞪著看，等候鈴聲停止進入語音信箱。電話又嘰嘰了兩聲，隨後安靜下來。希莉亞立刻又陷入焦慮。也許應該接聽才對。說不定是警察想多問一些關於房子，或愷兒，或麥可，或其他什麼的問題。她拿起電話，準備鈴聲一響就接起，不料這回響的是家裡的電話。

她和德瑞克為了壓過電視聲，把電話鈴聲調到最大，此時在靜悄的公寓裡聽起來卻太響了。希莉亞一把從電話座抓起話筒中斷鈴聲，同時心怦怦跳得厲害，不知是誰找得這麼急，也不知這意味著什麼。

「喂？」她的聲音微細，帶著警覺。

「妳好，請問是希莉亞．巴恩斯嗎？」

「我是。」她不認得電話另一頭的男人。

「妳在替麥可和愷兒．米勒打掃家裡，我說得對嗎？」

「對，我……是的。」

「很好，不知道能不能問妳幾個關於他們的問題？」

希莉亞皺眉。她已經和警局裡那位親切的女警員進行過這個流程。「什麼樣的問題？」

「只是一點點關於背景的問題。」男人繼續說道：「他們是什麼樣的人、什麼樣的夫妻、過著什麼樣的生活。」

「請問你是哪位？」

「我叫布萊恩．史萊德，是《每日報》的記者。」

「報紙？」

「英國最受歡迎的。我們要報導愷兒．米勒慘死的新聞，而我知道民眾會有興趣知道更多關於她真實的一面，她是誰、她是什麼樣的人諸如此類的事。」

「她嘛……我不知道應不應該和……」

「我完全了解。發生這種事，妳一定嚇壞了。妳和愷兒．米勒很親近嗎？」

「沒有。我是說她……我們不是朋友。我只是替她工作，不過她一直都對我很好。」

「一定是的。她看起來很美。我相信她會希望大家認識她，知道她是個好人。她有沒有做什麼慈善事業？她看起來像是會做那種事的人。很有善心的人。」

「是，她真的是非常好的人。」

「怎麼說，是她的行為舉止，還是她做了什麼？」

「她……呃，我不知道……」

「對了，她靠什麼謀生，或者只有她丈夫在工作？」

「他們倆都是……我是說……他們倆都沒有……」希莉亞覺得自己一直被牽著鼻子走，彷彿已無法控制自己。「我覺得我真的不想……」

「我很樂意為了占用妳的時間付出一點報酬，如果這樣能讓妳輕鬆一點的話。或者由妳指定對象，又或者有哪個機構是米勒太太特別關心的，我可以捐出一筆善款。」

一提到錢就像搧了她一個耳光。這很可能是為了鬆動她的心防，讓她開口，但她反而清醒過來，徹底封閉自我。她原本張口欲言，不料做的卻完全是另一回事，這是她這輩子從未做過的事，即使對糾纏不休的電話促銷也一樣。她掛斷了電話。

她瞪著電話看了一會兒，對於這不速之客的侵擾與他誘使她做的事驚愕不已。電話又響了，她拿起話筒又立刻放回去。接著她從機座取下話筒，放到流理台上，微弱的撥號音在安靜的公寓裡低低地嘟嘟響著。

她的手機再次嘰嘰響起。

無來電顯示。

她按一下側面開關讓那蟋蟀叫聲安靜下來，但手機繼續嗡嗚，宛如有昆蟲困在裡面，企圖掙脫。她按下側面按鍵將來電整個切斷，然後把手機塞進外套口袋，這時她注意到廚房裡有另一個雜音，像是愈來愈響的警笛聲。她驚慌地四下張望尋找來源，才發覺是電話筒，算是某種提示警報好讓她知道電話沒掛好。那噪音持續增強，好像有什麼壞事逐漸接近。希莉亞猛地抓起話筒用力摔放回機座，硬塑膠殼發出砰的響聲。短暫安靜了一會兒之後，電話又開始響了。

希莉亞瞪著看了一下，暗忖著該怎麼做才能讓它停止，隨後她抓起外套和手提袋朝前門走去。不理它，這就是她能做的，到街角咖啡店坐坐，點一壺茶慢慢喝，等著德瑞克做完物理治療回來。也許到時電話就不響了。倘若不然，也可以叫他去接，他一向比她更善於應付騷擾電話。他會叫他們滾蛋，然後掛斷電話。

她笨手笨腳地拉開防盜門鏈（這是去年家裡被闖入後，德瑞克加裝的），側身擠出大門，來到屋外開闊的走道。

她砰一聲關上身後的門，用Chubb鑰匙轉了兩圈鎖上，旋即快步走開，一面扣上外套鈕釦抵擋濕寒。她穩定的腳步聲漸漸蓋過廚房裡依然響個不停的電話聲。

26

「這裡有人做過運動嗎？有的話請舉手。」

勞頓一抬眼便看見階梯教室裡幾乎每個人都舉手了。

教室裡約莫四十人，坐在一排排陡峭排列成彎曲弧狀的座位，這有可能是為了令人生畏而刻意設計的。勞頓第一次到這裡講課時，險些恐慌症發作，如今在這裡倒是比其他多數地方都來得自在了。

「好，做過足球以外的運動的人繼續舉著手。」

教室裡傳出一陣竊竊私語，並有三分之二的人放下手來。勞頓觀察剩下的十來人，男女平均分布，多半都是二十出頭，但其中也有幾個年紀較長的學生。

「亞金，」勞頓指向第二排一名年輕男生，他高到看似站著聽課。「籃球，對吧？」

亞金露出微笑，喜形於色。「我十二歲就一米九了，」他說：「體育課的老師沒給我其他選擇。」

教室裡掠過一陣低笑聲，有不少女生和幾個男生身子往前傾，想把他看得仔細些。

「可是我猜你應該也可以踢足球吧？」勞頓問道：「你的身高對於守球門或防守應該也很有用。所以為什麼挑籃球？」

亞金聳聳肩。「可以多得幾分，而且在室內，不必搞得又泥濘又冷。」

又是一陣笑聲。

「而且隊員比較少，對不對？」勞頓說：「比較有機會出風頭。那麼誰是你們隊上的超級明星，誰是得分王？」

亞金微微一笑，別開視線，似乎被問得不好意思。「應該是我吧。」

「好耶，亞金！」勞頓拍起手來。「大家為超級明星鼓鼓掌。」

其他人也一起拍手，亞金繼續害羞地微笑，低頭看著地板，對於自己成為目光焦點半喜半厭。

這時教室後方的門打開來，勞頓抬眼看見一名穿著套裝的男子走進來坐下。鼓掌聲漸漸停歇，她的注意力也重新回到學生身上。

「好了，我們也別讓亞金太驕傲。事實上，要辨識籃球明星很簡單，因為誰得分最多、誰是隊友們倚重的人，一目了然。現在，請所有踢足球的人重新舉手。」

勞頓環顧整個教室，目光在後方新來的那人身上多停留了一下。「史黛拉，」她指向坐在他前幾排的一個年輕女生。「你們隊上的超級明星是誰？」

史黛拉沉吟片刻。「要看是哪場比賽，對手是誰。上星期我們踢了一場漂亮的好球，我們的守門員表現尤其精彩，凝聚了我們的向心力。再前一個禮拜，有好幾個人都踢得很爛，球門幾乎無事可做。我們的中場算是相當穩定，可是沒有真正的超級明星。整支球隊都是明星。」

勞頓面露微笑。「整支球隊都是明星，有意思。謝謝妳，史黛拉。」

她轉身面向顯示板，按下手中遙控器的一個按鍵，出現了一段說明文字：

關於刑案調查

團隊運動能教會我們什麼

教室裡響起窸窣聲與輕敲聲，學生們正在將這些字抄寫在紙上或打進電子筆記本。

「所以足球和籃球不一樣，籃球場上一個超級明星球員多少可以獨力控球，贏得比賽，足球則是全靠團隊力量，換句話說你也只是和隊上最弱的一環不相上下。史黛拉，現在全世界最厲害的足球員是誰？」

「應該是梅西吧，或是C羅。」

「梅西在國際足球賽中代表的是……」

「阿根廷。」

「那上一屆世界盃阿根廷最後得第幾名？第一、第二、第三……」

「門都沒有。他們連小組賽都沒闖過。」

「好，那葡萄牙呢。C羅是葡萄牙隊，對吧？」

「對。」

「他們成績如何？」

「小組賽後馬上就被淘汰了，連八強都沒進。」

「好，所以這裡有兩個世界頂尖的球員，可是他們的球隊最後都沒進到世界盃八強。為什麼呢？」

史黛拉聳聳肩。「他們的隊很爛。」

「一點都沒錯。他們的隊伍不強，所以不管他們最好的球員有多厲害，他們都早早就出局，打包回家了。這是因為足球不同於籃球，是一種弱環節運動，無法單憑一個超級明星在較高層級產生影響。」

她按下按鍵，顯示板上又跳出兩個新標題：

強環節隊伍
弱環節隊伍

「大衛．薩利，原本是棒球投手後來變成行為經濟學家，克里斯．安德森，原本是守門員後來成為足球數據分析大師並在康乃爾擔任教授，他們倆合寫了一本書叫《數字遊戲：為什麼你的足球知識全錯了》。在這本書中，他們針對歐洲的頂尖球隊做了數據分析，發現如果提升最差的球員的素質，而不是砸大錢在一個超級球星身上，贏球與得分的機率就會升高。他們的研究結果披露，每次得分通常是經過八九次傳球，最後由超級球星展現絕技。問題是假如其中有一次把球傳給隊上最弱的球員，結果他搞砸了弄丟了球，那超級球星在不在場上恐怕根本也沒差了。

「現在，如果把這個觀念轉換到刑案調查上來，得分就是讓犯人成功被判刑，那麼那一連串的傳球便可視為證據鏈中的不同階段。刑案調查和足球一樣，屬於弱環節比賽，當你用那些觀點來思考，就可以看出每一個個別的部分對於整體獲得成功結果有多重要。」

坦納錫坐在階梯教室最後面。

他與學生不同，不需要做筆記，因此他便輕鬆地靠背而坐，欣賞這場表演。他為了準備警長考試去旁聽的課，主題相同，上課情況卻截然不同。在這裡沒有人強忍著呵欠或是在硬座椅上動來動去，每一個學生都豎耳聆聽著老師的每句話，所有人的注意力都集中在教室最前方那個充滿活力的嬌小女子身上。不知怎地，她就是有辦法把這個枯燥至極的主題講得引人入勝又清晰明白。他想起自己曾經旁聽過她的一堂課，當時她也玩了同樣技法，將近一個小時的時間，整間教室的人都像被施法似的，全神傾聽那個格外無趣的主題：「長片段家族DNA與其對懸案破案率的影響」。

他知道她經歷過什麼樣的人生，就此看來就更了不起了。從此時受到全場注目、令人印象深刻的女子身上，他仍能看見當年那個睜大眼睛、飽受創傷的十五歲女孩的痕跡。

他在椅子上坐得更深更舒服一些，享受著這紛亂的一天當中意外的平靜時刻。他可以愉快地在此坐上幾個小時，聽她說話，看她掌控主題與滿教室的人，只可惜課結束得太快，教室裡的人開始離去，他也跟著坐直身子，想到現在得去和這場秀的主角說話，竟略感緊張。

他起身穿過正要離開的學生人群，往下走到教室最前方，勞頓・李斯教授正在和一位充滿熱情的學生談話。他走到一旁微微往後站，沒入座席的陰影中，以免無意間聽到或許是私密的談話內容。令他驚訝的是，勞頓近看更加年輕，而且也能看出她與父親長得並不像。

勞頓強迫自己將注意力集中在面前的學生，但卻強烈意識到那個穿著灰色套裝站在旁邊的男子。學生詢問關於這個主題，另外還應該看哪些書，勞頓一口氣說出一串書名，學生慢慢地寫到筆記本上。勞頓對等候的男子投以抱歉的眼神。他流露出警察的氣質，這錯不了，但她不記得自己教過他。終於，學生將筆記與筆電放進她的「Books Are My Bag」托特包後匆匆離去。

「很精采的課，」那個陌生人說著跨步走進光線中。「幾乎讓我想重返校園了。」

勞頓微微一笑，一度因他的眼睛而分神。他站在陰影中時，她覺得他看起來像亞洲人，也可能是地中海地區的人，但那雙眼睛如此湛藍，幾乎像雅利安人的眼睛。「謝謝，」她說道：「你是警長？督察……？」

他微笑道：「這麼明顯啊？其實我是總督察，坦納錫・罕。」

「哇，你一定是平步青雲，你看起來幾乎還是要穿制服的年紀。」

「這個嘛，妳看起來也不像已經當教授的年紀。」

他用那雙看似出奇溫暖的冰藍色眼眸盯著她看，兩人安靜了片刻，本該覺得尷尬但並沒有。

坦納錫・罕，她暗忖，巴基斯坦又或者是孟加拉和愛爾蘭的混血？有趣的遺傳。

「我是令尊的屬下。」他補上一句，徹底毀了這一刻。

「真幸運。」她說著轉過頭，彎身到講桌背後取回記憶卡。

「不過這不是我來的原因。今天早上我接到一個案子，是殺人案，我認為妳或許……」

「我從來不碰調查中的案子。」

「我知道。但我覺得妳或許會想看看這個，因為……」

「因為現場留有一本我寫的書？」坦納錫臉上出現的驚愕神情讓勞頓備感樂趣。「我上課前有個記者打電話告訴我的。」

「史萊德！」他的語氣有如嘗到什麼苦澀滋味。

「他問我的想法，我跟他說了我剛剛跟你說的同一句話：我不碰調查中的案子。」

她側身擠過他身旁，走向出口。

坦納錫尾隨她走進走廊。「他的文章已經上線了。」他跟隨著她的腳步，說道：「我本來希望能在他刊登以前找妳談，但直到大約一個小時前，我人都在案發現場，接著又要到記者會報告……總之文章上線後，我就盡快趕過來了。」勞頓來到電梯前，按下召喚按鍵。「文章中提到妳和妳的書，所以妳恐怕有必要做好心理準備，會在媒體上引發更多關注。」

勞頓倚靠著牆，感覺腳下的地面似乎正在塌陷。她成年後始終努力在工作與私生活之間築牆，以保護自己與女兒的安全。如今那些牆似乎塌了，外頭的世界眼看就要帶著隨之而來的危險一擁而入。

「就是因為這樣我才從不參與調查中的案子。」她喃喃地說：「你去查一樁二十年前的命案，不會有記者打電話來煩你。這實在是……是……」

她又戳按一次按鈕，但燈號很快就熄滅，於是她扭頭走向樓梯間，滿心渴望著自己辦公室裡的寧靜與安全。

「妳聽我說，」坦納錫說：「我知道妳通常不會投入調查中的案件，理由我完全明白，但如今妳已經是這起案件的一部分，我以為妳或許會重新考慮。考慮到妳和令尊的身分，在破案之前他們是不會善罷甘休的。所以妳何不協助我們破案呢？」

勞頓衝進樓梯間，立刻往四樓爬。她覺得噁心欲嘔，就好像她人生最黑暗的一章再次從被她埋葬的地方冒出頭來，帶著死亡與危險來敲她的門，而且這次的起因仍然是父親。她本希望將他阻隔在自己的生活之外，她與女兒或許就能與這一切絕緣。但她錯了。

「案子早一天偵破，這一切就會早一天落幕。」坦納錫的聲音在樓梯間水泥牆間回響。「無論如何我還是需要和妳談談，調查一下究竟可能因為什麼原因，凶手留在現場的偏偏是妳的書。」

勞頓轉身面對他。「這很明顯，不是嗎？為了讓他難堪啊。這與我無關，而是與他有關。每次都是因為他。我只是……附帶傷害。」

「也許，但妳在書中也寫了，絕不能被一目了然的東西分散注意力。」

「噢，拜託，」勞頓邊說邊轉身重新上樓。「別拿我的話來堵我。」

「留在現場的不只有妳的書，還有另外四樣東西，我可以讓妳看看。」他接著說，並從口袋掏出手機。「網路上有照片。妳只要看一眼，告訴我妳有什麼想法就好。五分鐘，然後我就不再煩妳。」

她來到樓梯頂端停下腳步，轉身低頭看著他，他則皺眉看著正在拚命抓訊號的手機，這裡無線網路訊號微弱是出了名的。外面不知何處忽然警笛聲大作。勞頓想起當天早上聽到的警笛聲，當時她還心想要找出原因，也許能派上用場。好啦，她的機會來了。

坦納錫抬起那雙藍得怪異的眼睛看她。在幽暗的樓梯間裡，那雙眼睛猶如夏空的碎片。樓下有一扇門轟然打開，隨著一群學生開始往上爬，人聲也順著樓梯間上揚。

「就五分鐘，」勞頓說：「可以用我辦公室的電腦。」

她說完立即轉身，衝進通往四樓走道的門，趁著自己還沒來得及改變心意。

27

他側耳聆聽。閉著雙眼，心無旁騖。

新聞透過連結他手機的藍芽耳機，在他耳中低低播報著。

如今米勒命案已是全國的頭條新聞，不只是倫敦地區。所有的主要新聞平台都把它放在最醒目的位置。#刀械犯罪與#命案豪宅都成了推特的熱門話題。

現在感覺是停不下來了，就像一列火車轟隆隆前行，速度愈來愈快，駛往只有他知道的目的地。

他打開一個抽屜，取出一台老舊破爛的筆電，開啟電源。

長久以來這都只是幻想，是他經年累月慢慢拼湊、發展出來的復仇故事，他一次又一次對自己訴說這個故事，在腦中一遍遍地揣想，彷彿念著安定心神的咒語。在真實生活中，司法正義反覆無常難以捉摸，在他腦中卻不然，他可以掌控發生的事情，因此司法正義也由他說了算。在他心裡，罪犯無所遁形受到懲罰，無辜的人也無罪釋放。但他愈是對自己陳述這個故事，感覺就愈真實，好像是真正發生過的事，他只是在回想罷了。

然後，很神奇地，隨著角色與各個不同元素一一出現，故事也逐漸成形，好像不知何故，這一切僅憑他的意念就生成了，也像是宇宙為他將事情一一安排好，搭設好舞台，只須他小聲地喊一句「Action!」便能啟動。

筆電在咿咿呀呀、咕咕噥噥聲中緩緩開機，這是一台便宜機型，在清倉拍賣時買的就更便宜了。

有過許多主人。銷售史複雜。難以追蹤——但並非不可能。他必須沿路留下一些麵包屑好讓他人追循。這也是故事的一部分。

起動後的螢幕終於亮起，出現一朵向日葵中間有個地球的標誌，還有一個進度條龜速地往前爬行，他一面看一面不太專心地聽著新聞，斷斷續續捕捉到幾個片段：

……身中多刀……物品放置在屍體周圍……與警察局長有關……丈夫依然行蹤不明……

他腦子裡的故事現在正由真實世界中的其他人訴說著。有一種無可避免的感覺，好像事情遲早都會發生，不管他走哪條路，也不管他做了什麼決定。以前他從來不信那些命中注定的鬼話。你的故事是你自己寫的，這是他的信念，你寫你自己的故事，為你自己的行為負責，創造你自己的結局。但事實並非如此。死亡會降臨在萬物身上，那是每個人的終點，誰也無能為力。

啟動的程序完成，桌上電腦載入後顯示出相同的向日葵標誌、連接某app的捷徑與幾個排成一列的檔案，各標示著一個數字與檔名：

1. 屋子
2. 書
3. 勳章

4. 鑰匙

5. 獅子與獨角獸

他打開第三個檔案，出現一系列照片、短影片與文件，總數約有二十，成一列排開並加註了標籤。

如今火車已在行駛中，但還需要更多燃料讓它持續前進。

他點了捷徑打開VPN的app，讓他原本便已是匿名的Yahoo帳號多一層安全保護。勞頓的書中有一個章節寫了關於數位鑑識與虛擬私人網路的使用，一旦他的電子郵件曝光而警方又無法追蹤，媒體無疑便會注意到這點。

他透過VPN打開他的Yahoo帳號，開啟新郵件寫給史萊德，這個心甘情願協助他的同謀，被一則熱騰騰的故事的白熱亮光射得目眩神迷，竟不知自己也是其中的一部分。他也有一個關於他的檔案，但那要再等等。

他複製了幾張照片加入郵件，另外還連同一段短影片和一家公司的公開發行說明書的PDF檔，說明書上頭也有那個向日葵標誌。警方，或是史萊德，到頭來終究會發現這份文件，但由於他花了幾個星期才追查到這份拷貝，可不能不做好萬全準備。他需要讓文件的資訊早點曝光，趁眾人對故事仍記憶猶新的時候。他需要讓史萊德先看見，然後再出示給其他所有人看。

他寫完email，排定於翌日上午八點寄出，到時新聞已經循環了兩三次，而頭條也在聚光燈聚焦之下有了多一點時間可以發展、散播並攫住每個人的注意。目前，他給的已經相當足夠：魅力四射的被害人、失蹤的丈夫、奇怪的物件。

在他送出下一章的轉折之前，就讓他們再多幾個小時猜猜看那些都意味著什麼吧。

28

勞頓衝進她狹小擁擠的辦公室，嚇著了一個瘦巴巴，穿著坦克背心、打了個蝴蝶領結，還頂著一頭丁丁髮型的男人。他坐在辦公椅上旋過身來，圓框玳瑁眼鏡背後的眼睛愕然圓睜。

「噢！」勞頓說：「抱歉，戴夫，忘了你今天會進來。」她轉向坦納錫。「這位是戴夫，呃－伊斯頓博士。我們共用這個辦公室。」

伊斯頓博士帶著讚許的眼神打量坦納錫。「她所謂『共用』的意思就是她把它弄得亂七八糟，而我試著整理乾淨。請問你是……？」

「我叫坦納錫。」

「很棒的名字。」伊斯頓博士射向勞頓的目光中帶著促狹與疑問，她知道他想說的是－男朋友？

「總督察坦納錫．罕正在調查一起命案，他想要我看看。」勞頓刻意說出他的正式職稱，示意兩人是職業上的關係。她看得出伊斯頓博士露出失望神色。「我需要電腦來看檔案。」勞頓朝共用的電腦點了點頭。伊斯頓博士繼續仰頭衝著坦納錫微笑。「敏感的檔案。」勞頓補上一句。

「喔。」伊斯頓博士微微斂起笑容。「所以基本上妳是在叫我滾蛋囉？」

「對，基本上。不過如果你有工作要忙，我們可以……」

「不，沒有，沒關係。」伊斯頓博士從桌上撈起他的皮背包，一面擠出辦公室一面對坦納錫笑著說：「三人成眾。我就讓你們倆去看你們的——敏感檔案吧。」

他說「敏感檔案」的口氣聽起來像在說「色情圖片」。

他出去以後勞頓關上門，一屁股坐到破舊的椅子上。「對不起喔。」她登出伊斯頓博士的帳號，重新登入自己的。

「搜尋《每日報》的網站。」坦納錫上前站到她身後，眼睛看著螢幕。「頭條新聞是海格特命案，至少四十五分鐘以前是。」

勞頓打開網站。

百萬豪宅遭持刀攻擊依然是頭條。

頭一張照片是刀子刺穿被害人的臉，她端詳片刻後，往下捲到第二張，是米勒家的客廳，愷兒・米勒就躺在正中央。她身子往前靠，仔細觀察屍體，觀察她雙臂外張的呈現方式，也觀察擺放在四周的物品。

「報社是怎麼拿到犯罪現場的照片？」

「他們沒有，那不是我們的。那是凶手拍的，然後直接寄到報社。」

勞頓點點頭。「有意思。」

「妳以前碰過這種事嗎？」

「不算有。有幾個案子，凶手寄了信或物件給媒體——開膛手傑克、黃道殺人魔、山姆之子——不過往往是在最初案發過後的幾天、幾個星期，有時甚至於幾個月。他們通常是企圖藉由吹噓自己做了什麼，或是描述接下來要做什麼，來延長第一次殺人以後的驚悚感，而且經常會嘲弄警方永遠抓不到他們。再者，他們也往往是回應既有的新聞報導，但這個不一樣。這些是在報導都還沒刊登就寄出了。事實上，把這些照片直接寄給報社，等於是凶手創造了故事內容。除了照片有任何文字訊息嗎？」

「有。我們從《每日報》辦公室扣押了史萊德的電腦和電話，數位鑑定組找到用來寄照片的**email**，主旨寫的是「喬治・史萊德警長－**RIP**」。喬治・史萊德是寫這篇報導的記者的父親。他在特勤機動小組那既美好又千瘡百孔的末代時期，擔任過組上的警長。就各方面來說，他是個好警察，卻是一個大爛人。他的個人檔案裡有一長串的負面評價，一些理應調查的事卻全被掩蓋了：住家曾打過幾次電話通報家暴，有許多次公然酒後鬧事，在將近二十年的期間內犯過八次個別的實際人身傷害，職業生涯即將結束前有過一次嚴重人身傷害。到最後，這些事全都為他惹上了麻煩，只差幾年就退休的他終於被踢出警界。被懲戒免職。」

「哇，他幹了什麼事，殺人嗎？通常不管他們有多壞，都能保住退休金的。」

「當時新任的局長推動了一項計畫，要徹底改造那些過時的、令人無法接受的警界風氣，喬治・史萊德的免職就是計畫的一部分。」

勞頓從螢幕抬起眼睛，頓時明白這番對話的走向。

坦納錫頷首。「沒錯，基本上就是令尊免他的職。妳應該可以想像，一個人失去工作和退休金，最後酗酒致死，他兒子總不太可能會喜歡造成這個結果的人吧。凶手肯定知道這一切，也看準了布萊恩．史萊德會抓住任何機會羞辱妳父親。我們也認為命案正好發生在犯罪數據公布的時間，這不是巧合。所有的事情就這樣結合成一場完美的媒體風暴，而且是以令尊為中心。」

「數位鑑定組有其他發現嗎？」

「還沒有。照片全部都加密，寄出照片的電郵地址是一個Yahoo帳號。」

「無法追蹤。」

「很遺憾，正是。」

「聽起來凶手應該讀了我的書。」

「一樣，很遺憾，正是。」

「有嫌犯嗎？」

「我們想找死者的丈夫談，但他下落不明。」

「你覺得是他？」

「尚未排除。有可能是失控的家暴。」

勞頓看了看犯罪現場，接著抬頭看他。「你真這麼想？」

坦納錫張口欲言，但隨即又改變主意。「不，不能說是。」

她點點頭，又回頭繼續看米勒家客廳的照片，血跡的紅色線條在白色地板與牆壁的對照下格外鮮明，幾樣物件仔細地擺放在客廳中央經過馬賽克處理的屍體四周。「我認為第一張照片中的刀子就是凶器。」
「與傷口吻合。」
「它的位置在屍體的什麼地方？」
「插在死者右手邊的牆上。」
勞頓將身子往後拉，重新看著整張照片。有點不對勁，但她還不能確定是什麼。「它在她右手的什麼地方？」
「呃，她可以說是指著刀子。」
勞頓點點頭。「除了一本我的書，現場還留了什麼？」
「妳繼續往下看就知道了。」
她往下捲動文章，經過屋外的照片之後來到物件的放大照。她細細端詳將兩枚勳章平衡置於死者食指的照片。「這是她的左手？」
「是。」
「遠景照片中，她臉上好像有什麼東西。」
「一副眼罩。」
她繼續捲動文章，觀看其他照片：一串鑰匙、她的書、一個獨角獸玩具。
勞頓一見到玩具，身體立刻猛然退離螢幕。
「妳還好嗎？」坦納錫問。

勞頓瞪著獨角獸玩具，它則用那雙大大的鈕釦眼睛空洞地回瞪著她，底下的說明文字有如來自她過往的冰冷呢喃。在死者屍體旁發現的一只玩具。

「怎麼了？」坦納錫繞過椅子，此時看的是她而不是螢幕。「妳想喝點水嗎？妳一副看到鬼的樣子。」

勞頓注視著獨角獸，覺得口乾舌燥。

不，不是鬼，是惡魔。

勞頓不斷向下捲動，直到獨角獸的照片消失，籠罩著她的陰影也略略消散為止。

「那是朱斯提提亞。」她說。

「什麼？」

「死者被擺置成朱斯提提亞的模樣，那是古羅馬盲目正義的象徵：雙臂張開、蒙著眼睛、右手拿著類似刀劍的東西、左手拿的則近似天平。象徵的意涵全都經過非常精心的設計，鑰匙八成也代表了什麼，也許是有待開解的祕密，也許是有什麼東西被囚禁住。至於獨角獸有可能代表各式各樣的東西：罕見、神奇、無辜、象徵基督，隨你挑。我覺得這當中唯一異常的，唯一沒有確實遵循這個模式的，就是我的書。它沒有明顯的象徵意義，也許是知識吧，但我認為它沒有任何特殊意義，之所以被留在那裡只是為了確保命案能引起注意，因為我父親的關係。我如果是你，我會把力氣放在死者和她丈夫身上，查出他們的身分、他們做過些什麼，以及他們有可能樹立了什麼樣的危險敵人。不管凶手是誰，都是為了算舊帳，一切都是為了伸張正義。」

坦納錫微微一笑。「凶手用來寄送訊息的電郵地址正是justice72@yahoo.com。」

「這就對了。」她將文章捲到最底下，看見父親的照片又哆嗦了一下。比起上次看到他，他現在顯得比較老也比較瘦。在他旁邊是她的書的照片，書背後的血漬清晰可見。她點一下滑鼠，關閉瀏覽器視窗，然後從椅子上起身，打開門。

坦納錫看著她，神情困惑。「就這樣？」

「你說五分鐘，就給你五分鐘。我得去一個地方，而且我已經說過了，我不碰調查中的案子。」

坦納錫盯著她看了一下，接著搖搖頭，動身便要走出辦公室。來到門口時，他停下來。

「我不明白，」他說：「妳自己也說警察的工作和足球一樣屬於弱環節比賽，那麼妳為什麼選擇用打籃球的方式來做？我想找出這個殺人凶手，也很希望妳能是我們團隊的一分子。妳已經幫忙了。」他伸手從口袋掏出一張名片遞給她。「所以假如妳決定要加入我們，多幫一點忙，就打給我。」

四、鑰匙

《如何處理謀殺案》節錄

勞頓．李斯著

命案調查有一種必然而特殊的親密性，勉強稱得上是一種親密關係——失調的、極為片面的、有點執著的。

調查的負責人會對被害人瞭如指掌，會看到他們最不設防也最不堪的一面。他們必須跨越普通人際互動的界線，強行打開被害人選擇緊閉的門，翻遍那些從來不準備暴露在眾目睽睽下的抽屜與文件，向被害人親友詢問一些在其他情況下顯得嚴重擾人又極度失禮的問題。命案調查人員的任務就是將最亮的光線照進一個人生命中最黑暗的角落。最終，為了找出是誰又為什麼結束了一條性命，調查人員必須取走同一條性命，並且將它逐一分解毀滅。

就這點而言，殺人凶手與調查人員的關係，其實比雙方願意承認的還要親近。

29

晚間新聞開始之際，米勒一案已勢不可當。

每個電視台與廣播電台都在播，大多數還把它當成頭條，其中包括幾個較嚴肅的新聞節目，他們將它納入最新犯罪數據的框架中，以較崇高的視角加以觀察，探討本案是否證明了刀械犯罪已漸漸成為更大的、如今人人都應該擔心的問題。他們所謂「人人」，指的其實是白人中產階級，而不僅僅是那些住社宅領救濟金的黑皮膚窮人，也就是傳統上刀械犯罪的受害者。今年已有三十八個年輕男子與男孩——全都是黑人或亞裔窮人——死於刀口下，這卻是第一起見報的持刀殺人案。一名前任內政大臣和一位退休的地方警局局長又再度被推出來，眉頭深鎖地發表意見：是的，刀械犯罪確實是個問題，而且愈來愈嚴重；是的，必須採取一些緊急措施；是的，現任局長必須回答一些嚴肅的問題，關於在他治理下，一般犯罪與刀械犯罪的情形增加了多少。前內政大臣甚至略為進一步地說，也許李斯已經不再適任，數年來位居高位的他，也許該是考慮辭職，讓位給新人的時候了。

至於較八卦的線上新聞頻道或報紙，便不會如此虛偽地表達較崇高的理念，或是試圖針對國家現況進行討論。對他們來說，這依舊是吸睛與銷售戰場上的直球對決，利用「命案、謎團與金錢」三大手法提供完美的點擊誘餌。

史萊德已經寫了三則後續報導來餵養這頭龐大野獸：一則是關於死者與其失蹤丈夫的謎團，還提供爆料專線與獎金；第二則報導的是放在死者屍體旁，那些令人毛骨悚然的物品，還開了個側邊欄位列出歷史上同樣也會留下或收集「戰利品」的知名連續殺人犯；第三則，為實體晚報撰寫，僅僅只針對那本書以及作者乃約翰・李斯局長之女的這個事實，而且根據警方的匿名消息來源表示，此書似乎幫助兇手得以不留下任何跡證。這則報導也開了個側邊欄位，重現勞頓悲慘的過去，文中詳細敘述了「蒙面魔人／亞德里安・麥維」系列事件的全貌、她母親遇害以及案發後她與父親之間困難重重的關係。

約翰・李斯局長——文章最後寫道——國內最資深的警察，到頭來卻甚至無法保護自己的妻女不受變態殺人凶手所害。

在維多利亞車站內，有個身穿長外套、頭戴棒球帽的男人站在WH史密斯店裡。他拿起一份《每日報》晚報，快速瀏覽該篇報導，見到文中提及蒙面魔人時呼吸立刻變得急促。他所有的晚報都拿了一份，然後走到自助結帳櫃檯付完錢後便消失在人群中。

不過新聞真正爆炸開來擴及國際，其實是在網路上。隨著數百人，接著數千人，再接著數百萬人分享報導，#命案豪宅開始成為熱門關鍵字。到目前為止，最受歡迎的是「命案豪宅虛擬導覽」，這是史萊德的點子，之所以得以實現是因為他的助理夏奇拉設法追蹤到最初建造米勒宅第的建設公司，並創造出一趟高階的虛擬旅程，還順便投稿參與一項現代建築獎。《每日報》付了五位數的金額取得專屬授權，再由後室，也就是一群精通電腦的男孩女孩——據史萊德所知，他們當中沒有一個超過十二歲——重新包裝、編輯，加入陰森恐怖的配樂，將鏡頭在各個房間緩慢、穩定的滑行畫面徹底變得更加詭異凶險。他們還加入其他的文字說明與影像，以淡入淡出的資訊片段揭露諸如屋子價值多少、如何建造於海格特墓園周邊等訊息，還有麥可與愷兒・米勒的姓名與笑容可掬的照片，妻子名字底下標註著「被害人」，丈夫則是「偵查中通緝」。最後，當攝影機移入客廳，恐怖音樂的張力來到最高點，犯罪現場的照片倏地出現，搭配《驚魂記》電影中經典的小提琴斷奏。影片上線都還不到兩個小時，便已累積高達四百萬觀看人數，而隨著影片有如病毒般在這個超連結的世界傳布，該數字也成等比級數快速地往上攀升。

海格特讀書會的淑媛們都看到了，多數都驚恐不已，旋即分享於WhatsApp群組與臉書上，好讓她們認識的每個人也都能同樣驚恐。希莉亞・巴恩斯也看到了，有個朋友在自己的臉書頁面分享了影片連結。她麻木地看著自動播放的影片，重新經歷那天早上她自己穿梭於屋內的過程，忽然間一段淡入的文字讓她揚起眉毛，因為它回答了她幾乎已忘記自己曾有過的疑問。六百八十萬，這是屋子的價格，比她估計的多出大約三百萬——她想當房屋仲介還是算了吧。鏡頭繼續移動，經過玄關，入門，進到客廳，她連忙關掉app，無論是再看到那間客廳或是重新體驗自己那天早上的那段經歷，都太痛了。

在印度上空某處，某家澳洲運動服飾公司的財務經理利用商務艙的免費Wi-Fi看到了影片，隨後分享給人在雪梨、正值青春期，平日最愛追劇看真實犯罪影集的兒子。

在首爾一間散發著霉味與垃圾味的半地下公寓裡，從事夜間清潔工作的一家人，趁著出門上工前圍在一支電話旁，看著那棟外觀豪華的大宅驚嘆不已，隨後又被突如其來的駭人結局嚇得發出驚恐又欣喜的尖叫聲。

深藏於果阿某處海濱椰林中的一間簡陋草屋裡，有位肌肉結實、一身古銅色肌膚的女子鑽進薄薄的棉布床單底下，重新拉好蚊帳，蓋住所有縫隙，然後用手機查看電子郵件與訊息，她最希望取得聯繫的人依舊音訊全無，她不禁皺起眉頭。

秀娜．歐布瑞恩一邊伸展一邊看推特的貼文，可以感覺到這些日子每天無所事事，就只是做瑜伽的那種愉悅的疼痛。此時的她一面看著最新熱門話題，一面聽著外頭熱帶夜晚中鄰近大海的嘩嘩聲，與頭頂上棕櫚樹葉間的青蛙嘓嘓聲。

她點進最頂端的結果，瞄了一下附隨影片的文字，但實在太累又心不在焉，沒有真的看進去。短片自動播放，她躺靠在白色棉布上，看著攝影鏡頭在一間漂亮的房子裡滑動，還是不太知道自己看見了什麼。接著麥可的照片淡入，秀娜猛然坐起身子，睜大雙眼，整個人醒了過來。

「偵查中通緝」，照片下方的說明文字寫道。

她的目光很快地飄向另一張照片與其說明文字：「被害人」。

秀娜呆呆看著螢幕，青蛙與蟬的叫聲和從她手機的迷你喇叭流瀉出來的恐怖音樂交織在一起。影片繼續播放，秀娜不自覺地將手機移到更靠近臉，驚愕的心拚命地想釐清眼前看到的是怎麼回事。接著鏡頭進入客廳，冷不防響起的小提琴斷奏聲嚇得她手機應聲掉落。她低頭凝視著手機，全身僵硬驚駭不已，就像是手機變成了蛇，稍微一動都可能促使它發動攻擊。

「麥可！」她說道，但沒有聲音跑出來。「我的天吶！」

影片結束，她的手機又再度只是手機。她一把從床上抓起手機，笨手笨腳地搜尋聯絡人，撥了列在「Mmmmm」名稱底下的號碼，一面試著換算英國現在的時間。想必是晚上六點半左右，不應該是她打電話的時間。但現在情況不同。好像出事了。很大的事。麥可的電話響了又響，最後進入語音信箱。

「麥可？」她留言道：「我看見新聞了。出了什麼事，你還好嗎？打給我，拜託。我得知道你沒事。」

她掛斷後怔怔看著電話，心想是否應該再打一遍。現在她覺得自責，因為自從前往希斯洛機場途中接到這則訊息後，她就一直在生他的氣：

臨時有事。妳先去，我會盡快去找妳。別打給我，我這裡有事需要處理。見面再跟妳解釋。M x

那些血淋淋的畫面再度在她腦中閃現，躺在房間正中央的女人。那麼多血。

這就是他需要處理的事嗎？

她也想起了照片。愷兒．米勒—被害人。還有麥可—偵查中通緝。寫的不是嫌犯。

她又打一次給他，還是直接進語音信箱。

說不定他惹上麻煩了。說不定他需要她，是真的需要她。

她掛斷電話，打開國泰航空的網站，看看最快能搭哪一班飛機回倫敦。

30

勞頓沒有看到命案豪宅的影片。第一篇文章被丟上網路之後，她的電話就響個不停，全是記者想找她談，她於是關掉手機。她下班時也被拍了照，這是最讓她困擾的，有個男人突然現身，喊了她的名字，她才一抬頭就被閃光燈刺得睜不開眼。他手裡拿的若不是相機，而是其他東西呢？萬一他們開始找上蕾蕾呢？想到這個她就覺得噁心。她小心翼翼地建構整個生活來保護女兒，以免女兒遭受她自己曾親身經歷過以及現在她工作上會遠遠看見的危險，不料危險仍舊找上門來了。

她站在自家廚房裡，專注地呼吸，一面等著水壺的水滾，這是她早晨的寫照，傍晚灰濛濛的光線幾乎與黎明時分一模一樣。她往馬克杯裡丟了一只薄荷茶包，這個午後的例行儀式是設計來降低她的咖啡因濃度，給予她一線機會可以睡個覺。就她記憶所及，她從來都睡不好，至少自從母親死後就沒睡過好覺。

她必須重新開機以便使用計時器，而就在水壺裝水的六十秒當中，手機就響了三次。

三次。

她猜不透這是不是好預兆。

總覺得自己好像被包圍了，記者似乎不只在電話另一端，還圍聚在牆外，慢慢地聚攏、逼近她小心隱藏的匿名生活。她自覺暴露在外，十分脆弱。

她聽見前門打開的聲音，體驗到一種既鬆了口氣又更加焦慮的複雜感覺。

蕾蕾回來了。

她又拿了一個馬克杯，往裡頭丟進一只茶包，豎耳傾聽，尋找蕾蕾心情如何的線索。門砰地重重關上，她聽見女兒踏著重步走過玄關走廊進自己房間。又是砰的一聲。

勞頓闔上雙眼，瞬間感到精疲力竭。

她們曾經是最好的朋友，兩人的關係說有多親密就有多親密。接著，青春期荷爾蒙之神降臨，蕾蕾對她愈來愈冷淡，遮遮掩掩、孤僻退縮。她曾試著找她談，但最後總是以爭吵與指責收場。

妳就是我的問題，蕾蕾會吼著對她說，妳一天到晚監視我，一點雞毛蒜皮的小事都要控制。但我不需要保護，我已經不是小孩子了。

現在的她和當年離家的勞頓同年紀。瞧瞧如今結果如何；她能活到今天可說是奇蹟，而救了她的正是奇蹟。蕾蕾。她就是奇蹟。現在輪到她有機會能拯救女兒避開面前的危險。老天明鑑，不會有別人來為她做這件事。

身後水壺的開關關閉了。她慢慢地數到三，讓沸騰的水稍稍降溫，然後淋上薄荷茶包。她深吸一口氣，用一隻手端起兩只杯子，朝蕾蕾的臥室走去。

她停在黑色的房門外，靜靜聽著。門是黑色，因為她答應搬過來以後，蕾蕾可以把房間漆成任何她喜歡的顏色。結果那個「顏色」竟然是燈黑色，而「油漆妳的房間」顯然也涵蓋了外層門面。「蕾蕾」二字以滴流狀的紅漆橫寫在門上，這讓她想起愷兒．米勒，躺在以自己鮮血裝飾的客廳中央。她搖搖頭甩掉這念頭，然後敲門——三下。

「嗨，寶貝？我給妳泡了杯茶。」

沒有回應。

「寶貝？」她轉動手把開門。

蕾蕾倏地轉身，眼中燃著怒火。「媽，拜託！」她剛脫下衣服，整團堆在腳邊，混入其他亂七八糟的事物當中。她用力按了一下手機，關掉傳送到耳機裡的音樂，很快地從凌亂的床上抓起浴袍——也是黑色——包住身子。

「對不起，」勞頓嘟噥著說：「只是端杯茶來給妳。」

「能不能敲個門？」

「我敲啦。」

「我有說『進來』嗎？」

勞頓將杯子放到一小堆書上面，這幾乎可以說是房內唯一平整的空間。

「我早上和你們校長談過。」

「我知道，」蕾蕾說：「學校裡每個人都知道我的瘋媽媽來學校，在一個特教生面前罵髒話。」她風風火火地衝過去前往浴室。「多謝幫忙了，真是感激不盡。」

勞頓看著她氣沖沖地走過走廊，浴袍在身後飄飛有如蝙蝠俠的披風，隨後當她消失在浴室裡又是一記轟然的關門聲。

「好，很順利。」勞頓喃喃自語。

她轉身打量女兒雜亂的房間，黑色的漆加上擠滿牆壁的裱框樂團海報，讓房間感覺比實際上更小。一堆又一堆衣服或是從半開的抽屜吐出，或是成坨地堆在地板上，勞頓有時會形容為「剛剛遭竊的模樣」。之前她從這扇門往裡看過許多次，但這回不一樣。這回她發覺自己正用平常專門用在檢視犯罪現場照片的審慎態度在觀察這個房間。她正在有意識或無意識尋找一些不協調的東西。也的確發現了。

她聽見走廊另一頭傳來嘩嘩的淋浴聲，告知她蕾蕾現在在哪裡，更重要的是，接下來十分鐘她會在哪裡。

她注視著她剛剛留意到的東西，此時正閃閃發光，彷彿有聚光燈照射其上。

她是否應該視而不見，尊重女兒的隱私與祕密？

她讀過的自修書籍中都說健全的親子關係建立在信任之上。失去信任，就可能失去一切。但勞頓知道不信任也可能成為一股善的力量，比起更大的弊害，這個害處較輕微——她整個職業生涯都奠立在此基礎上。

這完全是身為母親所無法避免的不公待遇，妳有責任為這世上妳最愛的人心存懷疑與警惕。或者也許不是每個人都這樣。也許這只是單親的又一個附加紅利，因為沒有人分擔養兒育女的重責大任，使她無法奢望有人可以商量。這方面她只能靠自己，也就是說所有事情都得由她決定。犯錯也全得算在她頭上。

走廊另一頭的沖水聲繼續著。

她想起與瑪雅的對話，以及當她說「這裡是聖馬可。很多學生都會帶刀」時，聳肩無所謂的模樣，好像只是在告知一個生活現實。

她一定要知道。勞頓沒有多想，便小心跨越衣服、化妝品、食物的空包裝紙與一盒盒止痛劑（若是遇到經期特別難受，蕾蕾總會大量囤積），走到蕾蕾的書包前，只見書包端端正正地塞在同時用做床頭櫃的小書桌底下。

端端正正地塞著。

儘管蕾蕾回家時甩門重步砰砰作響，踏入房間後卻沒有氣憤地將書包丟在地上，反而盡可能帶到離門最遠的地方，還刻意收藏到另一樣東西底下。在一個雜亂混沌的房間裡，那是唯一一件妥善放置的東西。

勞頓將茶放到書桌上，然後蹲下來。她緊張地回頭瞄上一眼，進了房間以後，淋浴聲小了許多，那低低的窸窣聲幾乎被她怦然的心跳聲壓過了。她回轉過身，鬆開書包蓋的按釦，掀開來往裡看。

蕾蕾的書包便如同她臥室的迷你版，書本與講義夾胡亂塞擠在一起，剩下的縫隙則塞滿一堆雜七雜八的碎紙片和糖果包裝紙。勞頓將一隻手伸進去，指尖在講義夾與書本間游移前進。其實把裡面的東西全部倒在床上要簡單得多，只是她時間不多，而且仍然希望只是自己多疑了，那麼這場令人作嘔的信任的背叛也可以絲毫不留痕跡。她的手用力伸向書包更深處，到底以後摸到一樣冷冷硬硬的東西。她急忙抽手，兩眼直瞪著書包好一會兒，彷彿剛剛被它給咬了。接著她抓起書包，底朝上把東西往床上倒，如今一切謹慎小心都不顧了。她需要看到，她已經知道裡面有什麼，但她需要親眼證實。

在女兒床鋪那柔軟的黑色背景襯托下，刀子顯得邪惡，而混雜於課本、糖果包裝紙與破舊的星際大戰鉛筆盒（蕾蕾八歲時買的，當時她認定莉亞遠比任何一個迪士尼的公主都更酷）之間，那黑色橡膠把柄與銀色刀刃則顯得猥褻可憎。

勞頓可以聽見走廊盡頭淋浴聲嘩嘩。

再過一分鐘也或許更短，水聲就會停止，蕾蕾就會經由走廊走進這個房間，她們也就得談一談。

她不知道該說些什麼。

那柄冰冷的金屬刀刃觸發了戰或逃反應，也同時切斷她的心思與任何冷靜、理性的功能的連結。

很多學生都會帶刀。瑪雅這麼說。

而她十五歲的女兒顯然也是其中之一。

勞頓麻木地坐在床沿，等待著。她聽著遠處女兒淋浴的水聲嘩然，思考著當蕾蕾走進臥室看見她時，該說些什麼。這樣的對話究竟該從何說起呢？

最後她決定借助於標準的警察詢問技巧，只是默默地將證物呈現在嫌犯眼前，引導他做出反應。她會讓蕾蕾先開口，因為上天明鑑，她根本不知如何起頭。

走廊盡頭的淋浴聲停了，接著她聽見浴室門打開，聽著逐漸接近的腳步聲與輕輕擦撥濕頭髮的聲音，她開始覺得口乾舌燥。蕾蕾出現了，一見到母親，臉上立刻蒙上怒氣的陰影。緊接著她的目光往下落在躺在床上的刀子。她停下擦頭髮的手，片刻的安靜懸在她們之間，就像一扇開著的門，兩人都不願跨入。隨後蕾蕾抬起頭，露出冷酷神色。

「妳翻我的書包。」她低聲說。

勞頓一語不發。

「妳為什麼翻我的書包？」

「因為我擔心妳可能背著我藏了什麼東西。」

蕾蕾搖頭。「妳不懂。」她轉身走開。

「對，我不懂。」勞頓跟著她進入走廊來到客廳。「妳知不知道每年有多少人死於刀傷？」

「其實，我知道——今天的新聞都在報。」

「那妳知不知道有多少被害人是被自己的刀刺死的？」

「不知道。妳又知不知道每年有多少人是因為帶了刀才沒有被刺，妳能給我這個小數據嗎？」

「這說法太荒謬了。這就像美國的槍迷每次再遇上大屠殺就呼籲要更多槍枝。」

「不，不一樣。三歲小孩拿槍可能會殺死自己或別人，但拿刀的幼兒沒辦法，所以不能混為一談。妳想談刀械犯罪的數據？好，我們就來談。我們來談談一個事實，如果妳住在倫敦某些區，十個年輕人中有八個人會帶刀，不是因為他們是暴力笨蛋，而是因為這樣讓他們比較有安全感。而妳知道嗎？我們就住在這樣的區。所以妳會希望我上下學時怎麼做：祈求上帝保佑，盡量往好處想嗎？」

「是沒錯，可是，拜託，蕾蕾……刀耶。」

「媽，我帶了把刀並不代表我就會去捅誰。」

「那帶刀要做什麼？」

蕾蕾重重坐到沙發上，吸一口後緩緩吐出。「好，那拿大自然來說，有隻獅子碰到一隻斑馬，斑馬被殺的機率很高。可是當獅子碰到獅子，牠們就互相吼個幾聲，然後各自走開。在我的學校，妳要是沒有刀，妳就是斑馬。」

勞頓往椅背一靠，覺得自己真是全世界最糟的家長，竟送她到那所學校去。「情況這麼糟，妳為什麼不告訴我？」

「媽，妳會擔心彈電燈開關的次數對不對。妳要是不設定計時器或是不每幾秒鐘就數到三，妳什麼事都做不了。我怎麼可能跟妳談這麼重大的事？」

勞頓內心死去了一點點。在發現刀子後，她的傷心與擔憂原已深深沉墜，如今又暴跌得更深了。

「對不起，」她說：「很抱歉我是這樣一個怪人，但我要妳知道我其實很堅強。我可以處理大事的。那些彈電燈開關和數數等種種……那一切怪異舉動，真的沒什麼。是我，是我的關係，我的問題，不應該影響到妳。」

「它當然會影響我，」蕾蕾平靜地說：「我們住在一起，妳是我媽。我明白那都是為了幫助妳面對壓力之類的，但我沒辦法像妳這樣處理事情。我沒辦法直接逃跑藏起來。」

「這樣說不公平，妳說得好像我是什麼隱士似的。我沒有藏起來，我在工作，我會送妳去學校，我沒有封閉自己。」

「對，可是妳最後一次請朋友到家裡來是什麼時候的事了？妳最後一次電話響不是因為工作是什麼時候的事？妳最後一次約會又是什麼時候的事？」

勞頓張開口想說話，隨後又閉了起來，因為她沒有答案。

「妳說我應該找妳談，」蕾蕾繼續說道，現在口氣像個大人。「可是妳從不找我談，從來不談什麼重要的事。妳不談你的過去，妳不談妳的工作，而我最好永遠都別想要提起家庭的話題。」

「那沒什麼好說的。」勞頓雙手摀住眼睛，搖著頭說：「所有事情妳都已經知道：我媽死了——而且是被刀子刺死的——都是我爸害的。事情發生後我沒法和他住在一起，於是我離家出走，有好一陣子情況很糟，糟透了，後來認識了妳爸，然後……那是一段很黑暗、很黑暗的時期，把我整個人都毀了，我仍然努力地想熬過去，所以我才會這麼緊張兮兮的。不過我從那一切當中得到的最好結果，也是唯一的好結果就是妳。對我來說最重要的，就是不讓妳遭受我受過的苦。它毀了我，但我不會讓它毀了妳。」

蕾蕾搖了搖頭，然後慢慢地從沙發站起來，透過一片凌亂的濕髮簾幕低頭看著她，宛如一個勇猛的戰士公主。在許多方面她似乎長大了許多，但她仍然是個孩子。「妳希望我跟妳談我的問題。」她說。

勞頓頷首。「是的。」

「好，」蕾蕾說：「但妳先開始。」

勞頓遲疑了。她打造用來保護女兒的屏障，有一大部分就在於閉口不談她自己的問題，再者以蕾蕾目前脆弱的情緒狀態而言，談論這些似乎並不恰當也危險。「我認為現在不是拿我那些爛事來增加妳負擔的時候。」她面帶微笑，試圖輕描淡寫地說：「現在我只想幫助妳。」

蕾蕾傷心地點點頭，隨即轉身走出客廳。

勞頓聽見她關上臥室的門，這回力道比較輕，可是就許多方面而言卻比甩門還響。方才的交談讓她變得遲鈍麻木，隨之而來的情緒衝擊更讓她心力交瘁，其中包括：憤怒、擔憂、沮喪，還有一種奇怪的驕傲，沒想到她十五歲的女兒竟能翻轉她的論據並一一破解，有許多一小時收費數百英鎊的律師在法庭上都還不一定做得到。

她陡然從椅子上起身，走進廚房，感覺頭暈目眩、心跳劇烈，因為她發覺情況比她想的還糟，糟得太多太多。

她抓起留在水壺旁的電話後開機。她得把蕾蕾弄出那間學校，要盡一切可能，愈快愈好。電話開機後亮起，未接來電與新訊息的通知立刻嗡嗡響起。其中之一來自布萊恩．史萊德。

我會有興趣聽聽妳的說法，稍早他這麼對她說過，當然我可以付妳錢……有鑑於妳出色的資歷加上妳與局長的私人關係，我們談的肯定有五位數之數。

我不參與調查中的案子，她這麼回答。

凡事總有第一次。

31

坦納錫伏首於筆電前更新「命案書」內容，順便在做簡報前理一理思緒，這時電話忽然響起。他拿起電話，瞄了一眼暴力室，只見組員們已經開始聚集。

「坦納錫．罕。」他沒看來電號碼就接起電話。

「嗨，我是勞頓。勞頓．李斯。」

她的聲音瞬間將他的注意力從聚集的人群拉走。「噢，嗨。妳好嗎？」

「嗯，我……還好。是這樣的，關於你稍早的提議——擔任案子顧問的提議。」

「是？」

「還有效嗎？」

「當然。」

「好，那我可以。我是說我願意。」

「真的？太好了。」

「不過我得公事公辦。」

坦納錫蹙起眉頭。「什麼意思？」

「意思是你得要……你得要和我正式簽約，以外聘顧問的身分。」

「喔，沒錯。」

「我必須以鐘點計費，而且是按照我的標準費率。」

「當然了，我相信沒有問題的。」

「這肯定要花很多時間。照我工作的習慣，每個細節我都要重看很多遍，所以……」

「沒關係，妳放心……令——我已經取得授權可以尋求任何我需要的額外資源，所以我相信沒有問題。委任的程序得透過國刑局，但我看不出他們有什麼理由反對。」

「很好，那就……多謝了。」

「小事一樁。那麼妳什麼時候可以開始？」

「只要你把可以分享的檔案寄過來，我現在就可以開始。只是我在想……」

「什麼？」

「不知道我可不可以看看現場？」

「可以，當然可以。妳把妳的電郵地址給我，我可以把所有媒體檔的連結寄過去，其中包括三百六十度的現場實錄，所以妳可以有效地……」

「不，我是說能不能實際去看看屋子？」

「喔，這樣啊。問題是現在有一堆記者還圍在那邊，而妳又和案情有涉……這恐怕不是好主意。」

「那好吧。」

他聽得出她聲音中的失望。他看了看時間，望向窗外灰暗的街道，暮光已快速消退。

「妳能不能在大約一個小時後到海格特？」他問道。

「我二十分鐘就能到。」勞頓回答：「我就住在哈洛威路附近。」

「好，那我來看看能不能想出什麼辦法，到時再打給妳。打這支電話嗎？」

「對，我只有這支電話。」

「好極了。我大概半小時後回電。」

他掛斷電話面露微笑。他其實沒想到還能再次見到勞頓，結果今天就又要再見上一面了。

他的信箱收到一封來自LaughtonRees@londonmet.org的email，主旨寫著：是我。

他微微一笑，按下回覆，很快地將「命案書」中的媒體檔、證人供詞與最新鑑識報告的拷貝寄出，然後拎起筆電走向簡報室。

坦納錫進入時，嘈雜的說話聲安靜了些。

「我知道大家都有事要忙，」他利用這短暫的安靜說道：「所以我就長話短說了。」

他將筆電放到講台桌上，旁邊就是填滿整面後牆的大型智慧螢幕。他按下連結指令，螢幕上出現一張照片，只見愷兒．米勒穿著一襲晚禮服，微笑俯視著為了逮捕殺害她的人而聚集在此的組員。

「昨晚午夜到今晨凌晨兩點之間，有個人，也可能不只一人，破壞了海格特區史溫巷三號的高級精密警報器與保全系統，進而持刀瘋狂攻擊屋子的女主人愷瑟琳．米勒，予以殺害。」

他又點進另一張照片，螢幕上的畫面變成愷兒．米勒的屍體，雙臂大張，幾樣物品環繞在旁。

「凶手隨後將她的屍體擺放在地上，並在四周放置了四樣物品：一串鑰匙、一只兒童的獨角獸玩具、兩枚軍事勳章和一本關於命案現場處理規則與程序的書。書的作者是勞頓．李斯，順道說一聲，以免有人不知道，她剛好也是李斯局長的女兒。凶手似乎也讀了這本書，並在事後利用書中的資訊清理現場，不過我們等一下再來談鑑識。

「接著凶手拍下命案現場的照片——照片上的時間戳顯示是在四點半左右，經數鑑組證實無誤。凶手隨後將一組照片直接寄到報社，因為用的是Yahoo帳號，無法追蹤。不過我們在影像上發現一些數位痕跡，顯示圖片寄出前曾被儲存於一台老舊的康柏筆電，機齡介於十年到十二年之間。這作用不大，但希望我們找到凶手時能藉此將他和證據連結起來。總之，由於這些照片被寄到報社，加上牽扯到局長家人，本案如今成了大新聞，而且多半都聚焦在我們身上，所以能愈快結案愈好。」

他敲了筆電的一個按鍵，螢幕上的影像放大，出現的是麥可．米勒身穿白色晚禮服站在妻子身邊。

「這位是我們的主嫌麥可．米勒，死者的丈夫，目前行蹤不明。」

「他穿成這樣，應該去賭場找他吧！」有人大聲地說，登時一陣笑聲緩解了室內的氣氛。

「或者是動物園的企鵝館。」又一人接著說。

坦納錫微笑著等候笑聲漸歇，繼續說道：「目前我們在考慮四個假設……」他回頭面向螢幕。「第一，麥可·米勒殺了妻子之後潛逃，並且／或者已遇害；第二，殺人的是第三者，而米勒可能是逃跑並且／或者遇害了；第三，殺人的是第三者，米勒尚不知情；以及第四，有第三者在米勒的指使下殺人。無論如何，既然沒有清楚的動機，要想知道這幾個假設哪個為真，最簡單的方法就是找到麥可·米勒。鮑布，有什麼最新消息？」

「最新消息是麥可·米勒仍然是個幽靈。」鮑布·錢伯倫——灰色頭髮、灰色上衣、灰色天空般的神態——低頭看著筆記本，老派警員一個。「我們能查到的正式紀錄就只有一本護照和一張駕照，兩者核發的時間都差不多在將近一年前。妻子也是一樣，這可能意味著身分的徹底轉換。我聯絡了人身保護處看他們是不是受到證人保護，但是沒有。我們從解剖取得兩件乳房植入物，現在正在追蹤調查，此外也在等DNA的比對結果，而如果第一次篩檢沒有結果，我猜應該有預算可以做家族基因比對吧？」

「你猜得沒錯。不管怎麼樣，上頭就是這麼說的，所以就算有人對你們的加班指手畫腳也不必理會。我已經提出要求，請一位外部顧問協助這次的調查。」

坦納錫可以理解全室的靜默。誰都不喜歡有外人加入，這攸關職業尊嚴。

「是勞頓·李斯，」他說：「她是極受尊崇的犯罪學家，而且不是浪得虛名，何況她的書出現在現場，代表她已經是調查工作的一部分。現在，鑑識組。有什麼好消息嗎？」

有隻手快速舉起，坦納錫隨即指向手的主人，是一位年輕基層員警，名字他不記得了。

「是，長官。鑑識組在書的某個頁面找到不完整的指紋，現在還在處理中，但和我談過的鑑識人員認為，這些和從屋裡採集到的其他指紋都不吻合。」

坦納錫點點頭。「說到底，我們的罪犯讀了這本書也許是件好事。有進一步的消息馬上告訴我。那其他物品呢，有沒有任何一件有任何特點的？有沒有什麼或許可以追蹤到一點線索的？」

又一隻手快速舉起。「我正在查勳章，長官。」說話者是華生警長，有橄欖球選手的壯碩體格，海軍退役，但非自願，現在說起來還會有點暴怒。

坦納錫按下另一張新照片，麥可・米勒的影像被兩枚勳章取代。

「勳章本身沒什麼特別，」華生繼續說道：「現在外頭有數百萬枚1939-1945星章，因為參戰的士兵人人有獎，連皇家空軍都有。」他微笑著環視一周，像是知曉什麼內幕似的，但誰也沒聽懂他的笑點。

「1939-1945勳章背後不是會刻名字嗎？」坦納錫想起祖父的勳章，問道。

「只有頒發給南非、澳洲和印度軍隊的才會。」

坦納錫點點頭，祖父那刻有姓名的勳章之謎如今解開了。一九四四年時，巴基斯坦仍是印度的一部分。

「大西洋之星比較特殊一點，因為只頒發給船員和飛行員，不過長官，關於這枚，我發現到的問題是綬帶錯了。正確的應該是淺色的藍、白與海綠色條紋，象徵大西洋海水，可是這枚勳章的是深紅色。維多利亞十字勳章的綬帶才是深紅色，這是——我相信你也知道——為了獎勵英勇戰士，也是英國榮譽制度中最高榮譽獎章。雖然在二次大戰期間發出的大西洋星章有數十萬之多，但直到戰爭結束，卻只頒發了一百八十二枚維多利亞十字章。

「因此我交叉比對了維多利亞十字章與大西洋星章的受勳名單，重複出現的名字有十三個。這些人如今全都過世了，事實上，有很多人在獲得維多利亞十字章的時候就死了。最後一位倖存者是直到一年前才去世的希瑞爾·羅森，他是唯一一個獲得此獎章的商船船員。他死在克里索普斯的一間養老院。當時引發了一些強烈抗議，因為他臨死前受到的照護品質的緣故，媒體上出現了『遭遺棄的英雄』之類的標題。」

坦納錫點了點頭。「做得好。繼續追查，看看他有沒有還在世的親戚。還有誰嗎？」

「長官！」另一隻手舉起，手的主人是警員安德森，他那頭金髮金得近乎透明。「我在搜尋CCTV監視畫面時發現了一樣東西。」他說道：「和其他從屋子取得的監視影像資訊放在同一個檔案裡。」

坦納錫在筆電上找到了該檔案，點進去在大螢幕上打開影像，在場所有人似乎都往前傾身凝神細看。

影像的畫質很差，模糊不清，但是彩色的：是某部CCTV的夜間攝影畫面截圖。畫面顯示了街道、一面磚牆、一盞路燈與一名穿戴著大外套與棒球帽，臉上還蒙著看似淺藍色外科口罩的高大男子。畫面上的日期與時間戳印顯示是在凌晨一點半拍攝到的。

「這是一班夜間公車的攝影機拍到的，那班公車沿著史溫巷行駛，會經過米勒家。」安德森解釋道。

坦納錫端詳該男子，礙於那件大外套，很難準確評估他的身高與體型，但肯定是夠接近了。

「有可能是我們的嫌犯，」他說：「再次仔細查問鄰居，看看昨晚一點半有沒有人出去散步，或者在那個時間點有沒有人看到或聽到什麼。試試看能不能讓這影像的畫質清晰一點；不管有沒有口罩，從外套或帽子或甚至他的鞋子，也許都能提供我們將來用得上的線索。」

他重新面向眾人。「還有什麼嗎？」

大夥兒搖著頭闔上筆記本。

「那好吧，繼續努力。看能不能在明天早報出來給我們另一個驚喜以前找到麥可・米勒。」

32

勞頓．李斯將參與調查的消息讓各方都十分震驚。貝克很佩服坦納錫竟能說動她；比誰都更清楚這對父女間的內幕與嫌隙的鮑布．錢伯倫，則是驚訝於他竟能通過大老闆那一關。至於其餘的組員，知道的也就差不多是《每日報》刊登的內容，於是上網搜尋她的名字，也很快便發覺他們各自的家庭生活雖然略為失調，但相較於李斯家的傳奇事件，倒像是一齣陽光燦爛的情境喜劇了。

約翰．李斯局長是從國刑局局長處得知的，因為他轉寄了坦納錫的email，告知眾人說他有意聘請勞頓．李斯教授擔任米勒案的專家顧問，並在最後加了個問句。

有人反對嗎？

問題簡單，答案卻複雜。

李斯抬頭看著掛在牆上的一幀照片，上頭是個瘦削的男子，尖形臉透著智慧，身上穿著大倫敦警局最高長官的正式禮服。此人名叫彼得．菲維德，李斯的第一任上司，他將李斯納入自己的羽翼之下，教給他無數關於警察工作的知識，在他這一生中恐怕無人可及。後來他們也成為摯友，在沒有妻子或任何足以信任的人的情況下，每當李斯面臨困難的個人抉擇（例如這一個），便往往會求助於他。

基於專業，李斯並不反對勞頓擔任本案的顧問，他清楚她的資歷，也對她的工作表現有一定的了解，知道在像這次這種複雜的調查工作中，她會是一大助力。但身為父親，即使後來變得如此疏離，他仍覺得有責任保護她，因而感到猶豫。她一旦加入調查團隊就會成為箭靶，成為那些專門發表批評言論的人的發洩對象，這類人以誘發公憤為己任，接著便會有大批可憎的酸民部隊乘勢而上，在網路上引燃怒火。假如他反對委任她，就能保護她避開這一切，只不過她會知道是他從中作梗，也會多一個理由加深她原已堆疊極高的恨意。

他站起來走到窗邊。外頭，灰暗的秋光已完全褪去，只見倫敦的萬家燈火穿透髒汙霧氣閃耀著。

一開始，他經常主動伸出援手，凡是他認為有助於重建兩人之間的橋樑——在格蕾絲死去那一刻便已焚毀的橋樑——的一切都提供給她：經濟上的援助、一個棲身之處、一個屬於她的地方，任何一切。但在每次直接接觸都被憤怒拒絕後，他與她的關係改變了，變得比較間接、比較祕密。

他曾經無助地遠觀女兒的急速墮落，透過街頭線民、逮捕紀錄與社福單位的報告，痛苦地留意她的一舉一動。他也是透過這其中一條管道得知她懷孕且對處方藥成癮的消息。他運用自己的影響力將她送進最好的戒毒中心與社福支援網，但始終沒讓她知道他在背後操控。他後來查出他未出生的孫子的父親是誰，也一併處理了。

謝爾比．費瑟，一個迷人的奸險之輩，年紀比勞頓大上二十歲，與一些相當凶狠的街頭惡徒狼狽為奸，名號響亮，可說是現代版費金，只不過他比狄更斯筆下這名竊盜頭子更加卑鄙齷齪。表面上，他看起來像個光鮮亮麗、老派又有錢的歐洲後裔，有大把鈔票可以揮霍，卻看不出有什麼謀生技能，和倫敦每間夜店的保鑣都稱兄道弟，是個懂得享樂的獨行俠。實際上，他那公立學校的口音，加上不盡然像電影明星的長相與魅力，掩飾了他的心機深重與邊緣型的反社會人格。他利用約會與享樂的美好時光，一個接著一個地誘騙「女友」，直到她們染上毒癮而他也玩膩了，便將她們引介給他的合夥人，而這些人便逼著她們從事性工作——拍攝色情照片影像、當應召女，什麼報酬最高就做什麼。他是個無賴，但也同樣狡猾而危險，因此李斯試圖精準而徹底地將他從女兒的人生中剷除。

他花了兩個月的時間，也幾乎討遍所有人情，首先將費瑟引入警方針對國際毒品交易已著手進行的一個大規模誘捕圈套行動，並極盡所能將他推向核心。最後，費瑟搭上頭等艙飛往邁阿密，去見他以為的美國接頭人，以便敲定運貨細節，結果卻反而被一群美國緝毒局的便衣幹員逮個正著。此時，蘇格蘭場早已將手中掌握關於費瑟的一切資訊交給美國相關當局，鐵定足以確保他會在美國的某個超高度警戒監獄度過下半輩子。李斯便是如此盡他的父職。

他這種非正統的家長干預手段，對於讓勞頓脫離失控狀態、重新振作起來度日有多少幫助，他始終不太確定。他只知道女兒對他的態度從未改變，即使在當了母親以後亦然。他原本希望母親的身分能讓她軟化一點，讓她的人生觀能有所改變，足以冷卻她對他的恨火，不料什麼都沒變。他小心翼翼保持距離，看著外孫女逐漸長大，並學會硬起心腸看待自己的處境，最主要還是為了護全自己的情緒狀態。

隨著時間流逝，愈來愈簡單了。他幾乎可以假裝和女兒維持著正常關係，因為有許多父親也都幾乎見不到成年的兒女。他們會遠遠地看著，驕傲但保持距離，就和他一樣。就和一直以來的他一樣。如今勞頓長大了，有了自己的家庭，不再需要他替她瞻前顧後。她應該要能獨立自主。他轉身回到筆電前，按下email的回覆鍵，打了「無異議」後寄出。

他瞥一眼老長官的照片，然後再度望向窗外，俯視八樓下方沿著堤岸步行回家的人群，他們要回自己家，回到家人身旁，回到他們相對不那麼複雜的生活。他維持著同樣姿勢許久許久。

33

布萊恩・史萊德也在走路，但不是回家。他人在一間裝飾著煙灰色玻璃與間接照明、光線昏暗的房間裡，正在使用角落的跑步機，耳中塞著耳機，筆電開著，忽然間電子郵件的通知亮起。通常在這裡運動時他會關閉通知，但如今情況不同，因為有個殺人犯會寄一些能生出頭條新聞的email給他。

他打開郵件。

勞頓・李斯要擔任米勒案的顧問，信中說道，剛剛收到寄給調查小組的群組郵件，叫我們所有人要對她好一點。

史萊德的嘴唇緊緊抿成一條線。「好哇，真真去你媽的。」他喃喃咒罵，又旋即四下張望以確定沒有其他人聽見。他曾有一次因為出口成「髒」差點被趕出去，雖然他通常並不在乎冒犯了誰，但因為夠喜歡這間健身房，還是決定忍耐些。

「地穴」是一間由教堂改作俗用的私人健身房，離他辦公室大約半哩遠。對他來說這不是最近的一間，但無疑是最貴的，而且設備精簡到足以讓多數業餘人士卻步。來這裡的人都是認真想鍛鍊的，他們是真的來健身，而不是穿著萊卡服閒坐一旁，啜著奶昔，假裝自己的身材是努力運動與堅守紀律下的產物，而非憑靠技術高超的手術與丈夫的金錢。「地穴」還有另一群重要客戶，就是名人。因此之故，健身房內到處都沒有監視器，換句話說，他可以邊運動邊工作，不必擔心有哪個保全可能被對手報社或是他正在報導的對象收買，用長焦鏡頭拍攝他的螢幕截圖。

史萊德經常來此，尤其是冬天，既可以照常每天跑數哩路，又不會被從旁駛過的巴士與計程車噴得滿身骯髒的倫敦黑水。跑步時的他，思路總是比較清晰，同時也不會被在辦公室裡瞎扯淡閒嗑牙的白癡同事打斷工作。

史萊德關閉email。他原以為勞頓會接受他的提案，因此調出了所有關於她的舊報導與任何其他的歸檔文件，先重新熟悉一下她的背景之後再找她談。這下好了。既然她選錯邊，他就要反過來拿這些當彈藥對付她。總之他穩操勝算——一如既往。

關於勞頓的報導，史萊德稱得上熟稔，因為多數都是他寫的，從她母親遇害開始。從那時起，她一直都比較像是配角，是一根棍子，可以用來鞭打她那個較受矚目的父親。從那些依她的生存年代表列的頭條標題就看得出來，相較於較知名的父親，她總是居於次要地位。

警界高官的悲劇女兒受勒戒

同時爭取新生女兒的監護權

警局局長關係疏遠的女兒

獲得頂尖大學獎學金

準備繼承父親衣缽

悲劇故事圓滿結局

大倫敦警局局長之女以優異成績畢業

但父親未出席

或許現在她終於可以當上主角了，尤其在她拒絕他的提議後：什麼敵人的敵人就是朋友，不必了。

他加快腳步，直到心跳速度到達每分鐘一百二十下，才又繼續閱讀，尋找一個讓他的故事可以吸睛的點。此時在他螢幕上打開的文件全都來自黑色檔案，也就是一些私密文件被賣給或是洩漏給報社後歸檔存放，以便日後不時之需。第一份文件是一份精神評估報告的副本，那是警察獲報在某處空屋有人販售與吸食毒品，進行突襲，結果勞頓被帶回後做的評估：

評估對象（L）自稱蘿拉，但指紋紀錄顯示其身分為勞頓・李斯（17），個人創傷嚴重並有廣泛紀錄。L拒絕談論母親之死或與父親的決裂——其父為高階警官，因此是格外強烈的父權象徵性人物。

據傳L歷經了數月的艱苦生活，她的狀況也出現一些相應的營養不良與缺乏維生素（B1、

B6與C）的症狀。驗孕結果亦證實L懷有身孕，身形顯示已到第二孕期後段，然而——再次地——L拒絕談論此事也不肯透露胎兒父親的身分。經過藥物檢測與搜身，亦顯示L在臨床上對替馬西泮具依賴性。

她的心理狀態呈現焦慮與邊緣性恐慌，並展現嚴重強迫行為的跡象，經常以數字三為中心，這似乎與她母親的死有某方面的關聯，但每問及此，L總會一再避重就輕。

由伊莉莎白．寇特尼金（CK）醫師進行的面談：

CK　跟我說說數字三。

L　三。那是神奇數字。

CK　怎麼說呢？

L　水有多高，媽媽？三呎高還繼續在漲。[1]我被逮捕了嗎？

CK　沒有。

L　那我可以離開了？

CK　這是我們現在要來決定的事。

L　我們是誰？

CK　嗯，嚴格說起來妳還未成年，所以國家有責任照顧妳和妳未出生的孩子，為你們做出

[1] 強尼．凱許〈Five Feet High and Rising〉一曲中的歌詞。

L　最好的決定，以確保你們母子倆都健康安全。

CK　安全？國家想確保我的安全？

L　是的。

CK　哈！

L　我們可以把妳安置在收容所，幫妳停掉妳現在在吃的藥，這並不十分……

CK　不行，它們可以讓我平靜，可以讓我睡得著。

L　是這樣沒錯，但它們也非常容易上癮，尤其不建議在懷孕期間服用。

CK　寶寶也需要睡覺。睡覺有好處。睡覺不做夢最好了。

L　妳又在三下三下地敲手指了。能不能告訴我為什麼會這樣？

CK　一下兩下，然後就三下了。一定都是在二以後，妳懂嗎？妳覺得為什麼會有東方三博士？沙得拉、米煞和亞伯尼歌。或者他們是被丟進火裡的人？不過他們活下來了，不是嗎？妳看，三的威力。

L　為什麼數字三會有威力？

CK　就是有啊。妳知道它有，大家都知道。看看這些證據。三振出局。三人成眾。聖三一——聖父、聖子、聖靈。二十億的基督徒不可能弄錯吧？或者有可能？我可以走了嗎？

史萊德微微一笑。根本就是神經病。這是個足以引發議論的切入點。這個女人真有能力帶領高階的調查工作嗎？

他跳到下一份文件，那是第一年的導師報告，她康復期間申請到一筆教育獎學金，這份報告是寫給獎學金審查委員看的，應該是為了證明她有確實付出一些努力。

勞頓．李斯十分傑出，報告一開始就這麼寫道，毫不拐彎抹角：

> 她對於刑法學有一種近乎超人的直覺，還有一種我鮮少見到的職業道德，從她年幼時經歷過的極度困境與創傷看來，這些特質尤為難能可貴。
>
> 例證：
>
> 第一學期，我會做一個小小實驗，向該屆新生引介「證詞」的不可靠性。
>
> 我重現了早在二十世紀初，威廉．馬斯頓在美國大學課堂上做過的一個實驗，他是測謊器的發明者之一。
>
> 該實驗名叫「信差」。
>
> 一開始講課，我只是大致講述證詞的概論，幾分鐘後，一名穿著獨特、手拿三本顏色各異的書與一只信封的年輕男子打斷了我。這位信差將信封交給我，我閱讀書信內容時，他依照事先得到的指令做了幾件事，諸如偷偷在我口袋裡塞進另一個信封，拿出一把小刀，用刀刮他戴著手套的左手食指，以及其他類似的顯著舉動。

他離開後，我請學生拿出一張紙，將自己對這位信差記得的事盡可能地寫下來。學生能夠觀察並紀錄的明顯事實共有一百四十七項，而每一年的學生通常只能寫出三十到四十項。有很多人甚至沒發現他拿了刀，這一切都明確證明了一般目擊證人注意到的以及能正確記住的事實何其之少。

然而，當我對勞頓．李斯那一屆的學生做此實驗，卻未得到同樣結果，因為她寫出了一百二十八項——上一次創下最高分紀錄的是在二十多年前的一位男學生，他目前是大曼徹斯特郡的警局局長，而勞頓．李斯比他高出四十六分。

我起初以為八成是有某個以前修過這堂課的學生為她提供情報，但後來多次見證她在觀察、處理與記憶資訊方面近乎超自然的能力後，我終於相信她的確就是那麼優秀。

總而言之，我實在難以以言語表達，與李斯同學相識如此短暫的期間內，我究竟有多佩服她的能力，又或是對她的偵查天賦有多高的評價，我只能說萬一有一天我遭人殺害——別忘了，我教過數以萬計的學生，而且其中有許多人現在都是警界高層——負責調查我的死因的人員名單中，勞頓．李斯將會是我的首選。

史萊德闔上文件，長長喝了一口水壺裡的水。

如果她真像教授所說的那麼厲害，那對他也同樣有用。想想看，假如她接下來偵破了米勒案，她老爸可就真的臉上無光了——一介業餘的平民混了進來，卻讓他手下的專業警察個個像笨蛋白癡。

或者——她有可能搞砸，那麼他照樣可以大大吐槽老李斯。

警察首腦聘用無能的女兒。

無論如何都大有可為。

他跨下跑步機，抱著筆電進更衣室，那麼沖澡更衣完畢後就可以著手寫下一篇報導了。

也許應該先吹捧她一番，揭露她如何涉入此案，然後重新講述她悲慘的一生，說她這一路走來何其不易，好好地策劃安排，再根據情況發展讓她變成令父親羞愧的女英雄或是令他難堪的累贅。

無論如何，李斯家族是輸定了，而他則是贏定了。

正合他意。

34

勞頓抵達海格特墓園入口時，又濕又黑的夜幕已然降臨。坦納錫傳簡訊告知她碰面地點與時間，但她討厭遲到，因此提早到達。總督察人也已經到了，正站在一道柵門旁與一名身材壯碩的女子說話，女子身穿綠色花呢裙裝，一頭毫無修飾的齊耳灰髮有如一頂頭盔。他抬起眼看見勞頓立刻露出微笑。她忽然一陣心慌，好像試圖隱身卻還是被發現了。她仍然可以退出，可以跟他說「抱歉，我改變主意了」，然後跑回家窩著，取消接下來幾個星期的所有行程，等候風暴過去。但在她憂傷蹲踞的內心幽暗深處，她知道這其實稱不上一個選項。何況考慮到此時家中的惡劣氛圍，訪視一處新鮮血腥的犯罪現場似乎反而是較好的選擇。於是她勉強堆起笑容，繼續往前走。

「妳好，」坦納錫說著轉向穿花呢套裝的女士。「這位是布坎南太太，海格特墓園的董事之一，很感謝她通融讓我們從後門進去，不必受到記者包夾。」

這位女士打量勞頓的神情像是在說「站在我面前這孩子是誰？」——這是勞頓已習以為常的眼神。

「這位是勞頓．李斯博士，」坦納錫意會到了，便說：「是全國數一數二的犯罪學家。」

「噢！李斯博士。」女子皺眉思索片刻。「他們在屍……在屋子裡發現的不就是妳寫的書嗎？」她的口音和身上的套裝一樣帶著蘇格蘭調調，而且仍透著淡淡的石楠風情，儘管已在倫敦生活了三十年。

「是的。」勞頓說：「謝謝妳讓我們進去。」

「啊，沒什麼，隨時都樂意幫忙。」她像獄卒似的拿出一大串鑰匙，挑出其中一把插進柵門門鎖。「因為什麼人都想跑進墓園瞧瞧那棟命案豪宅，我們只得關閉墓園。」她推開柵門。「歡迎來到海格特墓園。」

勞頓淺淺一笑，他們於是跨入開啟的柵門，踏上碎石子路。

「如果可以的話，我得再把門鎖上。」布坎南太太說：「你們想出來的時候給我打個電話就好。我就住在轉角的地方。」

「好的，」坦納錫說：「應該不會太久。」

「噢，你們想待多久都行，一點也不麻煩。需要做什麼就盡量去做，好讓我們大家可以恢復正常的生活。」

舉雙手贊成，勞頓暗想。柵門匡噹一聲關起，布坎南太太大步離去沒入夜色中，一副像是有非常重要的事要做，而且就快來不及了。

「我們走吧？」坦納錫帶路沿著一條彎曲小徑進入陰暗的墓園，小徑兩旁古木林立。勞頓從未來過海格特墓園，但感覺一點也不陰森恐怖。或許是因為有來自市區充足的環境光，讓園區看似籠罩在暮光中而非漆黑一片。也或許是因為坦納錫是那麼充滿自信地邁開大步，感覺無法想像會發生什麼不好的事，儘管歪七扭八的墓碑已逐漸從四面八方的暗處冒出來。勞頓鼻中吸入土壤的氣味與含氧量超高的空氣，耳裡聽著他們走過碎石路沙沙作響的腳步聲。感覺真好，彷彿大白天在公園裡散步，幾乎像在約會。這麼一想立刻讓她覺得尷尬，於是她就像每次遇到讓她不自在的情緒或狀況時那樣，專注於工作。

「案子有什麼最新進展？」她問道。

「丈夫仍然行蹤不明，也仍然是我們最主要的追查焦點。」

「他仍然不是你們的殺人凶手。」

「也許吧，但我們得找到他、詢問他，將他從我們的調查中排除，無論因為什麼原因。」

「要趁著其他人找到他並將他給排除掉之前。」

「妳認為有人想傷害他？」

「有可能。某人來找他，發現妻子後殺了她，向丈夫傳達訊息。這也同時說明了凶手為什麼寄照片到報社，就是要確保丈夫會看到他的訊息。關於死者和她丈夫，我們知道些什麼？」

「不多，我們沒能追蹤到任何家族成員，即使報紙已大肆報導也一樣，鄰居似乎也都不太認識他們。兩人都有一年前發出的駕照和護照，但差不多也就是這樣。」

「沒有社群媒體？」

「完全沒有。」

「電話紀錄呢？」

「我們去調過，但他們的帳單全都透過一家海外公司管理，所以還得多跳過一層資料保護圈。這一切都確實顯示他們為了某種原因在躲藏，而且想繼續隱密地生活。問題是，要躲誰又為什麼？」

他們走出一條隧道，進入墓園最古老的區域之一，這裡的月桂樹與其他常綠灌木叢間，豎立著石天使、歪曲的十字架與傾斜的方尖碑。坦納錫繼續往空地的遠端前進，走向看似一面巨大的黑鏡。

「就是那棟屋子嗎？」勞頓問道。

「對。很壯觀吧？」

「陰森森的。」她說：「有誰會想在古老的維多利亞墓園裡蓋一棟這樣的現代房屋？」

坦納錫聳聳肩。「一個超級有錢的哥特人？」

勞頓微笑。「有錢的哥特人會去買一間舊教堂，把它漆成黑色。」她端詳那大片大片的玻璃窗，夜空倒映其中，製造出一種裡面空無一物的錯覺。「亮燈以後看得見屋內嗎？」

「稍微，不過要是站在比較裡面就看不見，角度的關係。我猜這麼設計是為了給屋主保留一點隱私。」

「對，除此之外還因為鄰居都是死人。這裡的安全性如何？」

「非常高。等一下妳就知道。」

他們來到空地邊緣，坦納錫涉入較高的草叢中，走向一道十呎高的方形樹籬，然後回頭看勞頓。「妳喜歡魔術嗎？」他說完又跨出一步，隨即消失不見。

勞頓一怔，等了一秒鐘，見他沒再出現，便尾隨而入，驀然間獨自身處夜間墓園，讓她有些驚慌失措。她涉過草叢來到他消失不見的樹籬處，這才看見那道縫隙，由於修剪的方式加上角度之故，從小徑上看不見。她穿入縫隙，沿著修剪過的樹籬中一條狹窄曲徑前行，直到追上坦納錫。

「蒙上眼睛。」他說完踏進樹籬的另一側，夜晚瞬間爆亮，那亮光令人頭痛。

勞頓瞇起眼睛透過白光仰視米勒宅第深處，又低頭注視隔在她與屋子間的水泥深溝。這道溝渠寬與深約四米半，一道六米高的圍籬從溝底拔起，最高處就比眼睛高度再高一點點。聰明。六米高的安全圍籬隱藏在看似正常高度的樹籬背後，要靠近了才會發現。那圍籬的強度與規格看起來也像是高度警戒監獄用的那一種。一座水泥窄橋跨越溝渠，經由一道安全柵門穿過圍籬。此時走在前面的坦納錫正朝門走去，同時手指向上方的一個袖珍型盒子，只見沿著圍籬頂端放置了幾個類似的盒子，猶如怪異的金屬鳥棲息。

「所有監視器都有熱感應與動作感應器，萬一光線不足，也還有遠紅外線功能。在各個入口都有附加人臉辨識軟體的類似設備，如果有面孔無法辨識的人進入或甚至只是接近屋子，就會觸動一個無聲的警報器。即使你成功靠近了建築，仍然需要一把特別設定的安全鑰匙才能開門，而且另外還要再輸入密碼和拇指指紋才能解除警報。這些保全設施是米勒夫妻搬進來以前就安裝好了。我們追查到負責裝設的公司，請他們在我們調查期間解除人臉辨識軟體，以免每次有我們的人出入大門就觸發警報。」

「他們必須到這裡來現場操作嗎？」

「不用。」

勞頓點點頭。「命案當晚有觸發警報嗎？」

「沒有。攝影機被關掉了，但警報也沒有被觸發，而且要進屋還得要有對的鑰匙、對的密碼和對的指紋。」

他從口袋拿出一把粗粗短短、配著一個黃色塑膠扣的鑰匙，打開柵門鎖後將門推開。只聽見輕輕嗶一聲，接著坦納錫朝一面按鍵板步上前去。

「有趣的是就連保全公司也無法解除這個警報器，它的設計就是要永遠保持戒備。他們幫忙簡化了密碼，讓我們得以進入，同時在調查期間授權所有指紋都能通過驗證，但隨時都是開啟著。」

他在按鍵板上輸入999並摁下拇指指紋後，警報聲立即安靜下來。「也就是說命案發生當晚，警報器全面開啟，也就是說進入的人必須有正確的密碼和指紋。我們採了這個感應器上的指紋，找到一枚和我們在麥可．米勒的浴室裡發現的幾枚指紋相符，看起來，最後進屋的人，除了清潔婦之外，就是麥可．米勒。」

勞頓步入柵門後細細端詳屋子後側，一面數著監視攝影機——就她所見有八部——向內向外都有。柵門在她身後關閉，重重地空咚一聲。「監視器是什麼時間關閉的？」

「午夜十二點整，所以我們認為八成是設了定時器。」

「那死亡時間呢？」

「介於午夜十二點到凌晨兩點之間。凶手寄到報社的第一張照片上的時間戳是清晨四點三十六分，因此我們認為比較可能是兩點。」

「誰有管理權限可以關掉監視器？」

「只有愷兒和麥可．米勒，這也是我們認為是男主人的另一個原因。」

勞頓搖頭。「有管理權限的不只有愷兒和麥可．米勒。你剛才說了保全公司從遠端解除了警報，所以系統裡一定有個內建的後門。有可能是公司的人關閉了系統，也有可能是被駭了。」

「不太可能。我們現在說的這間是頂尖的保全公司，商業場域，不是住宅，而他們最專精的是銀行保全，所以要駭進去很難。」

「很難但不是不可能。再說銀行一天到晚被駭，他們只是拚了命地壓消息，因為沒有人會把錢放進一間會被駭的銀行。」坦納錫帶路經過一座窄橋來到一面堅固的水泥牆，牆上嵌著一扇金屬門。「還有這間公司的專長既然是銀行，怎麼會答應替住宅裝設防盜設施？」

「因為米勒夫妻有的是錢？」

「是，但有錢人多的是。也許他們本來就認識麥可．米勒，因為以前有過生意上的往來。值得去查一查。」

「明早我會叫人打電話給保全公司，看他們和米勒夫妻熟不熟，也問問他們有沒有被駭客入侵過。」坦納錫從口袋掏出一雙藍色丁腈手套遞給她。「屋內的犯罪現場調查已經結束，不過——好習慣，就是好習慣。」

勞頓接過手套，扭動著手指戴上。坦納錫也啪啪兩聲戴上手套，接著打開鐵門門鎖將門拉開。

住家的門多半是往內開，但這扇不然。門往內開比較容易施力。而且這扇門以實心鋼鐵鑄成，用堅固的鉸鍊深深固定於水泥牆內。與其說是住家，感覺更像防空洞的入口。設計這個地方的人是在為遭受圍攻做準備。可是仍然有人進去了。他們不只進去還重新出來，沒有留下絲毫痕跡。

坦納錫側身替她開著門，勞頓凝視著這棟陰沉建物的內部，外頭明亮的安全燈襯托得屋內陰影更加深沉。「你先請。」她說。

「喔，對，抱歉。只是想展現一下紳士風度。」

「什麼，讓我先進去一間剛剛發生過凶殺案的房子，這叫紳士風度？」

坦納錫笑出聲來。「是，抱歉。妳書裡沒有提到犯罪現場的禮儀。」

勞頓微笑道：「下次再版時我會加入一個新的章節。」

坦納錫步入室內後電燈自動亮起，眼前呈現一條白色長廊，走廊上有三道暗色木門，並有一座現代化木梯上通其他樓層。勞頓聞到屋裡散發出漂白水和一種類似鐵的味道，頓時感覺到一股絕不只是因為入夜後的寒冷。直到此刻，一切的感覺都還是熟悉但事不關己，還是她非常習慣於破解的那種智力拼圖。然而一旦她跨入這道門，假如她跨入這道門，那就是另一回事了。

早在一開始，當她最初開始研究犯罪學純粹作為一種治療時，她便與自己做了約定。她對自己許下承諾，這其中有一條她不會也不應跨越的界線。只限理論，這就是她的約定；拿已破的舊案來做研究，必要的話懸案也行，但絕對、絕對不碰調查中的案子。過度暴露在調查中案件的白熱高溫下那種痛苦，她已經經歷過，也已經被燒灼得體無完膚過了。截至目前為止，她始終謹守約定，儘管起初的治療已轉為職業。誰知她現在卻在這裡，站在一棟屋子敞開的門邊，而屋裡瀰漫著血腥與工業清潔劑的氣味。

她無須跨入這道門。她依然可以轉身，循原路走過水泥橋，離開這棟屋子。可是到了明天，將會有另一則新聞出來，重提她的往事，讓她在報導中與自己花了一輩子去疏遠的父親團圓。再過一天依然不變，除非偵破命案、民眾的好奇心轉往他處，否則這一切都不會停止，生活也不會恢復正常。這個故事，她的故事，需要一個結局，而她可以幫忙提供。這確實是她極為拿手的事，是她唯一有自信的事。而且其實也不能說是她自己選擇破壞規矩。要怪就怪凶手把她的書留在犯罪現場，還拍照寄給報社。是凶手把她拖下水的，她為此痛恨他們，不管他們是誰。她甚至痛恨到準備打破自己的規矩，親自讓他們悔不當初。

於是她跨出一步，小小一步，但這在她生命中的重要性堪比人類跨上月球的那一步，就這樣她進入了米勒宅第。

35

勞頓跨過門檻的那一刻，便能感受到頭頂上方這棟屋子如洞穴般的虛空。她一進門便停住，依然準備著一旦驚慌得無法承受立刻拔腿就跑，同時一面觀察四面的拋光水泥牆，那看似從地板與天花板邊緣輕柔散發出來的間接照明。唯一顯示確實有人居住於此的是一幅巨大照片，上頭有一對穿著晚禮服、面露微笑的夫妻。女子美麗但無啥特色，她斜倚著同樣無啥特色的英俊丈夫，金髮落在臉上。男子一身晚宴盛裝——白色禮服、蝴蝶領結、腹帶，完完整整的一套——面對攝影師，露出有如吃著奶油的貓一般心滿意足的笑容，一隻手宣示主權似的搭在妻子的腰背處，由於她穿的是露背晚禮服，整個背部都暴露在外。

「跟我說說她的事，」勞頓說：「跟我說說被害者。」

「愷瑟琳．米勒，三十九歲，沒有中間名，沒有任何工作或家庭的紀錄，至少我們到目前都找不到。她的手機不見了，但我們猜想她是有的。」

「她開車嗎？」

「有的。」坦納錫跨步上前打開左手邊的門，門後陰暗的房間立刻亮起，映入眼簾的是一輛栗色車頂的銀色保時捷九一一敞篷車和一輛有深色玻璃、外型笨重的灰色車輛。「保時捷是她的，時髦、昂貴，專供市區溜達用的基本款輕便小車。另一輛是特斯拉SUV，友善環境，非常之貴。兩輛車都是透過擁有這棟房子的那間海外公司租賃的，所以同樣也沒有所有權狀。」

「你有用自動車牌辨識系統找到車牌了嗎？」

坦納錫皺起眉頭。「車子就在這裡啊。」

「我不是說要找車，只是知道這兩輛車去過哪裡也許會有用處，尤其是上個禮拜。如果可以找出麥可．米勒去過哪裡，或許就能幫我們找出他現在在哪裡。」

「他本來預定要出國去果阿參加瑜伽靜修，但一直沒有搭上飛機。」

「他一個人嗎？」

「據清潔婦的說法，是。」

勞頓回頭看著照片，那姿態、那晚禮服，全都像足了在演戲，都有著那麼強烈的自我意識。

「知不知道米勒夫妻的關係如何？」

「聽說非常幸福美滿。妳也看得出來，年輕戀人的你儂我儂。還算年輕的。」

勞頓點點頭。「可是他卻一個人去度假。也許可以查一查乘客名單，看看他旁邊坐的是誰。」

「妳覺得他有可能跟某人同行？」

「我覺得一個男人會拍這種巨幅照片，還擺出有如〇〇七架式，應該是在傳達某種訊息。而且如果他要飛到充滿異國風情的海外某地，說不定會有一個龐德女郎作陪。Cherchez la femme（找出關鍵女子）。」

「知道了。我會利用自動車牌辨識系統搜尋這兩輛車並查看乘客名單。上頭說了我們可以動用任何必要的資源，所以我不妨就來動用吧。從現在起我得像在演電視的警探影集那樣，開始對大批下屬大呼小叫了。」

勞頓微笑道：「曾經有一部影集請我去擔任顧問。開了一次會之後，他們清楚了解到我會囉哩叭嗦地講一堆關於正確程序的細節，把他們的故事情節弄得四分五裂，他們就再也沒找過我了。」她指向階梯。「樓上？」

坦納錫點頭。「上一層樓。」他先上樓，又有一些隱藏的燈光漸漸自動亮起，照亮樓梯間。勞頓留意到他始終貼著樓梯邊緣，避開主要動線，儘管現場已經處理過了。她跟在他後面，照著他做。好習慣就是好習慣。

二樓的漂白水與鐵的味道更為濃烈，一段記憶也隨之再次浮現。以前有個專愛跟同儕說些噁心話的同學，曾經在一個氣味格外難聞的太平間裡對她耳語。

所有的氣味都是獨特的，他這麼說，意思就是她當下正在吸入命案死者血液的細小微粒，使其滲入她自己體內，最後無可避免地成為她的一部分。勞頓停下腳步，因為她冷不防地想起這是真實的犯罪現場。在她面前有一扇拉起封鎖線的門，門後面則是她平常只會透過照片等間接媒介接觸到的東西。

坦納錫轉向她。「妳沒事吧？」

「嗯，我……」她瞪著門看。

「這樣吧，妳要是不想進去就別進去。」他語氣溫柔。「我可以讓妳看照片，如果妳寧可這樣的話，我們口頭討論就好。」

她看著他，他臉上那小心關懷的神情立刻讓她感到安全了些。

「我沒事。」她說：「謝謝。」為了證明這點，她往前走了三步，彎腰鑽過封鎖線，進入房間。

柔和的間接照明燈光逐漸亮起。勞頓看過照片，已經知道會是怎樣一番景象，但儘管如此，現場的衝擊力道仍令人吃驚。她的目光循著天花板與牆壁上的血跡弧線，猶如閱讀書頁上的文字般解讀其型態，去了解這裡發生了什麼事又是如何發生的。屍體已經移走，但她依舊感覺得到它的存在。懸浮在空氣中強烈刺鼻的鐵味，原本鋪著地毯的那塊空洞、白色方形空間，都在在讓她可以感覺得到。她望向白色大理石壁爐上方原本懸掛照片之處，回想起照片中刀子刺入愷兒·米勒的臉，刀刃上的血沾染了底布。

「奇怪。」她喃喃地說。

「怎麼了？」

她轉向坦納錫，很不習慣自己耽溺於犯罪現場時旁邊有目擊者。通常她都是獨自進行調查，把自己關在辦公室或家中臥室裡，小小聲開著音樂壓過她的嘀嘀咕咕，以免被女兒聽見。她後來發覺，自言自語是她程序的一部分，同時變成探員與警長，以便能進行腦力激盪，並且在探索每個案子的地質結構，一層層深入各種證據與資訊的同時，全心全意地加以記錄。這是一種神遊狀態，在這深沉而集中的專注期間，時間不斷延伸，茶也一杯一杯地冷去。

在早期，當他們隨意讓她接受各種不同治療，試圖讓她神智恢復正常——這是她的措辭，不是他們的——她學到了正念療法。理論上，聽起來就不錯，正是那種可以幫助她狂熱又焦慮的大腦排除壞東西的方法。然而實際上，全神貫注於身體，從腳底開始呼吸等等的，對她從未真正起過作用。她始終無法徹底集中精神，她焦躁不安、不停分裂的心思總會從她良善意圖的約束底下溜走，去糾纏其他東西——一份短暫的擔憂、一股陡然的驚恐，害怕自己那許多反覆數數的儀式中有哪一次失誤數錯了。

直到有另一位治療師建議她從自己的案子的細節著手，試著透過情境暴露療法來面對她真正的焦慮，她才終於找到能夠讓正念發揮作用的專注方式。她隱身於案件檔案的細節當中，對於其中客觀冷靜的敘述深感不可思議，那內容既與她密切相關，卻又獨立超脫於外。感覺很安全，好像在看一部關於鯊魚的紀錄片，但沒有真的和鯊魚一起在水裡。

結果證明，研究犯罪檔案正是屬於她自己的、暗黑形式的正念療法。只不過在此之前總得她獨自作業才會有效。

「妳說有什麼地方奇怪。」坦納錫追問道。

「對。」勞頓重新面向客廳，有點因他的存在而分心。她朝著原本掛照片的牆壁走去，仔細端詳刀子插入處灰泥被剷掉後的坑洞。

「為什麼要拿刀戳破愷兒．米勒的臉？損壞某人的形象通常是一種發洩壓抑慾望的表現。可是凶手拿刀刺她照片的時候，她已經死了，所以那份慾望已經發洩過了。」她用指節敲敲牆面，聽著那堅硬的敲擊聲。「你知道麥可・米勒多高嗎？」

「大概一米七五，根據鄰居的描述。怎麼了嗎？」

「這些牆壁是實心混凝土，塗上一層薄薄的灰泥。殺死愷兒・米勒的凶手一下就把凶器插進牆內，而且是在我得墊著箱子才搆得著的高度。聽起來麥可・米勒也做得到。這麼高的女生並不多，會把刀子插進這種硬牆面的女生也不多，更遑論在殺死愷兒・米勒以後會有多精疲力盡。」

她抬頭看著天花板與牆壁的血跡弧線。「那是在耗費了大量精力之後，才把刀子插進這面牆的。」

她又再次慢慢地環視客廳，享受著這種新鮮感，想看哪裡就看哪裡，不必為了某個角度或某個細節翻找犯罪現場的照片。這感覺令人欣喜若狂但也有點可怕。她瞥見自己映在玻璃牆上的身影，一個虛幻版的她置身於她現在所站的廳室的幽靈版中。

「這房子實在太奇怪了。」她邊說邊走向窗邊。「到處充滿矛盾：超級現代化卻蓋在一座維多利亞時期的墓園的腹地；隱密卻也暴露；建造得有如堡壘，但此時此刻，任何人都可能在外面的陰影中看著我們。」

她凝視著外頭的墓園，卻只看到一片漆黑，以及遠方的倫敦燈火從樹林間隱約透現。

「我們對墓園做了地毯式搜索，」坦納錫說：「我們認為或許有人利用那裡預先勘察了房子，但沒有找到任何證據。我們也查問了鄰居，看昨晚或是過去幾個星期有沒有發現可疑的人事物，但結果都只是跑步、遛狗、參觀墓園等尋常的景象。」

「參觀墓園，這是尋常的事？」

「在這裡是。有許許多多名人葬在這裡，像是馬克思、艾略特、喬治．麥可。」

她轉身面向他。「喬治．麥可葬在這裡？」

「好像是。」

「那麼有錢又有名，結果每個人的結局都一樣。」她又回頭望向窗外的夜色。

他抬頭看著望向窗外的她。

他隱身於樹林與墓碑間，當時他注視著發現愷兒．米勒屍體的希莉亞．巴恩斯，也是站在同一個位置。

這麼快回到現場有一定風險，但他很慶幸冒了這個險，因為她來了。

他看著她站在窗邊，凝視著窗外的漆黑，凝視著他。她看不見他，這點他知道。他已經脫下可能在黑暗中露餡的口罩，而且他也曾站在她此時所在的客廳。即使關上了燈，入夜後的墓園也是個充滿黑暗與陰影、形狀不明的地方。她看不見他，她什麼都看不見，除了遠方市區的燈火與她自己的倒影。他簡直不敢相信她會在這裡，不敢相信他竟然成功地誘她現身，讓她上鉤了。

在他記憶中，他與父親幾乎鮮少有稱得上父子間的正常互動，但有一回父親帶他去釣魚。當時他想必是七八歲吧。他們沿著泰晤士河開了大約一小時的車，一路上車內都開著收音機，那麼爸爸就不用跟他說話。之後他們在一間放滿了聞起來像蛆的釣魚用品的店裡租了一些釣具。他還記得爸爸要了一些他從來都沒聽說過的東西，例如滑輪竿、大嘴鉤，也不知道是些什麼，爸爸又是怎麼知道的，他還暗想說不定爸爸會教他，但始終沒有。

他們買了一桶去殼螃蟹，螃蟹在塑膠桶裡動來動去發出啪搭啪搭的聲音。他原以為這些可能是爸爸釣魚時要給他玩的，他便掀開蓋子去看，卻被吼了。

那不是玩具，爸爸咆哮道，那是用來捕魟魚的餌。

他不知道魟魚是什麼，不過聽起來很凶猛，他記得當時自己覺得害怕。他不想見到魟魚，他只想玩螃蟹。

接下來他們就在海堤上站了一整天，爸爸不停咒罵，一下是被螃蟹咬，一下是魚鉤勾到手指皮膚卡住了。他們什麼鬼東西都沒釣到，但他終究知道了魟魚長什麼樣子。

如今回顧那遙遠的過去，很明顯地，他父親並不知道自己在做什麼。

這很好玩，對吧？他一再重複這句話，好像說多了就會成真。我也跟我爸一起做過。

從頭到尾就是這麼回事。那趟釣魚之旅不是出於某種關懷善意，或是真正想和兒子共度時光，而是因為缺乏想像力。他爸爸曾帶他去釣魚，所以現在他也帶兒子去釣魚，因為這就是你該做的。不用質疑，做就對了。

後來這趟釣魚之旅戛然而止，因為來了另一個釣客，幾乎馬上就抓到一條魟魚。釣客將那條外表扁平、怪異的魚拉出水面，拿給他看，只見魚鰭的褶邊像海浪似的翻動，魚尾則有如一根長釘。後來他們默默地開車回家，再也沒去釣魚過。

但那趟旅程，爸爸教會了他一件事。他讓他知道了，光是在對的地方，備好了對的工具與對的釣餌是不夠的。若想捕捉到什麼，你也得掌握一定的知識與技巧。

上方屋內，勞頓從窗邊轉身離開，消失在視線外。

不一會兒，屋內燈光逐漸變黑，隨後屋後的安全燈重新迸出白晝般的亮光。

他重新隱沒入陰影中，離小徑夠遠，以免被他們發現。幾分鐘後他們緩緩走過，談論著愷兒．米勒會是誰殺害的，渾然不知答案就近在咫尺，觸手可及。

36

坦納錫推開迷你套房的門，把鑰匙丟在橫伸在房裡的檯面上，他就靠這檯子分隔廚房與起居空間。沙發床沒收合起來，上次睡過後床鋪也沒整理，感覺好像已經過了一個禮拜，其實也才一天。

他用水壺裝水、燒水，然後打開筆電登入，等候最近更新的案情資料下載時，瞄了自己房間一眼。米勒家的客廳不僅能放得下他這整間套房，而且能放兩間。他是從出庭與漫長工作時間當中抽出空來，匆匆忙忙找到這間套房，只是依據地點與——就倫敦而言——相對便宜的考量，暫時安頓。這理應是個墊腳石，以便找到一個更好的住處，一個更符合他這個年紀與職業身分的男人的住處，他打算等工作稍微告一段落就去找。而如今他已經在這裡住了超過兩年。工作始終不會告一段落，於是墊腳石也變成一座光禿小島，他現在似乎就住在島上。

他從水槽挑出一只髒的馬克杯，嗅了嗅，沖洗一下，然後往櫥櫃裡翻找有什麼可以放進杯裡。他找到一些條狀包裝的即食味噌湯，便撕開一包，將褐色醬膏擠入杯中。

案情的更新資料已下載完成，他開始瀏覽。

實驗室對於那些物品仍然沒有任何定論。

關於麥可與愷兒・米勒仍然沒有任何新訊息。

儘管媒體上鬧得沸沸揚揚，仍然沒有新線索，雖然接到許多來電，多半都只是浪費時間：有人聲稱見過麥可．米勒；有人聲稱自己就是麥可．米勒；有人聲稱自己是凶手；有人聲稱這只是涉及俄國或以色列或撒旦信徒，某個更大陰謀的一部分。如此受人矚目的案件總會引出瘋子來。踢出一顆夠大的石頭，他們就一定會出現。

水滾了，他把水倒進杯子裡，從抽屜拿出一根湯匙，邊攪動邊查看手機。有辦公室和他母親打來的未接電話。應該打回辦公室才對，但他覺得工作的壓力已經快要滿溢，而且他想先整理他和勞頓．李斯去過米勒宅第後的一切思緒。

勞頓。

他很想問問關於她的名字，只是始終碰不到好時機。在命案現場東翻西找，哪有什麼適當時機問私人問題？結果，這點她書裡也沒寫，對吧？

他半癱半坐在凌亂床鋪的邊緣，從檯面上拉過筆電，點下捷徑進入自動車牌辨識系統的入口網。

在他還是穿制服的菜鳥時，你得拿起電話，和一個真人通話，請他幫你查某車牌，等候之際還會邊聊天氣或足球。如今，凡是可以自動化的都已經或是正在自動化，也就是說他要花上大半人生彎腰駝背坐在電腦螢幕前，填表格與篩檢回應。

筆電上開了一個新視窗，他從「命案書」複製了案件檔號，連同愷兒與麥可．米勒的車牌號碼，輸入到相關的搜尋欄位中。接著他點進行事曆，選取一個月前的某一段時間以便控制搜尋結果的範圍，然後送出。

螢幕上有個圈圈開始打轉，告訴他電腦正在運轉。IT部門有個人跟他說過，這東西叫「throbber」（顫動者），但他懷疑他們可能是在捉弄他。他要是有精力，會上網搜尋一下，但他只是啜了一口味噌湯，那熱熱、鹹鹹的液體嘗起來比預期中好喝多了。

這時電話響了。又是他母親。他其實也不太有精力和她說話，但話說回來，他同樣沒有精力繼續忽視她，於是他長嘆一口氣後接起電話，並開擴音。

「嗨，媽。」

「你還在工作？」她母親向來不會把時間浪費在說「嗨」上。

「沒有。」

「很好。你吃了沒？」

「吃了。」

「吃什麼？」

坦納錫瞄一眼味噌湯。「日式料理。」

他聽見電話另一頭深深嘆了口氣。「那些速食湯之類的東西對身體不好，小坦——你還不如直接吃包裝紙。你幾點到家的？」

「剛到，我剛才跟一個顧問去案發現場。」

「這傢伙比打電話給你媽重要，是不是？」

「是女的。」

「哦?!」他聽出母親的語氣立刻展現出興趣，早知道就什麼也別說。「她單身嗎？」

「媽，我們是去案發現場，不是去約會！」

「怎麼，現在的人都不會在職場上遇見對象了？她迷不迷人？」

「媽！」

「你沒回答，那我就當作是囉。」

筆電螢幕上跳出兩個新視窗，是車牌辨識系統中搜尋那兩輛車的結果。「我得去忙了，」他說道：「明天打給妳，我保證。愛妳，媽。」

他趁她還沒能再問其他問題便掛斷電話，然後邊喝湯邊瀏覽麥可．米勒車輛的搜尋結果。自動車牌辨識系統搜尋結果的呈現形式是左手邊列出日期、時間與地點，視窗其餘部分則以地圖填滿，地圖上有紅標標示出每一台成功偵測到該車的攝影機，主要密集分布於米勒家附近。他先查看這些，一一點進每台攝影機，再從清單上予以剔除，只留下距離稍微較遠的結果。

其中有一個立刻引起他注意，那個紅標就位在臨河南岸，離米勒家將近十公里。這部攝影機在上個月拍到麥可．米勒的車牌四次，最後一次就是他錯過飛往果阿班機的前一天。

坦納錫將滑鼠游標移到最後一欄，隨即跳出一個新視窗，顯示攝影機拍到的畫面。框框正中央是麥可．米勒的車，上半部勉強可以看出一個身影輪廓坐在駕駛座——看起來酷似麥可．米勒。他旁邊坐著另一人，身形較嬌小的深髮色女性——不是愷兒．米勒。

他又點進另外三個標記：同一輛車、同一個駕駛，最後一個影像中的副駕駛座，同一名乘客。

坦納錫將畫面放大，但畫質太差，變成模糊不清的馬賽克圖案，未能顯示更多細節。

「妳又是誰呢？」坦納錫喃喃自語。

他將影像還原成正常大小，細細端詳。麥可．米勒的車稍微駛離了大路，他看著女子，兩人像是正在交談，他無須留意前方路況，好像在等著一扇大門開啟似的。

車後方的對街可以看到一間酒吧，桌位沿著建築立面一字排開。酒吧隔壁分別是一間咖啡館和一間看似精美卡片專賣店或禮品店。看起來消費都不便宜。

他查了攝影機上的地點資訊——自治市大街72-76號。看來應該沒錯。高級區，酒吧遍布，美食，現代時尚男子搞外遇的絕佳地點。薩瑟克區也在河的南岸，以倫敦人的說法，那裡和海格特可以說是兩個不同的世界。麥可在這裡偷情擁吻，不可能被人發現。不同族群。遊客眾多。

坦納錫打開Google街景服務，輸入攝影機上的地址。畫面迅速下降到街道平面，顯示出更多商店與一座大大的雙面鐵柵門，門上用金屬字寫著「梅德斯通馬廄屋社區」，門後是一片蓊蓊鬱鬱的庭院。看樣子是舊工廠或倉庫改建成的公寓住宅。時髦的工業風城市住宅。安全性高，雖然原因仍不明，但這點對我們的米勒先生顯然至關重要。假如你剛殺死妻子，全世界都在找你之際，這裡看起來也是絕佳的藏匿處。

他很快地送了封email給錢伯倫，要他查一查該建築的背景，列出目前的住戶名單，看看麥可．米勒是在那裡居住、租屋或者是屋主，信送出後他又回來看車子的照片。車內的兩人互相對望，等著進入豪華的工業風新興社區，模樣輕鬆自在。

Cherchez la femme，勞頓曾這麼說。人找到了。

他把湯喝完，幾乎把沉在杯底的殘渣都嚼個乾淨，同時回頭搜尋案件檔案，直到找到麥可．米勒沒搭上的那班飛機的乘客名單。他預訂的是一班七四七的商務艙上層座位63B。坦納錫從來只搭經濟艙，因此想像商務艙也沒什麼不同，只是伸腿的空間較寬敞，但上網搜尋幾分鐘後，他找到一張七四七班機的座位配置圖，發現商務艙的座位是交錯分布，兩兩相對，中間有塊隔板。他查看那個空位兩旁的乘客姓名。兩人都是女性——安芮雅．達蒙和秀娜．歐布瑞恩。

他重新看著車內坐在麥可．米勒身旁那名深髮色女子的輪廓。他賭安芮雅。她看起來像是名叫安芮雅。安芮雅．達蒙聽起來也遠比秀娜更像紅顏禍水的料。他在檔案中記下一筆，明早得針對這兩人作背景調查，接著往後斜躺在床上，踢掉鞋子，閉上眼睛。

他可以感覺到睡意的拉扯，像重力一般將他往下拉，但他抵抗著。他轉而打開另一個案件檔——凱．穆斯塔法，十五歲，遭刺傷，除了落單弱小之外無明顯原因，在他從橋上跳落、摔落或被推落後遭來車撞死。他是當年度在首都被刀刺殺身亡的第二十二人，可是他的命案沒有登上任何一份報紙的頭版。而且由於愷兒．米勒之死登上了頭條，這意味著被調撥去為凱與其他二十一名被害人伸張正義的資源本就少得可憐，這下更是全部轉到她的案子上了。雖然將凱．穆斯塔法一案以未破案件結案歸檔是再簡單不過的事，但他做不到，因為正義是每個人都應得的，不只限於有錢有勢的人。因此他定定看著這個臉上沒有笑容的男孩的照片，心知這孩子流浪街頭，被社會遺棄，最後在孤單害怕中死亡，他將這張面容與這份認知烙印於心上，開始查看證據，尋找表面底下的模式，尋找或許能解開案件謎團的關聯，試圖為凱討個公道。

37

勞頓・李斯沒有回家。

這一整天的沉重壓力加上去了米勒宅第一趟，讓她心情惡劣煩躁不安。她原本就預期到第一次親臨調查中案件的現場會很困難，甚至令人焦慮。但她沒想到自己會感到如此興奮。同時回家也意味著要面對蕾蕾，絕不能冒這個險，尤其不能在累積了一天的怒氣與帶著尖刺似的活力在她體內嘶嘶作響的這時候，於是她做了每次遇到類似情況就會做的事——去哈利。

哈利健身拳擊俱樂部位在哈洛威路半途，由一棟維多利亞時期的老舊浴場改造而成，從何時開始訓練拳手已難以追溯。勞頓推開大門，經過一些舊日的比賽告示與捕捉到拳手最輝煌時刻的黑白照片，邊走邊呼吸著汗水夾雜皮革的熟悉氣味。她很快地換上放在置物櫃裡的寬鬆運動服，抓起水瓶，進入主要空間，那兒有一座標準尺寸的拳擊台矗立在一個挑高的拱型屋頂下。台上有兩名拳手在練拳，他們身上的英國小獅長袖衫已經被汗水染成兩個色調。

她來到飲水機前停下腳步，開始用手機計時一分鐘，隨著秒數倒數的同時伸展手臂、腿和肩膀，然後備好水瓶放在水流旁，以便時間一到就能立刻裝水。

三、二、一。

她將水瓶裝滿，就著瓶口喝水的同時，一面走向懸掛沙包的角落。

「沙包療法」是她最後一位治療師介紹給她的，當時她還會聽治療師的話。「妳就到健身房去，找個沙包打一打，」她這麼說：「不會有壞處。」於是她在附近一間拳擊俱樂部預訂了一堂體驗課，直接找上最重的沙包打——天吶，早點來打就好了——她對著沙包又打、又踢、又尖叫，後來教練不得不把她拉開，因為健身房裡的人都被她嚇壞了。「看來妳需要這個。」他說。

哇，真不是蓋的。

次日，勞頓向治療師道謝，說她幫了大忙——只是沒有說明詳情——然後取消了剩餘的諮商時間，改用那筆錢去加入健身俱樂部。

她踢掉鞋子，開始伸展，專注地感受地板，像阿育教她那樣，這是她在沙包療法的路上的第二次啟蒙。

某天早上，阿育出現在健身房，一個身材瘦弱、來自泰北清萊的人。當時勞頓已經練了幾個月拳擊，深愛打沙包以及從中獲得的幸福解脫感，卻討厭健身房以男性為主的氛圍，而且還規定每個會員每週至少要對打一次。以她的身形，最後總會與兒童配對，而她的對手要不是因為和女人對打而扭捏難為情，就是充分展現暴力樂在其中，這種情況少見但令人不快。

阿育踢掉鞋子，伸展暖身片刻後走向速度球，毫不費力地騰空躍起使勁一踢，那聲響讓整個室內瞬間靜止。她從未見過誰像他這樣練沙包，以芭蕾舞姿結合猛烈力道腳踢拳擊，這是她頭一次見識到泰拳，所謂「八肢的藝術」，泰國的國技。

阿育不比勞頓魁梧多少，可是到了當天最後一場對打練習時，他們把他和俱樂部中最壯的拳擊手之一放在同一組，那個肌肉猛男名叫歐提斯，從來沒有人想和他同一組。那是一場新奇賽事，健身房的地頭英雄與令人稱奇的陌生人之間展開大衛與歌利亞之戰，整個健身房的人都靠攏圍觀：一個回合，傳統拳手對戰泰拳拳手，這是場真正的比賽，打中一拳得一分。

一開始兩人手套互碰時，勞頓注意到阿育的手約莫只有歐提斯的一半大。接著鈴響了，阿育倏地躍上前去，在一陣眼花撩亂中他以赤腳迅速猛攻，重重踢中歐提斯左臂那鼓脹有如葡萄柚的二頭肌，圍觀群眾倒抽一口冷氣，歐提斯更是氣炸了。身為道地的拳擊手，歐提斯並不習慣被踢。而且他也是有臉面要顧的在地名人，俱樂部的名聲就扛在他那壯闊的肩上，因此他非得撂倒這傢伙不可。

他氣勢凌人地向前進逼，飛快的刺拳一拳拳瞄準較瘦小對手的身體，希望能有一拳擊中他，讓他失去平衡，那麼他便能順勢續攻，一舉解決對手。但阿育動作太快了，勞頓看得呆若木雞，不只因為他技巧高超，利用體型與速度避開對方攻勢，並將自己的揮拳腳踢轉化為壓倒性的反擊，還因為他的冷靜與勇氣。面對眼前這手臂粗如大腿的人形肉山朝他衝來，他似乎毫不畏懼。她很懷疑自己在面對潛藏的危險時，是否曾經像此時在拳擊台上這個男人一樣鎮定自持。當再次鈴響前，歐提斯一拳都沒打中對手，勞頓等到道賀的群眾散去後，走上前去只對他說一句話：

「教我。」

她做完伸展，感覺到累積了一整天的緊張與憤怒，宛如毒藥在她體內迸裂開來，她需要加以釋放。通常她會從速度球開始，慢慢加快節奏提高心率，稍微暖暖身，也讓自己有專注的目標，不去想當天緊緊巴住她心思不放的某件煩人爛事。但今天她需要直接發洩，因此她走向重沙包，這玩意幾乎就像一根實心沙柱，外包傷痕累累的皮革，用粗鍊從屋頂懸掛下來。

她戴上訓練拳套，兩腳微微張開，開始出拳，由肩膀送出刺拳，快而準，每一拳都能感受到一股令人滿意的震動，顫顫悠悠地傳遍全身，集結在體內的緊繃硬塊也會隨之鬆動。當肌肉鬆弛下來，力量流暢時，她便展開自己的治療模式，將這一天的鳥事全挖出來，然後極盡全力猛攻。

首先她想像的是「叫我約納森」，在沙包上挑出一點約莫相當於他臉的高度，回想起在得知她是單親媽媽時他臉上所露出類似同情的表情。她一躍而起，一個迴旋，腳扎扎實實地踢在她想像的那張臉上，沉重沙袋受力後晃了開來。勞頓以蹲姿落地後，重新躍起，在踢了那一腿之後連續出拳、肘擊、踢小腿，如果是真人這麼挨打，校長恐怕已經被送醫院了。勞頓結束了近身攻擊後，輕鬆地左右腳交跳，兩手垂在身側甩動保持鬆弛，兩眼則盯著沙包在面前搖晃後定住。

接下來她想像那個記者，回想附在他署名旁的照片，並將焦點移到沙包上新凹痕往下約十五公分處，因為他似乎多少矮了一點，一個任意玩弄別人人生的矮小膽小鬼。她從丹田深處發出一聲低沉怒吼，旋即往前一躍，在她想像的那張臉上連續揮出快拳，讓那低吼粗嘎而斷續地脫口而出，最後在一聲吶喊中搭配一記狠狠的迴旋踢，震得連鐵鍊都晃動起來。

勞頓踮著腳尖跳動，再次甩動手腳，直到重擊後的刺痛感消退。她一手撈起地上的水瓶，長灌一口，邊繞著沙包走動，在斑駁的皮袋上挑選新標點，然後才跳入她個人痛苦深淵的更深處。

這回她想像自己的父親，回想網路上文章中的照片，光鮮的警察禮服配戴著勳章綬帶，證明他儘管是個失敗的丈夫與父親，事業上卻是平步青雲。她扭轉身子，穩穩站在地上的雙腳讓她變成緊繃的彈簧，接著驀地轉身，在發洩怒火與精力的同時全力一踢，沙包正中央發出啪的一聲巨響。

她蹲低身子緩衝落地時的衝擊力，旋即又彈跳起來，一個鷂子翻身，另一腳順勢踢出，正好踢中晃到最高點的沉重沙包，讓它立刻往反方向晃去。此時她的呼吸變得粗重，心跳加快，將血液打入飢渴的肌肉。她憤怒、強壯、專注，終於已準備好面對他。

他比她父親矮小，她繞行吊袋，在皮革上尋找她之前曾無數次發洩過怒氣的那個破損處。她後腳往後跨，貼地站穩，轉移重心，這時沙袋轉動著，皮革破損處緩緩映入眼簾。她吸一口氣，隨後喚醒她埋在內心最深處的記憶。

腦中首先浮現他戴的面具，兒童面具，戴在他成年人的臉上太小了，但兩個眼洞挖得很大——是一副獨角獸面具。

隨著影像變得清晰，她將身子蹲得更低，幾乎像是退縮遠離自己召喚出的東西。實際的情況中，她大聲尖叫然後逃跑，她母親則留下對抗。此刻她出聲咆哮展開攻擊。

她雙腿打直把身子往上、往前送，左腿朝皮沙包飛踢而去，左腳瞄準面具所在之處，以便將它踢個粉碎，露出底下那張禽獸的臉。

亞德里安・麥維：柔和的圓臉、淺灰色眼睛、漸禿的紅髮，他受審期間每份報紙頭版都登著這張面無表情瞪視的照片。這麼一張毫無特色的臉，如此平凡——如此高明地掩飾了一個惡魔。

勞頓向前暴衝，現在全然不顧什麼技巧了，她兩手胡亂揮舞，搥打著皮沙包，拳頭雨點般落在她想像那張柔和圓臉所在之處。她嚎叫，怒不可遏，同時從自身一點一滴擠出那布滿尖刺的能量灌注到他身上。

所有的能量總有其來處，有很長一段時間，勞頓都相信憤怒是自己能量的來源。有些治療師告訴她，她之所以生父親的氣是因為他象徵了安全與保障的背叛。也有人說她是生母親的氣，氣母親其實是利用死亡拋棄了她。不過憤怒只是其中一部分。憤怒未能解釋那種幾乎陷她於癱瘓的需求：生活中哪怕是再微小的細節也要加以掌控的需求。也未能解釋那種壓得她喘不過氣又感到驚駭的孤獨，雖然意外奇蹟似的有了自己的孩子要照顧之後，終於得以稍微緩解，但始終沒有痊癒。由此可見，她的暗黑能量肯定來自他處。

勞頓最後一跳，將最後一點怒氣殘渣拋向皮沙包，此時那已不再是皮革沙柱，而是那個將她從燦爛的人生拖進黑暗中的蒼白陌生人。她兩隻腳一起踹向他的臉會在的地方，力道之大足以讓骨頭碎裂，並將參差碎片擠壓入他的大腦中。沙袋猛地扭開，鐵鍊發出巨大的吱嘎聲，勞頓則跌坐在地，精疲力盡。

為她的能量添加柴火的是悲傷。

為母親悲傷。為她自己悲傷。為她被奪走的人生悲傷。

怒火或許會燃燒得熾烈，但終究會消退，然而悲傷燒得黯淡，卻永不熄滅。

38

夜色在倫敦上空移轉，加深黑影的同時，悄悄掠過細雨迷濛的街頭。

勞頓回家後迎來的是一扇緊閉的房門，試著敲門也無回應。她貼上耳朵傾聽，可以感覺到女兒的怒氣透過黑門散發出來，彷彿門的另一邊正火勢熊熊。

她準備上床，希望早上的早起加上去了健身房，能讓她睡個覺，也的確是——睡了一會兒。

她三點從夢中醒來，夢見的不是書包裡的刀或女兒的發怒，而是仰躺著的愷兒·米勒。她醒後躺著凝視黑暗中的天花板，雙臂也像她一樣張開，暗自好奇那股強烈到殘忍結束愷兒·米勒生命的怒氣從何而來。何等的憤怒。在寧靜的黑暗中她領悟到，這種怒氣她能理解，不知道殺害愷兒·米勒的人是否也在哀悼，一如仍在哀悼中的她。

南方幾哩處，坦納錫和衣睡在自己的沙發床上，打開著的筆電螢幕斷斷續續地亮起、熄滅，有如故障的霓虹燈，那是因為米勒案的更新檔案不斷傳進來。他夢見自己在記者會上，站在講台桌前，記者們問的問題他都聽不見，但可能全都是關於那個在自己家中遇害的女人。對於這些聽不見的問題，他沒有答案，但問題仍不斷湧來，正如同自動更新的資料持續在螢幕上閃現，持續了一整夜直到天明。

在他二人的西方，較遠的倫敦郊區，有個女人從一棟鋼鐵玻璃建築走出，冒著細雨匆匆走向一輛等候著的Uber，身後拖著一只大大的行李箱。她重重跌坐進車後座，感覺到旅程的疲憊宛如一條骯髒的羽絨被蓋住自己。除了在飛機上抓緊時間瞇了幾個小時之外，秀娜．歐布瑞恩清醒至今已將近二十九個小時。司機將她的箱子放到後車廂後，出發前往倫敦市中心。她看著希斯洛機場從窗外飛掠而過。有架飛機起飛了，燈光在黎明前的天空裡閃爍不定。她暗想不知那班飛機要飛往哪裡，突然很希望自己也在那上面。

好笑。

自從發現麥可失蹤後，她全心全意只想著回倫敦，如今回來了，卻又只想著再次逃離。其中有一部分原因是她瞥見了此時的新聞報導鋪天蓋地全圍繞著愷兒．米勒的命案與持續尋找麥可的消息打轉，儘管只是匆匆一瞥，卻不禁駭然。

追捕——多數報紙上都用這個字眼，好像他是脫逃的瘋子或是逃逸的怪物。

她查看手機簡訊。旅程中的每一站，只要可以她就會打給他，告訴他她要來了，還有多久會到倫敦。但至今仍毫無回音。

在飛機上——她只能買到狹小擁擠的候補經濟機位——她在腦中上演過百萬種劇本，關於他的杳無音信意味著什麼以及她回到英國以後該怎麼做。她的直覺是去公寓看看他有沒有去過那裡，也或許他人還在，驚恐而困惑地藏身在那裡。但短片中那客廳血淋淋的畫面會驀地浮現腦海，她又會覺得也許應該報警，告訴警察她知道的事還有她認為麥可可能在哪裡。不是讓警察去抓他，當然不是，只是因為如果他沒殺愷兒——他不可能的，就是不可能——那麼他就不能再躲藏下去。他必須出面自首，幫助警方找出真正的凶手，而且愈快愈好。

但另外還有件事讓她思之再三。

身為「情婦」——可怕的字眼——她自然會暗暗期望麥可有朝一日會為了她離開老婆。而儘管在這些未說出口的幻想中，她從未想像過這麼可怕的事，但大腦中仍有一個超然務實的部分不停小小聲地說著那個無可避免的事實：現在愷兒真的不在了。那麼麥可難道不會緊緊抓住陪在他身旁，幫助他度過這一切的女人嗎？那個男人對這個女人的愛難道不會遠遠勝過，比方說，一個報警抓他的人，不管她的用意何等良善？此時此刻，麥可是前所未有的需要她，將來恐怕也不會再有，這麼一想她整個人充滿了力量。

最後她決定了——在中東某處的上空，離倫敦還有數小時遠——她要先去公寓。她到公寓去，看看他人在不在，然後再決定接下來怎麼做。然而眼下只剩二十分鐘就會知道她的決定將有什麼後果，她那份「陪在自己男人身旁」的決心也開始動搖了。

她仰頭望天，倫敦的燈火從低低的雲層反射而下，背後也隱隱暗示著新的一天即將展開。她到達公寓時天色還會更亮，這點令她稍感安慰。在黎明時分進入某個地方要比夜晚好多了。白晝底下，一切都會比較簡單。

於是她陷坐在位子上，決定維持原來的計畫。她會到公寓去，看看麥可在不在，如果不在，到時就可以報警了——也許吧。

39

坦納錫被電話鈴聲驚醒。

「欸，喂。」他看都沒看來電就接起來。

「早啊。」另一頭響起鮑布．錢伯倫的聲音，在夜裡這個時間聽起來太過活力充沛。但坦納錫旋即意識到他剛剛說「早」，眼睛往窗口一瞅，看見晨曦已開始照亮灰色天空。「我吵醒你了嗎？」錢伯倫向來是早起的鳥。他經常一早第一件事就是寄出不太緊急的email，只為了讓大家看見郵件上的寄送時間，知道他幾點開始工作。

「沒有。」坦納錫謊稱。「什麼事？」

「你昨晚寄email給我要我去查梅德斯通馬廄屋社區的住戶，我終於拿到名單了。」

坦納錫看向筆電，大腦努力地回想錢伯倫在說什麼。凱．穆斯塔法的照片回瞪著他，感覺像在譴責，他關掉檔案，將注意力轉回到愷兒．米勒。「對，那個，呃，麥可．米勒的車被自動車牌辨識系統拍到的地方。」

「是啊，住戶名單中沒有他。」

「喔，」帶著起床氣的坦納錫不知不覺中惱火起來。錢伯倫真的有必要這麼早打電話來告訴他這個不算消息的消息嗎？他重新點進自動辨識系統的入口網，麥可．米勒與那個不知名人士坐在車內的照片還在。「那麼……」他又點進昨晚打開仍未關閉的另一個視窗，尋找麥可．米勒沒搭上的那班飛往果阿的班機的乘客名單。「安芮雅．達蒙呢？」

「嗯……沒有，她也不是住戶。」

他對於紅顏禍水的直覺也就這麼回事了。「那秀娜．歐布瑞恩呢？」

「秀娜．歐……有。有她。」坦納錫坐起身，瞬間清醒過來。「秀娜．歐布瑞恩住在二十七號，頂樓公寓。」

坦納錫心跳得飛快，一面思索這意味著什麼，下一步又該怎麼做。她搭上了飛機，但麥可．米勒沒有，換句話說公寓應該已經空了將近一星期，而他應該擁有這間公寓的鑰匙。

「我們得盡快申請到搜索票，立刻準備攻堅行動。」他從床上跳起來，解開襯衫鈕釦。

「真的？」

「真的。可能要逮捕我們的主要嫌犯，我們不知道他有沒有武器，但他夠機靈，又還沒出面投案，所以他要是在那裡很有可能會反抗。」坦納錫從衣架拉下一件乾淨襯衫，把換下來的丟在地上。「我們最好別冒任何風險。這次要是搞砸了，會被媒體轟得體無完膚。直接透過局長辦公室處理。」

「好。還有什麼嗎？」

坦納錫抓起體香劑，一待掛斷電話就要噴灑。自治市位在他住處南邊兩哩外，北邊半哩處有個特種槍械司令部（又名特洛伊部隊）中心。「叫前往現場的某個特洛伊單位順路來接我。」他說：「如果麥可．米勒在那兒，我也想在場。」

40

當Uber穿過梅德斯通馬廄屋社區的鐵柵門，駛入一個舊倉庫環繞的庭院時，天色已經逐漸亮成一種均一、骯髒的灰。車子緩緩停下後，秀娜抬頭望向五樓自家公寓的窗戶。百葉窗還是放下的，和一週前她出發前往果阿時一樣。

她跨出車外踩上濕濕的卵石路，定眼注視窗子看看有無一丁點生命動靜，這時候司機從後車廂拖出她的行李丟在她旁邊後，便逕自離去。她佇立片刻，仰著頭看，感覺到潮濕寒意滲透過她原先在炎熱叢林中穿的衣服。窗內看起來空無一人，毫無動靜。

她拉著行李聲音嘈雜地經過不平整的路面來到大門，接著又停下來。她按下二十七號的門鈴，對講機鏡頭上方亮起了燈。她試著在臉上擺出……某種表情，只不過極度的疲憊、時差，加上壓力破表，讓她始終不知該有什麼樣的表情才好。她保持著擔憂，或憐憫，或是原本就掛在臉上的任何神情，直到鏡頭上方的燈熄滅，這才任由臉垮下來，而且經過這番刻意的努力更加筋疲力竭了。

她看看手機上的時間，已經過了七點。

他依然沒有打電話或傳簡訊。她又給他打了最後一通電話，但直接進入語音信箱。我是麥可，請留言，我會盡快回電。

聽到他的聲音多少給了她一些慰藉，她深吸一口氣，按了密碼進入大樓。

還沒看見車影，坦納錫就聽見武裝應變車輛的聲音，在相對安靜的早上超速行駛的一輛車。他才剛打好領帶，那輛黑色BMW X5便出現在轉角，直直朝他駛來，車上三人都穿著特種槍械司令小組的黑色特戰制服。

車子抖動了一下在他面前停住，後門倏地打開。

「動作快，」一個聲音喝令道，坦納錫於是跳上車，摸索安全帶之際，車子便又疾馳而去。

「警長魯克。」坐在後座的女警官說道，同時遞給坦納錫一副頭戴式耳機和一件防彈背心，背心前後都用白色字體寫著「警察」。

「總督察罕。」他回答道。

「所以我們現在要去哪裡？」

「一棟豪華公寓大樓，可能有命案嫌犯在裡面。」坦納錫邊說邊扭動身體穿上背心，車子則高速奔馳在倫敦的僻巷內。「嫌犯名叫麥可·米勒，四十八歲，已經失蹤一星期，他的妻子在兩天前的晚上被殺害。」

「就是新聞報得沸沸揚揚那個案子。」

「對。我們現在要去的地址是一名女子所有，她很可能是米勒先生的女友、情婦，怎麼稱呼都行。不知道他人在不在那裡，但在的機率很高，如果他在的話，恐怕會處於拚命的狀態，需要很快地加以制伏以免他傷害自己或其他人。」

「知道這間公寓在幾樓嗎？」

「頂樓。」

警官點點頭。「想也知道。」

「一分鐘到。」坐在副駕駛座的警員在一個看似以鋼板防護的 iPad 上查看可捲動地圖，說道。

坦納錫試著嚥口口水，嘴巴卻很乾，也不知道是因為腎上腺素、疲勞或只是因為又沒吃早餐。無論原因為何，五分鐘前還覺得不錯的主意，現在和這些偽軍人同坐在這輛車上，似乎就沒那麼好了。他並沒有正式使用特種槍械的資格，但因為他上過一大堆課，因此獲准在與自己案件相關的任務中陪同出勤。不過他得待在後方，這他倒無所謂。接受過精良訓練的帶槍員警會有絕佳表現。

武裝應變車轉過轉角進入一條死巷，只見那兒已經停了另一輛武裝應變車輛與一輛警用廂型車，警車旁至少有十名全副特種武裝的警員。「我們到了。」駕駛說道。

車子抖動一下停住，所有人跳下車，坦納錫也急忙跟上。儘管此次行動是他發動的，此時的他感覺卻像個路人。

槍械警員互相默默點頭致意後，魯克警長轉向坦納錫。

「我們在這裡監視守候嗎？」

坦納錫搖頭。「他要是在，就會躲在公寓裡。不必要呆呆等著他現身。我們得進去抓他出來。」

魯克警長點點頭，舉起鋼板防護平板電腦，讓其他小組組長看見螢幕。

「好啦，這是這棟建物的示意圖。」她指著死胡同底的一扇門。「那是後門，通往一道樓梯。我們已經向管理員問到通行密碼。」她又再次看著坦納錫。「有公寓的鑰匙嗎？」

「沒有。」

「對保安層級有概念嗎？」

坦納錫想到有如堡壘般的米勒宅第。「就假設是極高度吧。」

她點了個頭，重新俯視螢幕。「好，帶上門框撐開器、一把三用撬棒和一支破門錘。我們打頭陣，二組負責前門，別讓任何人進出。其餘的人，也就是三組到五組，走後面。我們會讓電梯停止運作，然後一樓一樓爬上去，每層樓留兩個人圍堵牽制，直到抵達五樓的公寓。」

魯克警長又敲打另一個按鍵，示意圖被一張看似取自銷售說明書的樓層平面圖所取代。她找到二十七號公寓加以放大。

「好，所以公寓位在走廊盡頭，只有一個主要入口，不過屋內好像有個陽台或許可以爬上屋頂。」她抬起頭看著其中一名警員。「你們那組負責屋頂。我們會等到你們就定位後才破門攻堅。持盾人員先進去，三人隨後支援，備妥X2和隨身手槍以防嫌犯抵抗。有問題嗎？」她環顧團隊成員，只見每個人都搖頭。「那好，二組，到大樓前門就定位。其餘人員整備齊全，聽我命令行事。」

眾人各自散開，各個小組長回到自己的警備車上，此時每輛車的駕駛紛紛化身為軍需官，從車後的武器櫃中取出SIG MCX突擊步槍與X2電擊槍分發給每個人。其中一輛警備車駛離，沿著大路而去。

魯克警長檢查自己的步槍後轉向坦納錫。「你跟我們來，但要保持一定距離，我叫你停下就停下，明白嗎？」

坦納錫頷首。

在她身後，一名組員將一根附有兩圈把手的紅色實心金屬管揹在背上。這就是「破門錘」，又稱為「大紅鑰」，由十六公斤重的精煉鋼製成，只要砸的次數夠多，什麼門都打得開。另一名警員則扛著一支油壓撐桿，還有一名拿著防彈盾牌，那是一面深灰色、方方正正的輕型克維拉，上面還嵌了一個視窗。所有人檢查完自己的武器後拿到定位，仔細聆聽著負責前門的小組透過無線電傳達最新訊息。感覺好像等得天長地久，但恐怕還不到一分鐘。

「各就各位。」終於有訊息傳來。

魯克警長最後看坦納錫一眼，一手握拳舉起，隨後指向大樓。

「出動。」她說道，於是所有人以蹲低跑步的姿勢向前移動，武器緊緊抱在胸前，二十名警員動作一致，如行雲流水般朝建築物移動。

電梯默默將秀娜．歐布瑞恩送上五樓之際，她在手提袋中翻找著，最後將與耳機、收據及諸多旅行贅物糾纏在一起的鑰匙串抽離出來，挑出那把亮藍色的門鑰匙，舉高轉動，讓頭頂上的燈光得以映照到。

這是約莫一年前麥可送給她的驚喜，當時她和原來的室友之間出了點問題，原因是那位室友不久前才和花心的丈夫離異，因此強烈反對秀娜與已婚男子交往。有一天吃午餐時，他若無其事地遞給她一個盒子，好像要送她手環，結果裡面放的是這把閃亮的藍鑰匙。鑰匙顏色是電光藍，巧妙地暗指了他們倆都很喜歡的大衛·鮑伊的一首歌。

藍色，藍色，電光藍，那是我房間的顏色。

她隔天就搬進來了，在深闊的公寓裡大聲播放著一首又一首鮑伊的歌，她少得可憐的家當被挑高的天花板與寬敞的廳房一比，更是渺小無比，彷彿是從較小比例的人生運送過來的。麥可也為公寓買了一大堆新家具，他們便一起拆裝擺置，有沙發、桌子、床等等，就像一對尋常夫妻搬進他們的第一個家。那一天他似乎真的很開心。在〈Sound and Vision〉連續播放了大約二十次之後，他還披露說他妻子其實不太喜歡鮑伊，就秀娜看來，光憑這點離婚就勢在必行。當時她以為總有一天他應該會離開妻子，和她在一起，只不過她完全沒想到會是像這樣。

電梯門開啟，她站在原地，無法動彈。大樓內靜悄悄，她感覺到寂靜從四面八方壓擠上來。她怔怔地順著走廊望去，她的大門就立在最盡頭，幽暗靜謐。電梯門開始關閉，她不假思索便快速伸出手攔阻。

好啦，秀娜，麥可可能在裡面，而他需要妳幫忙。

她跨出電梯，並將行李往外拖到走廊上。

門在她身後關上，寂靜再次洶湧而來。

她深深吸一口氣，隨後邁步走向自家大門，行李箱的輪子滾過地毯發出細細的聲響。

她又猶豫了起來，自覺好像驚悚片中某個蠢笨角色，天真無知地走向藏有怪物的陰暗房間。她還是可以報警，那麼做才理智，如果她看到電影中上演這一幕，一定會對她扮演的這個角色如此大喊。但假如找警察，就得說明自己的身分，以及她和麥可的關係，那樣會讓警察對他留下壞印象。說不定甚至會讓他們認為她正是他殺妻的動機，但不是，她敢說不是，她很確定他根本沒殺他老婆。

她回想起他傳給她的最後一則訊息。

我這裡有事需要處理。見面再跟妳解釋。M x

警察會發現這則訊息，對吧？他們會發現並誤以為其中有什麼陰險含意，然後把它當成對麥可不利的證據。報社記者也會發現，他們會為了這個、為了他出軌、為了一切，公審他，而這將全是她的錯，因為她太害怕而不敢走到走廊另一頭，打開如今只離她幾呎遠的那扇門。

她來到門前。

止步。

將耳朵貼在門上。

她只聽見自己耳中血液呢喃，與胸腔內怦怦的心跳。

夠了，秀娜。

她最後一次查看手機，希望麥可或許終於有回音了，卻是徒然。

他沒有。

若依電影情節，她應該會在此刻決定打電話報警，結果發現沒有訊號。但訊號是有的，不僅訊號，連WiFi都是滿格。

電話還是鑰匙。

鑰匙還是電話。

她最後吸一口氣——緩緩將電光藍色鑰匙插入鑰匙孔。

帶隊的員警按下大門密碼後靠邊站，組員們以相反的順序湧入大樓，二樓圍堵小組先進入，魯克警長的公寓攻堅小組帶著破門設備與防彈盾牌押後。除了兩名員警留下來守顧大門之外，坦納錫是最後一個進入大樓的。

他可以看到魯克警長在前面打先鋒，爬上一段階梯，查看平台轉彎處，接著站定，由下一個員警越位後重複同一動作——查看移動、查看移動——一路直上五樓。

坦納錫盡最大力量想跟上，但機動部隊成員的強健體力是出了名的可怕，而且防彈背心不像看起來那麼輕。當他們來到五樓，他已經氣喘吁吁，離開家門前大量灑在身上的體香劑氣味格外濃烈。

魯克警長指向通往一扇天窗的階梯，兩名警員隨即爬梯子上到屋頂。她轉向坦納錫，舉起一手示意他「留在原地」，接著透過門上的一個小窗往內窺視。門後的走廊上全是裸露的磚面與鋼樑，時髦的工業風住居。她朝左邊一指，然後將門拉開一條小縫。

手持防彈盾牌的警員蹲低身子，從門縫凝視查看走廊上是否淨空，接著以盾牌擋身，快步向前。魯克警長與另一名武裝員警緊跟在後，備妥武器，再後面則是攜帶破門設備的警員。

坦納錫用腳卡住門縫不讓門關上，一面傾聽他們行進的聲響。根據樓層平面圖，通往頂樓的樓梯間位在大樓另一側，因此到達前必須轉過兩個轉角。他把頭稍微探進走廊，豎耳傾聽，但仍然什麼都聽不見。此時建物內有二十名武裝警察，卻無一人發出一點聲響。

秀娜打開門第一個撲面而來的是熱氣，緊接著便是味道。那味道洶湧而出，彷彿有什麼發臭的東西被困在裡面，迫不及待想出來。她大吃一驚，努力地穩住自己，抗拒著又再度想逃跑的衝動。

她告訴自己，那味道和熱氣沒什麼好驚慌的，很可能只是一星期前她急著趕去機場，太過匆忙，而把什麼東西留在垃圾桶裡壞掉了。她也很可能沒關暖氣，又或者只是暖氣故障，公寓裡有東西失靈也不是第一次了。房子的改建顯然有點廉價，不斷有各式各樣的小東西出問題，窗子卡住啦、地板暖氣系統的計時器老是自行其是啦，八成是諸如此類的。

即便如此，她還是讓門微微開著，將行李箱留在走廊，用手臂遮住臉之後才步入公寓。前門一進去就是一條開放的短通道，兩旁各有一個衣帽間與一間客房。她先檢查衣帽間，看味道是不是從那兒來，但裡頭很乾淨未使用，客房也一樣。

她望向前方，看見被玄關入口框起的主要起居空間、皮沙發與裱框掛在沙發背後牆上的英國國旗。她放下手臂想確認氣味來處，不料在密閉公寓裡那味道強烈到讓她幾乎乾嘔起來。她抵達果阿的第二天，為了麥可放她鴿子覺得生氣，便和度假村裡一個找她調情的男子到叢林裡去散步，他們在路上撞見一隻死去的猴子。這味道完全一模一樣。

她思忖著是否應該打電話看麥可在不在這裡，但隨即打消這個念頭。她出於直覺，不想發出任何聲音或吸引注意，何況他不可能在這裡，這味道濃到牆壁都要脫漆了。他在的話一定會設法處理。她重新舉起手臂緊緊壓住口鼻，小心翼翼地往前走進主要的起居室。

這裡面味道更臭了，即使用手臂蒙住鼻子也沒用。而且還有蒼蠅，大大的黑蠅在空中盤旋，遲緩地撞擊著嵌在傾斜的木造天花板上的大片天窗。

她往右看，沿著牆面是開放式廚房，還有一個室內自動調溫器安裝在一小片裸露的磚牆上。設定在常開而且是「最高溫」。

怎麼會這樣？

也許是她誤設了，臨出門時因為倉促心不在焉，按錯了按鍵。她關掉暖氣，走到垃圾桶旁，那是一個大型舊式的鍍鋅桶，因為她覺得和公寓的工業風很搭就買了。她抓住蓋子把手，將臉緊貼在手臂的屏障後，接著用力掀開，就像廚師掀開一道美味料理，但內心的預期截然不同。

垃圾桶內空無一物，連黑色的垃圾袋也沒放，她這才想起當天要前往機場時，她費力地拖著行李箱經過走廊，順道把垃圾丟下輸送槽了。那這臭味到底從何而來？

她轉身環視客廳，到處整整齊齊，一如她離開時的模樣。

她抬頭往作為主臥室的夾層看去。或許是她的錯覺，但那上頭的蒼蠅似乎更濃密。

也許是她忘了關屋頂露台的門，有隻鴿子飛進來死在屋裡了。這下可好了。現在的她只想沖個澡、好好躺一會兒，結果床上有隻死鴿子，還到處都是蛆和蒼蠅。

她打開洗碗槽下方的櫃子，從一捲垃圾袋撕下一只後，大步走向通往夾層的樓梯，決定在改變主意之前去處理掉鴿子還是什麼鬼東西。

她一步一步拾級而上，爬進封閉的熱氣與成群嗡嗡飛鳴的蒼蠅中，而那味道現在聞起來更扎實，帶有很濃的屎尿味。

主臥室一步步地映入眼簾，她微瞇起眼睛，隱隱試圖降低衝擊，不管她即將迎來什麼噁心的景象。

坦納錫聽見尖叫聲順著走廊回響而來，根本還沒意識到自己在做什麼就衝過去了。

他聽到前方有喊叫聲，是魯克警長在喝令某人手舉起來、趴到地上。

他繞過轉角時又響起一聲尖叫，旋即看到前方有一扇門開著，門邊立著一只大行李箱，公寓內的動靜只能透過門框看見一部分。

有名女子被一位員警壓制住，她手裡抓著一個黑黑亮亮的東西，一邊尖叫一邊啜泣。

坦納錫才走到走廊一半就聞到了，而且馬上知道那是什麼味道。來到公寓門口時，熱氣帶著惡臭一湧而出。此時女人趴在地上，離他僅僅數呎，兩隻手臂被壓扣在身側以阻止她亂抓，因為她不斷掙扎且歇斯底里地喃喃自語。

麥可天吶麥可我的天吶麥可我的天吶。

「秀娜，」坦納錫喊她的名字，試圖讓她清醒過來。「秀娜，沒事了，我們不是來傷害妳或麥可的，我們是來幫妳的。」

一聽到麥可的名字，她猛地轉頭盯著他看了片刻，彷彿從噩夢中驚醒，接著她又回頭看著公寓，再次嚎叫起來。

麥可不會吧麥可我的天吶麥可不會吧我的天啊……

她瞪大雙眼仰望通往夾層的樓梯，夾層那兒有個武裝警察端著步槍查看之後立刻掉頭，臉上明顯露出噁心的表情。

「他在這上面。」他說著退下樓梯，步槍對著地板，顯然用不著了。

「公寓警報解除！」魯克警長喊道，同時出現在公寓深處的另一扇門口。

坦納錫進入公寓，從試著安撫秀娜・歐布瑞恩的幾名員警身邊走過。他等到那名警員步下夾層樓梯來到最底端，自己才上樓去，並確保與員警踩過相同地點、相同梯階，一面一一查核讀完勞頓．李斯的書之後默記在心的行動清單。

一進、一出。保全證據。房間與樓梯要靠邊走。

樓上的房間一步一步進入視野。

床上的恐怖景象亦然。

麥可．米勒，仰躺著，雙臂張開，明顯已死亡多時，周圍環繞著奇怪物件。

五、勳章

《如何處理謀殺案》節錄

勞頓・李斯著

人心的用途就是在一切事物中尋找模式，一旦尋獲便去發掘其意義。正因如此，杯底的茶葉與人手的皺紋，到頭來都可能變成未來的指標。我們喜歡模式，因為我們喜歡秩序，而且喜歡到似乎可以從混沌當中變出秩序來。雖然這無疑是一項卓越的天賦，但在命案調查中卻可能既是資產也是負債。

因為命案現場是混沌的。

自然的秩序被顛覆，且往往十分劇烈，而調查人員肩負的任務則是釐清這毫無意義的情況，從一開始只有問題存在的案情中找出答案。想當然，他們會憑著本能在這片混沌中尋找模式，試著闡述出事發經過與原因的來龍去脈。

任何一樁命案調查的關鍵，就在於將心思訓練到只看見真正存在的模式，而非想像出來的那種，因為你可能單純只是出於一種強烈的、本能的慾望想要強建秩序，而想像出某些模式。

有時候，混沌就只是混沌。

41

海格特 WhatsApp 群組的淑媛們醒來便看見一個新轉折與新訊息。

警方高層的悲劇女兒現正帶領調查米勒命案

《每日報》的標題大聲疾呼著錯誤訊息。儘管如此，該連結迅速地分享傳播開來，新聞內容也隨同咖啡、優格、燕麥片與超能奶昔一起嚥下肚去。

勞頓・李斯，亦即昨日在愷兒・米勒屍體旁發現的那本關於如何清理命案現場以逃避偵查一書的作者，竟被納入調查團隊，引起軒然大波。其父乃大倫敦警局局長約翰・李斯，由於最新犯罪數據慘不忍睹，要求他下台的呼聲不斷升高，但昨日他對於此次涉及裙帶關係的人事案以及他領導力持續受到質疑一事，一律拒絕回應。記者亦無法與其女勞頓・李斯取得聯繫，徵詢意見。

李斯小姐，現年三十三歲，單親母親，曾目擊其母格蕾絲慘遭外號「蒙面魔人」的亞德里安・麥維殺害，對於個人的不幸悲劇並不陌生。

亞德里安・麥維對於「蒙面魔人」犯下的多起兒童謀殺案與攻擊事件，始終沒有認罪，但因

殺害格蕾絲・李斯被判終身監禁，約莫一年前因肺癌死於布羅德莫。勞頓・李斯自十五歲起便與父親疏遠，如今她被高調指派負責一個深繫其父未來仕途的案子，似乎更加異乎尋常而令人好奇……

其他所有的新聞網站與報紙都刊登了同一則報導的各種不同版本，將命案的細節加以改寫，對勞頓・李斯的意外參與調查諸多揣測，並利用此次事件當藉口，將她自身悲慘的背景故事再重述一遍。

希莉亞・巴恩斯在他們家德瑞克買的《鏡報》的頭版看到了報導（德瑞克正顧著看體育版），此時的她仍為麥可感到焦慮，為愷兒感到傷心，至於其他一切幾乎都麻木無感。

在一間只比一張單人床大不了多少又髒兮兮的小房間裡，有個男人將一疊早報丟到昨天經切割後殘餘的晚報堆上。他拿起鉛筆開始動工，仔細閱讀每一則關於米勒命案的新報導，在關鍵人名與新資訊底下畫線。看完所有報紙以後，他拿起一把剃刀，小心地割破報紙，如外科醫師般精準地割下最精彩的照片，貼到他床對面的牆上，加入其他的裝飾之列。完成後，他凝視牆面良久，幾乎像在冥想，接著從箱子內取出一本兒童練習簿，用整齊、逼仄又使勁的筆跡寫起字來，他捕捉住自己的思緒與感覺，全部圈囿在練習簿中整齊劃一的藍線之間。

布萊恩・史萊德昨晚找了個實境秀Z咖藝人上床，此時正躺在她皺巴巴的床上，用手機在他的推特帳號上看新聞，愈看愈生氣，因為其他媒體全都抓住了他拋出的勞頓・李斯／悲劇女兒的觀點。才不過一天，他已經從遙遙領先變成群體中的另一個成員罷了。

你只要有一剎那的鬆懈就會發生這種事：每個人都會追趕上來。而他最痛恨不能贏。**痛恨至極**。這等於佐證了從小到大他爸老是對他說的話——說他又小又弱，說像他這種小男生永遠無法在這個男人的世界裡有什麼出息。

「媽的！」他又捲動過另一個「警局局長的悲劇女兒」的標題，不禁咒道。

「怎麼啦，寶貝?!」一顆金髮糾結、已長出深色髮根的頭從他旁邊的枕頭上抬起來，一眼閉著，另一眼往上瞇著看，假睫毛垂落在眼皮上活像隻被壓扁的蜘蛛。

「沒什麼，」他說，現在已對她略感噁心。「閉嘴，繼續睡妳的覺。」

她嘟噥一聲，轉過身去。

梅蒂（不是真名）是上一季《戀愛島》實境秀第一個被淘汰的參賽者，從此以後就成了經常上八卦小報的波霸女星。她也是史萊德培養出來的一票從D咖到Z咖的「名人」之一，他偶爾會替她們寫寫報導，或是毀掉其他人以便幫忙保護她們所謂的形象，讓她們能努力巴住那得來不易的一丁點名氣。這種關係屬於交易性質，一如史萊德生命中的一切，在他看來，每隔一段時間收取這些投資收益就和房東收房租沒兩樣。她們都心知肚明，否則她們就比外表看起來還笨了，這可不是普通厲害。他都喊她們洨坑，但顯然不是當面喊。昨晚他打給梅蒂是因為夏奇拉「太忙」，沒空跟他去喝一杯慶祝他們的獨家。現在有個女孩需要了解一下這些交易性事務。

他打開email帳號看看justice72@yahoo.com有沒有送什麼新訊息，結果沒有。

現在的他真希望自己的報導中能對勞頓・李斯下手更重一點，多多強調她的心理狀態以及她不適任如此重大的偵查工作的事實。他之所以有所保留是為了將來能加以利用，但如今他認為應該放手去做，對她展開猛烈攻勢，以懲罰她拒絕他的提案。

他打開新的email，寫給justice72@yahoo.com：

今天的新聞已經從你轉移到警方身上——他如此寫道，希望直接訴諸於對方的自我意識——**你如果有什麼新消息要給我，現在應該是好時機。你不幫我的話我也幫不了你。**

他按下傳送鍵，忽然感覺到一隻手握住他的老二。

「火氣別這麼大嘛。」梅蒂將她動過整形手術的豐唇嘟得半天高，手一面上上下下輕柔移動。

他本打算叫她滾開，但那話兒的反應要快多了。

他把筆電放到地上，一把將梅蒂翻身讓她的臉轉開。眼下狠狠地大幹一場很可能會讓他舒服點，疏通疏通管道，耗掉一些尖尖刺刺的精力。他往手指上吐了口唾沫，抹到陰莖末端後，將陰莖滑進梅蒂的兩坨屁股肉之間，開始抽送。梅蒂發出呻吟，史萊德寧可她不要。她是個蹩腳演員，那A片的音效實在讓人無法專心。

讓他更難以把她想像成夏奇拉。

42

坦納錫來電時，勞頓正在爭執中。

她站在自家廚房，筆電開著，海格特與哈洛威女子學校的網站填滿整個螢幕，大大散發著快樂、昂貴的光芒。蕾蕾瞪大了眼睛，好像在看某人虐待小狗的圖片。

「我不去那裡，」她開口時，勞頓連忙按掉電話不讓它繼續嗡嗡響。「我才不去那種娘娘腔的學校，那裡每個人都會打袋棍球，還會當我是個超級窮鬼。」

「不是這樣的。」

「妳怎麼知道？妳去過嗎？」

「沒有，我想我們今天可以一起去看看。」

「不要！想都別想。」

「妳就考慮一下不行嗎？」

「我不需要。妳看看，全都誇張得要命，穿那種書呆子穿的制服，又笑得假惺惺。」

「蕾蕾，快樂的孩子在一間體面的學校裡就是這個樣子。我們就去看一看，好不好？」

「我不需要去看就知道會很爛，學生會讓人很煩，老師會高高在上，因為他們就是一副優雅高傲的樣子。反正妳也沒錢讓我去上那種學校。」

「如果妳申請到獎學金就可以了。」

「想得美。我才不要好像接受慈善救濟去上學。」

「獎學金不是慈善救濟。」勞頓的電話又響了，她看都沒看是誰打來的就按掉了。「獎學金的設立就是專門為了幫助聰明的學生獲取名額。」

「那就不包括我在內了。」

「別胡說，妳可是絕頂聰明。就連你們那個爛校長也承認妳很聰明。」

「也許和我們學校那些白癡比，我是聰明，但又不難。」

「妳是真的很聰明，妳應該是……前百分之一聰明的人。」

蕾蕾闔上眼睛，似乎有點洩氣，這句話好像讓她確實感覺到痛。「我不是，媽，我不聰明，我不漂亮，我也不特別。」

「妳都是。妳不能再這麼苛求自己了。」

「妳說這種話，這是笑話。」

「好吧，對，妳說得對。我不是善待自己的最佳典範，但這正是為什麼我不希望妳落入相同的陷阱。我也不想再為這個爭執了。至少在我們作決定以前，乾脆就直接去這所學校看一看，好嗎？」

蕾蕾搖搖頭。「妳已經作好決定了，我也是。妳好好看看，我不屬於那裡。」

「妳也不屬於聖馬可。」

「對，沒錯，我不屬於任何地方。」

「拜託，別這麼誇張。」

「是真的。我在學校裡格格不入，一個朋友都沒有。我只是這間公寓裡的囚犯。」

「妳不是，這……」

「我是。我是囚犯，妳是獄卒，無時無刻不在看著我。我甚至不敢咳嗽，免得妳以為我得了新冠還是什麼的。我不能跟妳說我累了或是我頭痛，因為妳會馬上叫我去醫院檢查。每次真的生病了，我還得假裝沒事，以防妳崩潰。我沒辦法隨時都在擔心妳會擔心我。累死人了。我再也受不了了。」

勞頓直直盯著她看，覺得既尷尬又慚愧，因為她知道這是事實。她永遠不會對任何人說出口，即使是她自己，但她做這一切最大的願望就是像母親保護她一樣地保護自己的女兒，讓她避開那些使她自己的人生觸礁的岩石。基本上，她就是希望阻止蕾蕾變成她。她張口欲言，不是說這個，而是說點什麼，電話卻又第三次響起，蕾蕾瞪著它看，臉上露出深沉而疲憊的哀傷。

「接啊，」她說著轉身走出廚房。「八成有更重要的事。每次都是這樣。」

勞頓目送著她離開，感覺心力交瘁，面對這個目前與她同住一個屋簷下，怒火中燒、伶牙俐齒的陌生人，她再度無言以對。

她瞄了一眼螢幕，發現是坦納錫便接了起來，一面感激他來轉移她的注意力，一面又慚愧地承認這個反應恰恰證實了女兒的說詞。

「找到麥可．米勒了。」他說：「他死了，看起來已經有一段時間，總之已足以為他提供他妻子命案的完美不在場證明。而且呢，他的屍體……布置的方式和愷兒．米勒很相似……」

「又放了我的書嗎？」

「沒有，我想這是好事，因為早上的新聞。」

「什麼？什麼新聞？」

他停頓了一下。「妳還沒看新聞？」

「沒有。」她聽見蕾蕾的房門打開便轉過身，準備迎戰可能接著而來的第二回合。

「其實也沒多糟，」坦納錫說：「而且都在我們意料之中，只是媒體又重提了妳和局長的關係還大作文章。今天早上幾乎每份報紙的頭版都是妳。」

勞頓閉上雙眼，很想回床上去待著。

「放心，我們正準備要放出發現麥可．米勒死亡的消息，所以到了午餐時間，眾人談論的話題就只會是這個了。鑑識小組已經前往現場進行處理，但我們得在消息洩漏前宣布，所以正在加緊行動。不知道妳今天有什麼計畫，但如果妳能過來提供一點看法，那就太好了。」

「去現場？」

「對，我現在就在這裡，地點在自治市大街。」

砰的巨大關門聲響徹公寓，留下前門上的門鍊嘎搭嘎搭晃蕩。勞頓俯看筆電與螢幕上的畫面：一群快樂的學生在一所無人帶刀，而且她原本計畫今天前去參觀的學校。

「把地址給我，」勞頓虛弱地說道，同時闔上筆電。「我會盡快趕過去。」

43

當連棟紅磚大樓的厚重大門晃開，他瞥見了動靜，蕾蕾．李斯走出來。她往街道另一頭望去，目光似乎在他的停車處多停留了一會兒，彷彿知道他在那兒似的。他繼續靜止不動，捱過凝神注目，心知只要他不動，她就看不見他。

勞頓與蕾蕾．李斯母女倆住的建築名叫「麗景華廈」，名稱十分宏偉，實際上卻是為了特定目的而建、如今已有點破舊的公寓大樓。麗景華廈共有六層樓，每層樓四戶，共有二十四戶住家，有個住在大樓裡的管理員住一號，而勞頓則是住在最頂樓的二十四號。

蕾蕾朝另一個方向看，身後的大門仍持續緩緩關上。她很小心。提高警覺。和她母親實在太像，有時候他得花點時間才分辨得出誰是誰，尤其是現在天氣轉冷，毛帽與厚重大衣更讓她們的身分模糊難辨。

就保全而言，麗景華廈與米勒宅第完全不同層次，然而仍有一定的難度。門前道路是公車路線，因此實際上等於會有行動監視器定時巡邏。附近有一整排商店與一家銀行，除了多出一些監視攝影機之外，也提高了警方的關注。此外目擊者眾多也提升了困難度。

米勒宅第——儘管偏僻，儘管安全度高——同時也遠離人群，而且多半時候屋裡都只有兩個人。反觀麗景華廈有六十七名常住住戶，還有不斷來來往往的訪客。

在以三層玻璃與混凝土建造的米勒宅第，噪音也不是問題，但在這棟住戶密集的薄磚牆建物，對一個意圖不軌的人就可能構成問題。沒錯，從許多方面看來，麗景華廈所產生的問題程度相當卻恰巧相反。假如神不知鬼不覺地進入米勒宅第是最困難的部分，那麼走出麗景華廈而不被看見也同樣困難，就跟梅德斯通馬廄屋社區一樣困難。

蕾蕾身後的門終於關上，她將身子靠上去確認門確實關上了，才踩著重重的步伐往他的方向走來，細瘦的腿踩著厚重的靴子，同時拱起肩背抵禦逐漸加劇的寒意。

他略略搖下窗子，幾乎細不可察地調整姿勢，以便從側面後照鏡看著她接近。她長得和她母親一個樣，神態舉止也一個樣：恐懼但強悍、警惕而謹慎。她的目光掃過前方街道，一面戴上頭戴式耳機。

耳機，搶劫犯的益友，既能讓他們預先警覺到有電話的存在，又能掩蓋他們靠近的聲響。蕾蕾的母親應該提醒她，在路上戴耳機要小心點。你永遠不會知道有誰在注意你。

他眼看著她在鏡中的影像愈來愈大，便從口袋掏出手機低頭看著，以免她經過時看見他的臉。此時她幾乎就快到了，距離已不到兩輛車，他不情願地低下頭看手機，將目光從她臉上移開，迫使雙眼轉而盯著發亮的螢幕看。

她從車旁走過，近到他只要從開著的車窗伸出手就能摸到她。他可以感覺到一陣微微的冷風被帶動，他吸了一口，捕捉到她依稀的氣味——草莓香皂、擦洗過的肌膚與清新的薄荷口氣。

他抬起頭注視著她走遠，從那緊繃的身軀與微微沉重的步子，可以明顯看出青春期少女的彆扭。他大可以溜下車，配合她的腳步緊跟在她後面，距離近到可以聞到她的薄荷、草莓香氣。她甚至不會知道他的存在。

他看著她走到那排商店前，在藥房門口猶豫了一下，好像忘了帶什麼。她回頭望向街道遠方的麗景華廈，臉上幾乎顯得焦慮，隨後身影便沒入藥房內。

他手裡的電話響起，但他置若罔聞，反倒是透過後照鏡去看她在看些什麼。剛剛有人從麗景華廈的大門出來，是另一名住戶，不重要。那人匆匆離去，任由門緩緩地自動關閉。門完全關上大約需要七秒鐘，要偷溜進去綽綽有餘，就像刀插入肋骨間一樣簡單。

電話又響了，他低頭看了訊息。

再看看時間。

將近八點。

他慢慢地駛離，行經藥房時，透過窗戶最後再瞄蕾蕾一眼，只見她站在收銀機旁，指著藥師頭頂後方的某樣東西。

他踩下油門，加速回到市區，雙眼掃視著前路，一副外科口罩蒙住了他的臉。

44

史萊德最後嘟囔一聲便滑出梅蒂的身體，直接下床。

梅蒂翻轉身子，再次瞇起死蜘蛛眼看他。「你要走啦？」

他沒回答，只是抓起衣服，突然覺得迫切需要馬上走人。他要跑到「地穴」去沖個澡，因為他死都不要待在這裡，否則恐怕還得再忍受一次和梅蒂聊「工作」。

他的電話響起，他瞄一眼來電顯示才接起。「怎樣？」

「麥可．米勒。」

「真的？」

「有支武裝應變小組剛剛破門進入他在自治市的一間藏嬌金屋，發現他死在床上。調查小組已經抵達現場，不過根據預告和另一個很類似。」

「怎麼個類似法？」

「這我也不太清楚，畢竟連檔案都還沒建立，但看起來不是自殺，屍體的布置手法相同，也留下了一些物件。」

「你知道是什麼物件嗎？」

「還不知道，這些都還是熱騰騰的最新消息。再過一個小時左右會正式對外公布。」

「好，你聽我說。不管他們要在記者會上說什麼，我都要你提早半個小時告訴我，明白嗎？要是能寄任何一張照片給我，我**大大**有賞。」

「知道了。」

史萊德掛斷電話，穿上長褲。「該死！」

「怎麼了？」

「沒事。」史萊德拉起褲管細窄的牛仔褲，一把抓起襯衫，恨不得以最快的速度離開。通常無論在哪裡他都不會過夜，但昨晚實在太累，還沒能離開就睡著了，結果現在就得付出代價。

「五分鐘前你沒這麼急啊。」梅蒂嘟著嘴說。

對，但我現在就很急。史萊德抓起鞋子。外頭不知哪裡的教堂敲起八點的鐘聲，提醒他得抓緊時間了。

他抓起借來的笨重筆電正要闔上，忽然留意到信箱裡有一封justice72@yahoo.com寄來的新郵件——主旨：**喬治．史萊德警長——RIP**。

史萊德坐到床沿打開郵件。

「還以為你要走了呢。」梅蒂訕笑道。

「閉嘴！」

「爛人！」她重重倒回床上，背對史萊德，他無所謂。

一如先前，郵件中滿是照片。

第一張上頭有個看似上了年紀的男人躺在單人床上，手腕用皮帶綁著，嘴巴被塞住。老人睜著濕濕的眼睛，無助地瞪著鏡頭，好像被下藥或是死了。

下一張是一張凌亂的床，床單扭結還沾了帶點褐色的黑黑的東西，可能是糞便，或是血，也或許兩者皆是。邊框處有個床頭櫃，上面明顯可見一只空水壺與骯髒的玻璃杯，還有兩張卡片寫著「祝奶奶生日快樂」。

下一個附件是一支短影音，還是品質不佳，呈現的是一間毫無裝飾的小房間，靠米色牆邊有一張單人床。有個女人躺在床上，亂糟糟的捲曲白髮從骯髒的床單下冒出。底部的時間戳顯示04:27。史萊德按下「播放」箭頭，時間開始一秒一秒往前進。

兩名身材壯碩、穿著淺藍色罩衫的女勤務員進入畫面。

起來了，妳這老太婆，其中一人說道，並粗魯地將老婦搖醒。品質不佳的音效讓她的聲音格外嚴厲，由於畫面固定，顯示是由隱藏攝影機拍攝的。妳是不是又在床上大小便了？

我在睡覺，老婦哀求道，語氣顯得困惑又驚恐，別管我，我沒事。

兩名勤務員抓住她的手腕，粗暴地將她拽起身來。一人向前俯身查看床鋪。

噢，妳這牲畜不如的髒東西！她反手重重摑了老婦一個耳光，然後又把她推倒在床上。妳就在那裡頭多躺一下吧，髒豬玀，讓妳學點教訓。

勤務員隨即離去。

老婦將床單拉高蓋住臉，然後躺在那裡，發出低低的聲音，聽起來既可憐又可怕。影片到此為止。

「那是什麼？好恐怖。」

史萊德轉身背向梅蒂，不讓她看見螢幕。「沒什麼，這沒什麼。妳可不可以滾出房間，我在工作。」

「你才滾出去，這是我的房間。」

他真想轉身賞她一巴掌，卻知道這樣很可能會激起他的性致，現在沒時間再來第三回合，因此他改變心意，抓起自己的東西離開房間。他將筆電放在廚房的粉紅色大理石流理台上，以便看完剩下的附件，希望能有比他剛才看到的更有料一點的內容。

全都是悲慘兮兮的玩意，受虐的老人，但這不是他的路線，而且鐵定他媽的不是頭版素材。撇開其他的不說，這都是舊聞了。大約一年前曾有條新聞引發譁然，因為有間大型的護理之家捲入醜聞，後來因積欠數百萬賠償費而宣告破產。對那些愛當濫好人的自由派蠢貨的大報而言，這故事夠吸引人，對他則不然。關於那則新聞，他唯一記得還算有意思的是公司負責人捲款潛逃，帶走了約莫五千萬，在史萊德看來，他可以說是個傳奇人物。

他點開下一份文件，希望終於能將這一切解釋清楚，當他發現只是一份看似護理之家的手冊，不禁感到失望。手冊封面有一個向日葵標誌，花的正中央是個地球，他隱隱覺得眼熟，底下的名稱與口號也是：

燦暮

世界頂級的照護

對了，那間破產的護理之家就叫這個名字。這真的是舊聞。

史萊德一頁一頁點閱手冊，大致瀏覽內容，看到一張張照片裡全是面帶微笑的老人，用扭曲變形的老手端著茶杯，望著窗外美景，他愈來愈氣惱。搞什麼啊，幾乎都可以聞到尿味和薰衣草味從螢幕飄散出來。這到底是怎麼回事？

他原以為會是和麥可．米勒有關的東西，會是一些最新命案現場的照片，說不定還會有凶手拉拉雜雜的自白，說他為什麼殺死愷兒．米勒，或是麥可．米勒，或是他們兩人，說是上帝叫他這麼做的——類似這些。他不需要一些老傢伙、一些賺人熱淚的故事和一杯杯的茶。

手冊封底款款訴說著「創辦人的話」，上面有張照片，是個男人斜靠著一張大辦公桌，一副志得意滿的模樣。聲明底下署名馬克．墨菲，又再次牽動他模糊的記憶。那個帶著大筆現金開溜的傢伙就叫這個名字。有一陣子他是民眾的頭號公敵，直到又出現另一個人渣，大夥兒就把他給忘了。馬克．墨菲，這個百萬富翁人渣靠著剝削老人與其家屬大賺一筆之後，從此滾得遠遠的過著幸福快樂的日子。

史萊德點進手冊最後一頁，那個PDF檔附加了一支短片。他按下播放，前一頁那個矯揉造作的傢伙的照片慢慢淡入，上面橫寫著「馬克．墨菲」。停留幾秒鐘後，慢慢地混合入另一張照片。

史萊德往前傾身。那影像停留了一下，隨即又混回原來的照片，來來回回，來來回回地循環。頭髮不一樣，眼睛與鼻子周圍有些改變，但看著臉面五官像這樣呈現出來，便非常清楚且無可否認了。

麥可．米勒，那個因妻子命案遭警方通緝，而且剛剛被發現死在床上的男人，其實就是百萬富翁人渣兼前頭號全民公敵馬克．墨菲。

好啦，這可就是新聞了。

45

梅德斯通馬廄屋社區五樓走廊如今成了臨時的行動指揮所。身穿白色勘察服的現場調查人員就在通往二十七號公寓敞開大門的大片倉庫窗戶底下，整理證物袋、文件與塑膠容器。

勞頓．李斯步出電梯，立刻有位制服員警遞給她一枝筆，並將移動桌上的犯罪現場登記簿調轉向她。這登記簿會記錄每個進出犯罪現場的人，在她的職業生涯中已見過數百、甚至數千次，但這是她有史以來第一次在上面寫自己的名字，頓時有如靈魂出竅一般。她想像著未來的自己看到她即將寫下的名字，將她與已經發生的事以及尚未發生的事連結在一起。將名字加入這份正式紀錄，讓筆尖壓入紙頁留下凹痕，她出現在這裡一事也將留下不可磨滅的紀錄。想到這裡她自覺赤裸裸地暴露在外，不由慌張起來。

她又開始以三下為節奏，讓大拇指依序與每根手指相碰，一抬頭看見眼前的基層員警面露困惑，心裡飛快思索著各種藉口——原本答應好的工作忘了做、女兒突然病了……什麼都好，只要不用在這本簿子上簽名，不用走過這條走廊，進入走廊盡頭那扇打開的門就好。

這時走廊那端有人出聲呼喊。

「勞頓！」

她抬起眼，看見坦納錫站在敞開的門框裡，旁邊有張桌子擺滿視聽設備。他衝著她微笑，儘管離這麼遠，仍看得出他有太多事要做卻沒有足夠時間去做的疲憊。她頓時領悟到，差別就在這裡。她研究的案子，時間是靜止的。假如她慢慢來，也不會有人死，但在這裡卻可能會有。已經有了。

她拿起筆，簽了名，走過人來人往的走廊，來到二十七號敞開的門前，坦納錫正在調一部監視器，直到出現顫晃的畫面顯示一間開闊、明亮的工業風公寓。「這是直接連接賴昂絲警長攝影鏡頭的畫面，」他解釋道：「她正要做初步的現場勘察，這可以讓我們越過她的肩膀去看，不會去踩到什麼或是汙染現場。」他戴上配有麥克風的頭戴式耳機，用食指敲了敲。「妳聽得到嗎，羅娜？」

「可以。」

「好，隨時可以開始了。」

螢幕上的畫面一晃，轉向廚房流理台上的一張紙，上面寫著案件編號與羅娜・賴昂絲警長的字樣。「錄影」的訊息閃現在螢幕上，日期與時間戳隨之出現，時間一秒一秒穩定前進。畫面停留了幾秒鐘，接著往後晃，開始朝一段通往夾層的樓梯移動。

「很嚇人喔。」坦納錫警告她。

「我看過嚇人的場面。」勞頓回答。她的確看過，只不過從來不是在離屍體僅僅不到十公尺的地方。

攝影機開始爬上樓梯，操作者靠右行走，那兒用封鎖線拉起了一條走道。

勞頓又開始數數，兩手都以拇指與其餘各指相碰，由外向內，接著由內向外，每次碰第三下之前會稍微頓一下。

1，2—3

1，2—3

1，2—3

緊接著床進入視線，攝影機以遠景鏡頭拍攝記錄整個令人毛骨悚然的場景。

麥可．米勒仰躺著，身子底下的床單髒到好像反覆汙染了許多次。照片上那個無啥特色的英俊男子如今幾乎面目難辨，古銅膚色變成斑駁的鉛灰，而且開始腐爛。蒼蠅在他轉為灰白的皮膚上移動，在他下半身明顯可見的潰爛傷口上產卵，同時在他身體上也可以看見粗粗的藍色尼龍繩穿梭於胸口、腰部與雙腳，將他緊緊綁在床上。插在他手臂的針頭連接著點滴注射器，吊架上有一大包生理食鹽水類的輸液，而他被擺置的方式就和他妻子一樣——蒙著眼罩，手臂向兩側張開，身體四周放了四件物品。

但與他妻子不同的是，這次的暴力似乎較為集中，儘管凶惡程度不相上下。他的右手被釘在床頭櫃上，用的是和殺害他妻子同款的刀，另外有個東西平衡放在他的左手食指上，看起來像一截短繩，似乎像是編織皮繩。他腳邊有一落報紙堆放在椅子上，而最後一樣物品則放在死者頭邊，是一隻絨毛玩具，這回是獅子。

「你覺得他像這樣在這裡待多久了？」勞頓低聲問。

「根據時間軸，他是在上星期二或在那前後失蹤的，也就是他沒搭上前往果阿班機的那天，所以如果他是在那時候被帶來，可能已經一個禮拜。這時間夠他脫水而死了，尤其公寓裡暖氣還開這麼強。不知道那點滴袋裡裝的是什麼，但我想不會是保他活命的東西；也許是要讓他安靜吧。法醫應該能給出大概的死亡時間，而且有一位法醫昆蟲學家正在來的路上，他應該可以告訴我們蒼蠅證明些什麼，不過現在還沒看到任何蠅蛆症的跡象，所以他不可能已經死那麼久。要我說，這個人在昨天的這個時間很可能還活著。」

勞頓點點頭。「所以愷兒．米勒被殺的時候他還活著。」

「對，但以他的狀態，我不認為有能力殺害她，妳說呢？」

「我本來就不認為是他做的，我認為他或許是幫凶。能不能靠近一點看他的右手？」

「好。」賴昂絲警長的聲音回答，她從坦納錫的麥克風聽見了要求。

攝影機靠上前去。一隻大黑蠅嗡嗡飛過鏡頭，停歇在刺穿麥可．米勒右手掌的刀子的手柄上。那是一把殭屍刀，顏色有綠有黑，與殺死他妻子那把相同大小、相同款式。傷口似乎呈不規則狀，刀刃周圍有凝固的血，其中兩隻手指指尖有破皮發紅的跡象。

「你看指甲，」勞頓喃喃地說：「少了兩片。他的拇指也不見了。看樣子凶手可能虐待過死者。」

坦納錫點頭。「因為他需要屋子的保全密碼，他也需要一個有管理權限的人才能關掉監視器。一旦有了這些，要想進入屋內就只需一把鑰匙和設定的拇指指紋了。看來他拿走了這些。」

攝影機拍下麥可．米勒遭殘害的右手的所有暴力細節之後，將鏡頭拉遠，搖攝過他的胸口，順著藍色尼龍繩線移動，只見在尼龍繩與皮膚接觸處形成的膿瘡中，有蒼蠅產下的一堆堆長形白卵，宛如迷你米粒。鏡頭來到用另一條較細的繩子緊緊綁在床邊的另一隻手，靠近開始拍攝細節。勞頓也跟著傾身向前，瞇眼細看那截怪異的皮繩，它一端削尖，另一端較粗，米色底帶深色斑點，就掛在他屈起的食指末端，一如平衡掛在他妻子屍體手上的勳章。鏡頭的焦點轉移後落定，勞頓看清那是什麼之後，不由自主地抖了一下退開。

「那是蛇嗎？」坦納錫問。

「是。」賴昂絲警長的聲音從監視器上回答。她將攝影機略為往下移，拍出底下的東西。「看起來像是黏在手指上，我可以看到一滴一滴透明的東西在皮膚底下流動。我們會採樣檢測，不過看起來肯定是一種膠水。」

「我猜你是不想讓蛇從手指上掉下來。」坦納錫呢喃道。

「非得這樣不可。」勞頓大聲說出心裡的想法。「一定要平衡才行。每樣東西的擺設都和之前一樣，雖然有些物件變了。」

「蛇可能代表各種意思，」坦納錫說：「毒、欺騙、狡猾。我們也會查出牠的種類，說不定會是條線索。」

「也說不定其實沒那麼複雜，」勞頓指著螢幕，順著蛇背上一些菱形的形狀比劃。「蛇身被什麼覆蓋著？」

坦納錫搖搖頭，不明白她想說什麼。「蛇皮？」

「鱗片。」勞頓說：「蛇覆滿了鱗片。在第一個命案現場，勳章保持在原位，因為勳章被放到她手指上的時候，愷兒．米勒已經死了，可是這裡的一切發生的時候，麥可．米勒還活著，所以就有必要用膠水黏住，以確保蛇會留在凶手放的位置。」

鏡頭再次拉遠，證明了屍體的擺置與愷兒．米勒相同。

「他需要讓每樣東西都在定位，才能有正確的畫面。」勞頓指著螢幕說：「眼罩、張開的雙臂、左手的天平、右手上象徵劍的刀。又是朱斯提提亞，盲目的正義，主旋律相同，曲調略有變化。」

攝影機繼續循著屍體遊走，接下來往上到頭部，暫停了一下固定對準蒙住麥可．米勒雙眼的眼罩。「和之前的眼罩同款，」坦納錫說：「只不過這次他是戴著，上一次只是輕輕蒙在眼睛上。」

「一樣，肯定和左手上的膠水用意相同：確定一切都會留在定位。」

鏡頭往上移到死者頭部上方的獅子絨毛玩具。「這裡的差異就有意思了，」坦納錫說：「我可以明白為什麼有些地方必須有所不同，譬如眼罩是繞過頭部而不是放在眼睛上面，但這次用獅子而不是獨角獸又是什麼意思？」

勞頓端詳著獅子，想起上一個現場的獨角獸，那雙大大的玻璃眼珠讓她想起她昔日的一副兒童面具。即使只是像這樣回想起來都讓她感到焦慮，她於是吸了口氣，又開始低聲數到三，一面讓拇指與各隻手指相碰，而每回數到三之前都會遲疑一下，這是唯獨在她面對極端壓力才會有的情形。

一——二——三

一——二——三

穩住。集中精神。

「它們面向不同方向。」她邊說邊強迫自己專注於螢幕與手邊的問題。「上一次的獨角獸面朝右，這次的獅子面朝左。我想也許我們必須要把這兩個現場當成一體來看。」

「妳為什麼這麼認為？」

「這個嘛，別忘了我們這個凶手似乎對正義異常地執著，你以前還在哪裡看過獅子和獨角獸面對面？」

坦納錫思忖片刻。「法院。」

「正是。那是英國王室徽章，在全國每個法庭的法官椅背後都掛有這個紋章。我想對凶手而言，這兩個命案現場合起來象徵著某種法庭，只不過這個法庭上的法官、陪審員和劊子手都是他。」

攝影機再次移動，往下來到麥可．米勒腳邊的報紙堆。報紙疊放在椅子上，面朝下，因此看不見頭版。紙頁看似已年久泛黃。攝影機先是記錄報紙被發現的模樣，接著四下遊走以便對照報紙與屍體的關係，最後有隻戴著藍色手套的手伸入鏡頭將最上面的一份翻面。

有一刻，光線的變換使得報紙有些白化，過度曝光延遲了封面的揭露。隨後鏡頭調整穩定下來，頭條標題旋即聚焦，勞頓感覺到腳下的地面崩塌了：

蒙面魔人案偵辦警探之女離家
為母親之死怪罪父親

這標題已經超過十五年之久，是她大半個人生以前的事，但像這樣，在這個場景裡看到，感覺卻彷彿剛剛才發生過。

戴藍色手套的手將第一份報紙擱到一旁，接著將下一份翻面：

警界高官的悲劇女兒受勒戒
同時爭取新生女兒的監護權

……和我有關……

頓悟的真相在勞頓腦中高聲吶喊。

……一切都和我有關……

「妳還好嗎？」

她發覺坦納錫在看著她，試圖想說句話，但什麼也說不出口，因此只是搖搖頭，然後轉身踉踉蹌蹌走過走廊，離開螢幕與死在公寓裡的男人。離開那些將她的人生濃縮成醒目標題的報紙。離開她陰暗的過去——無論她逃得多快多遠，那些往事總能追上來將她整個人生吞活剝。

46

李斯局長看到武裝駐衛警一見到他立刻全身繃緊。他頷首致意後進入一棟鋼構玻璃建築。

一有空立刻與部長會面，訊息如此寫道。

所以囉，他來了。

馬沙姆街二號，內政部所在，專門管理英格蘭與威爾斯的內政事務，其中也包括警政。召見李斯的部長正是時任內政大臣的查爾斯．尼克森——首相最倚重的顧問之一，也是下一屆擔任該首席職位的可能人選。訊息中沒有透露大臣為何如此急著見他，但李斯心知肚明。

他走進電梯，按下按鍵直上七樓。電梯是玻璃材質，和這棟有如金魚缸似的大樓的大多數內裝一樣，李斯看著各樓層飛掠而過，政府業務在開放式的辦公室之間傳送，便好似食物在某種巨大、透明生物的腸道中移動，最後結果往往十分類似。李斯對於政治人物或是政府部門間的爭權奪利向來興趣缺缺。

他將手伸進口袋，用拇指掀開藥瓶蓋。他也不喜歡開放式的辦公室，這種現代化的全景監獄讓每個人都覺得隨時隨地受到監視。這是傑瑞米．邊沁在十八世紀發想出來的一種建築格式，適用於監獄、精神病院與其他任何需要進行監視的機構。其基本概念在於：覺得自己隨時受到監視的人會自律，生產力也會因此提高。如今整個世界都是個全景監獄，關於現代社會你所需要知道的一切也就不言可喻了。

他將藥錠置於掌心，假裝掩嘴咳嗽順勢丟入口中，他知道此時此刻很可能有人正在看著他——也許是開放式辦公室裡的那群工蜂，也許是電梯內與外部中庭的監視器，也許是該死的全國國人，因為昨天在記者會上演了那齣鬧劇。

電梯慢了下來，門一打開外面就是高階部門樓層，對面牆上張示著一枚大大的女王陛下政府的紋章，獅子與獨角獸各站立在王冠兩側。李斯從旁經過，沿著主要廊道走，一群助理紛紛從辦公桌抬頭看。他知道應該要告知自己到了，等候召喚，但他今天沒心情玩這種無關緊要的權力遊戲，便直接大步走向部長辦公室的門，在木頭表面上敲了一下，然後開門進去。

查爾斯·尼克森坐在辦公桌前，一大片深色而昂貴的桌面上堆滿文件與早報。其中有好幾份都登了勞頓瞪著雙眼的照片。

「啊，約翰，」尼克森說：「謝謝你這麼快就趕來。」他比向坐在對面的一位細瘦的灰衣男子。「我想你們已經見過。」

灰衣男從座位起身，伸出蒼白的手。他瘦如竹竿，長鼻梁，戴著無框眼鏡，一雙小而明亮的眼睛，一身中規中矩但昂貴的灰色西裝。他看起來像是老鼠假扮成的人。這人有點面熟，但李斯怎麼也想不起來。很可能是公務員，政府機關裡某個如灰影般存在的人，只是他恰巧也身穿灰衣。

「史賓瑟·貝茨，」男子說道，同時用骨瘦如柴的手和李斯握了握。「去年秋天我們在年會上短暫見過一面。」

「喔，對了，盾安集團。」李斯想起當時他被迫浪費時間去參加的集會。「你好嗎？」

「很好，謝謝。其實是非常好，業務蒸蒸日上。誰說做壞事沒有好下場，他們肯定從來沒有在私人保全公司工作過。」他說完這個玩笑話自己笑了起來。李斯沒笑，而是回頭看向部長，他正低頭盯著桌上那千頃報紙。「該死，這麼多事，還真會挑時間。沒錯，我們本來就知道犯罪數據會引發一些漣漪，沒想到這樁海格特持刀殺人命案竟把它變成該死的海嘯。追捕這個失蹤的丈夫有沒有什麼進展？」

「其實人已經找到了。」

「真的？」

「我們在一個未公開的地址追蹤到他，還派了一支武裝特遣小組前去逮人。」

「那麼他現在被羈押了？」

「沒有，他正在去太平間的路上。他被殺了，凶手和殺他妻子的應該是同一人。」

尼克森搖搖頭，再次俯看報紙。「這下他們可高興了，他們會說我們現在要抓的是連續殺人犯。」

「大臣，嚴格說起來，要在超過一個月的期間內殺死三個或三個以上的人，才能稱為連續殺人。」

「拜託，約翰，別這麼天真，八卦小報才不甩字典的定義呢。我不得不說，我很擔心你處理這些事情的方式——處處展現出你缺乏判斷力，實在令人憂心。現在內政部和整體的治安政策受到嚴密關注，在這種時候你卻好像卯足了勁給媒體遞上棍子毆打我們。最新的犯罪統計數據會招來一些負面評論，這我們知道，所以才會派政治化妝師去幫你處理這條訊息。」他拿起《每日報》往他面前晃了晃。「聘用你自己的女兒協助調查一件關注度高的持刀殺人命案，根本處理不了什麼，尤其她的書好像還幫助了這個『嚴格說起來不算連續殺人犯的凶手』湮滅跡證。」

「恕我直言，大臣，我並沒有聘用她，而且勞頓．李斯是犯罪學領域中極受尊重的學者，她很明顯有資……」

「她是你女兒，約翰。不管她多有資格，聘用她或是准許其他人聘用她，都是重大錯誤。有利用裙帶關係之嫌。」

李斯瞄一眼那個瘦削的灰衣男子，叫什麼名字他又忘了。通常當著非公職人員的面他會謹慎，但尼克森不但請此人來，在他面前說話似乎也直言不諱，因此李斯決定也這麼做。他重新面向尼克森。

「一個住在高級住宅區的富有白人女子，在我們發布犯罪統計數據的同一天遭人持刀殺害，時機確實不巧，這我同意。如果只是另一個住在托登罕的黑人青少年，也許媒體就不會這麼在意，我們也就不會有這番談話。」

「豈有此理！」尼克森不自在地覷向灰衣男。「政府就跟你一樣關心每一宗犯罪案件。」

「那麼請告訴我凱．穆斯塔法是誰。」

尼克森又以不確定的眼神飛快地瞄了訪客一眼。「凱……？」

「穆斯塔法。十五歲。為了逃避刀械攻擊，跳下或是被推下一座橋而身亡。他只比愷兒・米勒早幾個小時遇害，但我發覺你並沒有找我來開會，問我那項調查的進展如何，或是本年度其他二十一件因刀傷死亡的案件的任何一個案情。大臣，如果你真的在乎犯罪，那麼過去十年間，你和貴黨就不會刪減百分之十九的警政預算，你也不會需要僱用政治化妝師團隊來粉飾年度犯罪數字了。」

尼克森往後靠向椅背，注視李斯良久，久到似乎令人忐忑不安。「約翰，你當局長多久了——六年、七年？」

「七年，到一月滿八年。」

尼克森緩緩點頭。「一線的工作，這算久了。那麼多的譴責，那麼大的壓力——你一定心力交瘁了。老實說，你看起來的確有點累，約翰。」

李斯打量著這位內政大臣，鬆軟的肚皮將昂貴的高支數棉布繃得緊緊的，圓肥、紅潤、指甲修得乾淨整齊的雙手交叉擱在上頭。李斯恐怕比尼克森年長十五歲，但他很想邀他去跑個五公里，看看跑完後誰比較累。但他只說：「這星期很難熬。」

「那是當然。」尼克森回答：「我絕對能理解。事實上，昨晚我請總理和財政大臣開了一場緊急會議，我們討論了包括警政在內的許多議題，也一致同意為警政預算額外撥發四億五千萬，分兩年編列。」

李斯大感意外。他的公職生涯中有一大部分都在努力為警察爭取更多補助經費，如今忽然成功了，就在被臭罵一頓以後，上層確實承諾給予一大筆現金。這說不通。這其中必有蹊蹺，而且多少和坐在他旁邊這個身穿灰色西裝的男人有關。

「多謝大臣。」他說。

「先別忙著謝我。要提高這筆資金有兩個條件。首先，我們希望能在春季預算聲明中正式宣布，所以在那之前絕不能透露一點風聲。」

李斯頷首同意。他會更快需要這筆錢，因此心中納悶，如果當下宣布就能立刻改變媒體關於治安的論述，為何還要等呢？但一轉念便明白第二個條件會是什麼了。

「你希望我下台。」他說道，是陳述，不是提問。

尼克森搖頭。「我並不希望你走，約翰。我知道我們有過幾次爭論，但從來都是對事不對人；你在盡你的職責，我也在盡我的職責。但事實很簡單，每個民選官員都有效期。不管你做得多好或是有多少成就，只要你在萬眾矚目下在位的時間愈久，被潑的糞就愈多，而且愈黏愈緊，到最後即使再多的公關修飾或者事過境遷都清除不掉。而目前這個情況，這個受到高度關注的案子，一件雙屍命案，如今透過你女兒和你的名字綁在一起，這實在太過分了。你已經成為故事主角了，約翰。所以如果宣布提高預算以後仍然由你主導，就等於是在髒桶子裡送了某人一缽黃金。因此我們得先做好準備，指派一個新人，到時就能宣布補助額外經費作為他繼任的一部分績效。警方拿到補助，你的繼任者有個成功的起步，所有人都是贏家。」

李斯定睛不動凝視著他。「幾乎所有人。」

尼克森微微一笑。「不，是所有人。」他轉身面向灰衣男子。「史賓瑟有個提議——說吧，史賓瑟，把我們商量好的事告訴他。」

「我們公司的董事會剛好有個缺，」他一副像在賣保險似的。「是非常務董事的職位，應該會特別適合你。」

李斯點點頭。「省事。」

「我們一直都希望能強化董事會在高階保全工作方面的專業，而具有多年經驗的你應該正是最適當的人選。這不是全職工作，所以你大可以去從事其他任何你感興趣的事，譬如做慈善、打高爾夫，或者是你在警界傑出服務這許多年卻沒空去做的事情。

「你的薪資條件當然會符合你的資歷與你在保全界的崇高地位，年薪從三十二萬起跳，外加配股分紅與完整的醫療保健福利。所有的細節可以稍後討論，不過，大概就是這樣。假如你選擇加入盾安集團的行列，我們會非常高興有你這位董事。」

尼克森坐在椅子上往前傾發出吱嘎聲。「三十萬啊，約翰。這比你現在賺的還多，只不過少了這一堆烏煙瘴氣的事」——他抓起另一份報紙高高舉起——「而且外加一項小紅利，明年新年授勳名單中會有你。約翰．李斯爵士。你覺得如何？你以後再也不會有訂不到餐廳的問題，只要公司信用卡上面有這個抬頭。」

李斯看著瘦削的灰衣男。像他服務的這種私人保全公司賺錢的門路，就是把政府針對國家與國內維安的政策中，或是故意或是出於無能而留下的所有漏洞全部填滿。「非常慷慨的條件，」

他說：「可以讓我考慮一下嗎？」

「當然了。」尼克森猛然從座椅上站起來，朝門口走去，明顯示意他二人應該跟上。「不過我們已經安排今天下午開記者會，宣布你下台的消息，所以最好能在那之前作出決定。」

他來到門邊停下，湊上前去壓低聲音，以便只讓李斯聽見。

「別逼我炒你魷魚，約翰。媒體應該很樂見，但我肯定不樂意。」他拍拍李斯的肩膀，將門大開。「抱歉了兩位，這麼倉促請你們走，但我五分鐘後要開政策會議。」他微笑指著李斯說：「去抓你的凶手吧，約翰，那麼你就可以以英雄之姿退場。誠如我所說，所有人都是贏家。」

他最後一次面露微笑，隨即關上門。

李斯瞪視關閉的門片刻，接著轉向灰衣男。

「很高興能再見到你，約翰。」他伸出手說道。

「我也是。」李斯握住那隻手說。

他還是記不得他到底叫什麼名字。

47

坦納錫追上勞頓時，她幾乎已經到達四樓。

「這我做不來，」她半靠在樓梯間牆上半往下滑。「這……我就是沒辦法。」她被一級階梯絆了一下，打了個踉蹌。

「哇，小心點。」坦納錫抓住她的手臂將她穩住，她霎那間聞到他的氣味，像是衣物柔軟精混合皮革味。「先坐下來，喘口氣。」勞頓重重滑坐到一級階梯上，雙手抱頭。「我根本不應該請妳加入調查團隊。」坦納錫說著也在她身旁坐下。

「不是你的錯。我可以不必答應，何況也不會有什麼差別，你看到那些標題啦——拖我下水的是兇手，不是你。我從一開始就沒得選擇。」她深深吸一口氣再緩緩吐出，這才覺得鎮靜了些。「抱歉，我在那裡頭抓狂了。」

「嘿，別這麼說，看到一堆報紙把關於自己的報導和一具屍體並列，我想任何人都會抓狂。我也不盡然覺得這是針對個人。」

「在我看來就是針對個人啊。」

「我想也是，不過妳看看，從愷兒．米勒命案我們已經知道這個兇手想藉由自己的行動吸引最大的關注，同時順便讓警察顏面掃地。把妳的書留在一個清理過跡證的現場，不只是對妳也是在對我們比中指，因為妳父親的關係。另外他又故意挑妳爸爸開記者會那天把照片直接寄到報社，以確保這會變成大新聞，好讓他和我們都像白癡一樣，但仍然不是針對妳。」

「別這麼叫他。」

「什麼？」

「爸爸，別叫他『爸爸』，聽起來好像他是個慈祥的人，會穿著套頭毛衣，端一杯茶，在院子裡悠哉度日。他不是那種人。」

坦那錫深吸一口氣後慢慢吐出，柔聲說道：「妳聽我說，我知道妳的遭遇，知道關於妳媽媽的一切，我甚至不會試圖去想像那是什麼感覺或是對妳有什麼影響。但我是真的了解約翰・李斯，他是我所認識的人當中數一數二的聰明與勤奮。警界裡有其他許多人，身居高位的人，我並不十分敬重，但他不是其中之一。沒有人比他更正直，或是更堅定不移地為這份工作奉獻，而他也因此在犯罪分水嶺的兩邊都樹敵無數，這當中有不少人為達目的是很有可能殺人的。所以不是我想打擊妳的自尊，但我認為這針對妳的可能性極小，反而大大可能是針對他。而且他也遠比妳更引人關注，雖然那些報紙報導的是妳，其實也是針對他。妳自己也說了，這一切都是關於正義。也許做這些事的人覺得警察整體，甚至特別是妳父親，沒能伸張正義，在某些方面讓他們失望了，於是他們自己出面報宿怨，同時也讓我們難看。」

勞頓感覺到一股無名火一如既往地在體內擴張開來，每回一提到父親她就會這樣。可是坦納錫說得沒錯，針對他的可能性遠比針對她來得高。

「你應該列出那些痛恨我父親的人的名單，」她說道：「不過這次的犯人也同樣痛恨愷兒和麥可．米勒。這兩起命案實在太過暴力、太充滿憤怒，不可能不帶私人情感，而且意圖很明顯不只是要殺死麥可．米勒，還要確保他吃足苦頭。所以如果你找到有人有理由恨愷兒和麥可．米勒恨到足以做出這種事，而且還對警察整體或特別是我父親感到失望，那麼你就找到凶手了。」

「認同。」坦納錫將背往後拱，伸展釋放些許緊繃感。「目前唯一的問題在於我們仍然不知道愷兒和麥可．米勒究竟是誰。」

有扇門砰然開啟接著響起匆忙的腳步聲，他二人抬頭看，只見一名制服員警憂心焦慮的臉出現在他們上方的階梯，那正是方才勞頓步出電梯時遇見的人。

「長官，」他高舉手機說道：「《每日報》網站剛剛登了一則報導。」

坦納錫無力地點點頭。「我猜這應該是意料中事。凶手肯定已經讓媒體知道找到麥可．米勒了。」

「是的，長官，但不只是這樣。」這位基層員警說著奔下階梯，將手機交給坦納錫。「報導中還揭露了麥可．米勒的真實身分。」

48

—老天吶，麥可．米勒的屍體被發現了。

這條新聞像炸彈一樣在海格特淑媛們的WhatsApp群組裡炸開了。

—真的，什麼時候？

—去看《每日報》網站，我剛收到通知。

接下來暫停片刻，大夥兒抓起手機，全副心思都只貫注於所有人將連續談論數日的唯一話題。

—老天吶，麥可．米勒原來是馬克．墨菲，我不信！！！

—我就**知道**米勒夫妻不大對勁。

—那可憐的愷兒呢？

—她怎樣？她一定知道他是誰。她跟他一樣享受得很。我一點也不同情她，利用別人的苦難過著榮華富貴的生活。

—喬治有個叔叔就是死在他的一間養老院。當時他正在幫他們打官司，至少直到墨菲捲款失蹤以前。

—我阿姨也住燦暮。幸好我姊姊把她接出來了，但還是晚一步，他們已經讓她簽了一份惡劣的財務契約。

—電台正在播，我剛剛聽到。

—哪一台？

—BBC二台。

此刻在占地廣闊、綠葉如蔭的海格特，只要聽得夠仔細，便能聽見寒冷的秋風中響起眾口一聲的指令「Alexa—播放BBC二台」，緊接著一陣靜默，眾人紛紛向前傾身，聆聽新聞快報。當大夥兒發覺米勒夫妻原來和她們根本不一樣，伸入米勒夫妻舒適且備受呵護的世界的暴力魔爪，如今可能傷害不了她們了，因為這對夫妻是罪有應得，而她們不然，因為她們都是善良百姓，而壞事絕不會發生在善良百姓身上，於是她們世界裡的一切又都沒事了，秩序再次恢復。

希莉亞·巴恩斯站在自家廚房的水槽前，動也不動，拿著抹布擦到一半的手已經停下。背景裡有收音機嘰嘰喳喳的聲音。

她凝望著窗外那個無比熟悉，卻因為她剛剛聽到的新聞而天翻地覆的世界。一滴淚珠湧上眼眶，隨即滾下她的左頰。

新聞報導結束，魔咒跟著解除，她丟下抹布，反手擦去淚水，然後將手提袋裡的東西一股腦兒倒在流理台上，尋找那個親切女警給她的名片。

希莉亞·巴恩斯幾乎從不動怒，但她現在生氣了，氣她自己竟然被金錢與雍容的魅力所欺騙，氣她竟然以為米勒夫妻是好人還尊重他們的隱私，為他們掩護，為他們隱瞞醜事，結果從頭到尾保護的卻是馬克．墨菲。

她找到名片撥了電話，然後緊張地清清喉嚨，一面等候電話接通。

這下，她不會再替他們澄清了。

人在辦公室的李斯局長獲知這則新聞快訊後，也和其他所有人一樣，拿起手機登入《每日報》網站，瀏覽那篇獨家披露麥可．米勒被發現陳屍於自治市某處寓宅的文章，另外還有第二則獨家就是該報也得知了麥可．米勒其實就是一年前失蹤的護理之家大亨馬克．墨菲。

李斯坐在桌前觀看文章末尾嵌入的短影片，麥可．米勒的臉逐漸變換成馬克．墨菲的臉，隨後又變回原來的臉，循環不斷。

即便他心裡殘存著一絲希望，覺得自己仍能奮力一搏保住位置，這絲希望也在一瞬間被吹得無影無蹤了。他知道外界會怎麼看，警方又再次被一家報社給比了下去，還額外附加一項觀感不佳的代價：他女兒既是事主又參與調查。但至少這些新揭露的新聞已將她推下熱門頭條的寶座。可堪慶幸。

他將手機收進口袋，打開辦公桌抽屜取出筆電，準備繼續工作。坐在這張桌前辦公的這八年來，他每天下班前都會特意將桌子收拾乾淨。看起來，今天恐怕會是最後一次收拾了。

他坐在一家熱氣蒸騰的咖啡館，平凡地混在早上的客群間毫不起眼，他試著從那本兒童練習簿捕捉一些新鮮、閃耀的想法，咖啡已逐漸變冷。他無意中聽到麥可．米勒的屍體被發現了，新聞已經上線，但還沒上報。他幾乎希望自己有支手機能連上網路，以便得知發生了什麼事，但他知道這樣太危險。麥維告訴過他關於手機與電腦，以及這些東西可能被用來設下什麼樣的陷阱。麥維從來都只用紙寫字，因此他也一樣。

單一份文字。單一人所有。沒有風險。

兩個女孩坐進他隔壁桌，興奮地談論最新消息。他抬起眼睛，越過最靠近的那人的肩膀看一支影片，影片中麥可．米勒的臉從一人換成另一人，他還側耳傾聽她們的談話：

……我覺得肯定是他殺了那個女的……

……同感……

……而且他就是那個敲詐一堆老人的傢伙……

……我知道……

……那妳覺得是誰殺了他？

……不知道……

……他們不是在他屍體旁邊發現那些舊報紙嗎？全都跟那個戀童癖有關。

……是啊。不過他死了，不是嗎？叫什麼名字來著，麥維……

他一聽到這個名字就覺得皮膚刺刺麻麻。

由於米勒夫妻命案，大家又開始談論麥維了，每當他聽見這個名字從陌生人唇間輕輕吐出，或是看見它被印成又粗又黑的字體，內心便會湧現一種說不清的感覺。

麥維——死了，但未被遺忘，再也不會被遺忘，而他更永遠不會。

從小到大，只有麥維一人讓他的真實自我具有意義。其他每個人都把他當成充滿恥辱的人，因為他小時候做過的那些事，因為他擁有的那些念頭。但麥維，只有麥維，了解他。是麥維允許他忠於自己的本性，消弭了他的恥辱。是他讓他知道該如何生存，又該變成什麼樣的人。

他闔上兒童練習簿，放進口袋，走到戶外潮濕、灰濛的晨色中，並帶走已冷的咖啡。他心裡尋思著過幾天若能再坐在這些女孩後面，聽她們談論接下來即將發生的事，會是怎樣一番光景？

49

史萊德進到《每日報》編輯室，立即響起一陣掌聲。

那裡頭四處散布的大型電視螢幕正在播放麥可．米勒的影片，他的臉變化成馬克．墨菲的臉，然後又變回來，每張臉都露出洋洋得意的微笑俯視著編輯室，有如電視遊戲節目主持人版的「老大哥」。

史萊德走到角落辦公桌的一路上，不停有人對他拍背、擊掌，他也一路面帶笑容，對這場面又愛又恨。他將可調式辦公桌升至站立的高度，登入電腦，點進黑色檔案資料庫的捷徑。

「今天早上你一定覺得很歡快。」夏奇拉說。

歡快?!有誰會用「歡快」這個字眼?

「說不上。」史萊德嘟噥道。

夏奇拉的笑臉微微垮下，他幾乎覺得遺憾，因為那真是好美的笑容。

「其他人全都會很快就黏上來，像大便上的蒼蠅一樣，」他說：「所以我們得保持領先。把有關燦暮的檔案全部看一遍，要找出任何一個認識墨菲的人——老朋友、合夥人、他的員工。找到他們以後就砸錢，別讓他們跟其他人說上話，妳只要一找到什麼東西就馬上給我。」

夏奇拉飛快地將這些指示一一寫在記事本上，他看著她修長、優雅的手指握著鉛筆移動，想像著它們包覆住他的老二。他轉移目光，強將心思轉回手邊的工作。這是個詛咒，真的是，他稱之為「阿基里斯屌」，原則上，不管一個男人多麼成功、多麼有約束力，結果證明他的老二永遠都會是他的弱點，會在最後關頭絆他一跤。說到這個……

他打開自己的筆電快速瀏覽，直到找到他進辦公室途中草草記下的內線消息。他在搜尋引擎上鍵入「秀娜．歐布瑞恩」，搜尋結果多達數百頁。

沒錯，謝天謝地有這「阿基里斯屌」，要是沒有它，他就要失業了。

他打開搜尋工具使用進階搜尋。他在警局裡的消息來源說她介於二十好幾到三十出頭，那麼範圍應該可以稍微縮小。再加進「倫敦」，希望樣本數夠小，能讓他找到她的手機號碼，搶先其他人先聯絡上她。

他按下「確認」。十六頁。這樣好多了。

他開始逐一確認，同時用上圖片搜尋，以便忽略那些醜八怪。老金童麥可．米勒，或是墨菲，隨便叫什麼都行，他似乎不是那種會隨便找個老女人共築愛巢的人。他在找的這個秀娜應該有其特色，是個有魅力的女人，這也算是好消息，因為他們應該會想在他決心要寫的這篇獨家專訪旁附上她的照片。

沒錯，就跟跑步一樣，領先是一回事，保持優勢又是另一回事——完完全全吻合他的情況。

史萊德開始篩選這些「秀娜們」，剔除掉土裡土氣的、又肥又胖的和讓人實在提不起性致的，簡直像在上某個拙劣版的交友網站Tinder。當他約莫看完一半，找到六個可能性極高的人選準備進一步調查，他的手機忽然發出類似收銀機的響聲。

他一把抓了起來。自從Justice72@yahoo.com寄來第一封郵件後，他便在個人電腦與手機設定通知，以備該郵址傳來任何新訊息，而以他藉此確保的每篇頭版所賺得的獎金看來，用收銀機鈴聲倒是十分恰當。

他看到熟悉的主旨，打開新郵件，內容卻讓他皺起眉頭。

這回沒有照片，沒有誘人點擊的影片，只有一個名字、一個地址和一個看似不完整的電話號碼。

SW3盧坎廣場二號

亞當

070753

他將郵件捲動到最底部，確認再沒有其他內容後，將該地址輸入Google地圖。盧坎廣場位在切爾西區，大約在他所在處東南方一哩遠，在正常情況下是適合跑步的距離，但他不知道會遇上什麼樣的情況。到目前為止凶手與他友好，並不會改變他是凶手的事實。史萊德不打算過去來個早餐會。

他將Google搜尋從「地圖」改為「全部」，點進第一個結果，是一個地方歷史的網站。一張老舊黑白照片載入，上頭是一棟巨大的角落建築物，隨著照片下載，史萊德開始感覺脊背發涼、頭皮緊繃。建築物前方的道路充斥著一九五〇年代的車輛，有個身穿警察制服的男人正要走出一扇大門，門上方寫著「警察局」。史萊德閃過一段記憶，他七歲左右曾被母親拖著走進同樣的門，站在警長辦公桌旁，她和他父親開始激烈爭吵起來。然後她逕自離開，把他留在那兒。他想起接下來的事不禁打了個哆嗦，目光則倏地回到主旨列：喬治．史萊德警長——RIP。

他原以為這純粹是為了吸引他注意而加上的，但或許不只是如此。不過他老子和這一切又有何關聯？燦暮爆出醜聞時，他老早就離開警界，長眠地下了。

他將地方歷史網頁往下捲動，大略閱讀照片底下的文章，發現警局在前一年已關閉並出售給一個地產開發業者。

他在桌面上敲彈手指，思考下一步該怎麼做。環繞編輯室的電視螢幕仍繼續播放他在《每日報》網站上的報導，麥可．米勒／馬克．墨菲的影片不斷循環。他可以感覺到它正一秒一秒變成舊聞。每當拋出一則獨家之後他都會有這種感覺，一開始是揮拳慶賀的狂喜，緊接著當他感覺到後頭的追兵近逼，興奮之情便會快速下墜。跑步也是如此，跑在最前面的確很棒，但這也意味著每個人都會看到你並急起直追。

他又看了看電郵。最起碼也應該去那個地方瞧瞧吧。如果有不好的預感，不一定要進去。為了寫報導他願意做很多事情，但不包括自投羅網。他不是笨蛋。他抬頭看著夏奇拉，她那光滑亮麗的黑髮整個往後梳，露出一張此時正因全神貫注而皺起的鵝蛋臉。

「幫忙叫一下Uber好嗎，親愛的？」

他喜歡叫她「親愛的」或「達令」，主要是因為在這個講求政治正確的現代世界裡他不應該這麼做，另外也因為她根本奈何不了他。

「去哪裡？」她問道。

「切爾西警局。」見她露出驚訝神色，他微微一笑。

「我要為了我所有非常、非常邪惡的手段去自首。」他說著朝她眨眨眼，彷彿分享了一個祕密。

「我要是沒回來參加上午的編輯會議，就派個人送贖金過去，好嗎？」

50

勞頓透過警巡車車窗凝視外頭一片灰灰髒髒的倫敦。警笛聲響著，速度緩慢的倫敦車潮為他們開出一條路，他們鑽進公車專用道、連闖紅燈，急急忙忙返回肯迪什鎮。坦納錫和她一起坐在後座，手機緊貼耳邊，聽取最新案情。

坦納錫結束通話。「有兩條新線索，有一條聽起來確實是好消息，還有米勒家的清潔婦剛剛來電說她想起了一些事，也許很重要；她現在正要去錄第二次口供。」

勞頓在凌晨時分聽過清潔婦第一份口供的錄音，此時想起那個女人談論自己的雇主有多不自在。面談最後，被問到關於米勒夫妻的關係時，她遲疑片刻才回答，勞頓記下了她很可能有所隱瞞。

「她會告訴你們米勒夫妻並不像她先前暗示的那麼幸福，」勞頓說：「她會告訴你們說他們有時候會吵架，也許還吵得很凶。我覺得她在第一次面談時幾乎就要說了，但她仍然保持忠誠與專業上的謹慎。如今新聞披露她老闆搞外遇而且還是個惡名昭彰的人渣，我猜想她已不再覺得有必要保護他了。」

坦納錫微笑道：「那麼也許我該告訴她不必多跑這一趟了，既然妳已經知道她要說什麼。」

勞頓聳聳肩，一整天下來她已經精疲力竭疲憊不堪。「我只是把心裡的想法說出來。」

他們各自望向窗外，兩人之間的靜默被警笛聲填滿，駕駛則繼續穿梭在壅塞的車陣中。

「我一直都希望能有輛車，」坦納錫說：「通常要不是巴士、地鐵就是腳踏車。」

「新線索是什麼？」勞頓問。

「好，首先，凶手儲存照片並寄給史萊德所用的筆電，數鑑組終於擷取到序號了。是一台舊型康柏，購買時是一大批寄售商品的一部分，委託人則是一家總部設於英國的有限公司，如今已經歇業。那家公司的資產被清算拍賣了，很可惜，這意味著購買的線索也就此中斷。要不要猜猜看那家公司叫什麼名字？」

勞頓略一沉吟，搖了搖頭。

「就叫燦暮，麥可．米勒還叫作馬克．墨菲時經營的公司。這無法幫我們抓到人，可是他一旦落網，還是有助於將他判刑。不過我們還發現另一個與燦暮有關的東西。第一起命案發生後，我們核對了被平衡放在愷兒．米勒手指上的勳章，發現有一條綬帶錯了。那其實是VC——維多利亞十字勳章，也就是英勇功勳的最高獎勵——的綬帶。這種勳章極為稀有，整個二戰期間只頒發了一百八十二枚。最後一名倖存的受勳者是一個名叫希瑞爾．羅森的商船船員，他在一年多一點之前死了，死時景況毫無英雄光彩。」

勞頓頷首，心裡已知這番話的導向。「他死在某家燦暮的養老院。」

「正是，而他的孫子非常不滿——他叫尼爾．羅森，五十三歲。他參與了一樁大型的集體訴訟案，以重大過失、工作場所過失殺人、財務管理不善等等一堆罪名，對燦暮與墨菲個人提告，請求重大損害賠償。後來，墨菲就捲款消失了——民事案件終結，惹得一大群人火冒三丈，其中包括一個尼爾・羅森，他也是退伍軍人，曾兩度被派往阿富汗前線作戰，後來因為預算縮減被迫退伍。此外，兩年前他的妻子也以無可化解的歧異與遭受家暴為由提出離婚。他曾多次被帶進警局，有兩次因為與人爭吵，幾次因為酒醉滋事，還有一次因為住在車上被發現而以遊蕩罪送警。每一次都是罰款緩刑了事，但肯定有一定的模式在。他的戰鬥經驗也意味著他受過殺人訓練。」

「每個從軍的人都受過殺人訓練，」勞頓回答道：「但極少人真的殺過人。」

「的確，但這個人就殺過。最後一次服役時，他的小隊在坎達哈郊外遭伏擊，尼爾・羅森下士的步槍似乎卡彈，不過，聽好了，他只憑著一把刀殺出血路，中途有個攻擊者還被他反覆刺殺多刀身亡。」

「不會吧！知不知道他現在人在哪裡？」

「目前居無定所。我們至今所能猜到最接近的地點是『倫敦』，根據的事實是他因遊蕩罪被捕的地點在阿克頓。他的名字也在南倫敦兩家退伍軍人協會收容所出現過幾次，只不過最近一次也已是兩個月前的事了。我們會找到他的。在沒有曝光以前他具有優勢，但既然麥可・米勒已經從名單中剔除，他就是我們的頭號嫌犯，因此我們會投注一切資源找到他。他的的確確有動機也有方法。而從兩具屍體看來，他也找到了機會。」

勞頓繼續盯著窗外，但對外頭的模糊街景已視而不見。她將新訊息與已知的部分組織起來，尋找固定模式、連接點以及缺口。「那愷兒・米勒呢——他是為了什麼動機殺她的？」

「不知道。但願找到他的時候他能告訴我們。」他抬頭看向前方。「我們就快到了——妳要的話，我們可以讓妳在肯迪什鎮地鐵站下車。」

勞頓想著眼前即將展開的漫漫長日。她的第一堂課要等到午餐過後，而她實在太累也太精疲力盡，無法重新投入任何一項進行中的研究計畫。

「或者妳也可以在局裡稍待一會兒，品嘗一下警局販賣機的美味咖啡。」坦納錫似乎看穿她的心思，如此提議道。「妳也可以旁聽清潔婦的面談，看看妳的預測準不準。」

勞頓看到肯迪什鎮地鐵站就在前面，愈來愈近。在她心裡，諸多缺口與問題仍持續打轉，遠離調查工作也不會有任何改變。應該不會。那只會讓她產生分離的錯覺。那些刊登她名字的報紙仍會繼續堆放在一具屍體的腳邊，其中報導的內容也仍然屬實。她大可以否定自己的過去，但她永遠、永遠無法改變它。

「這咖啡到底有多難喝？」她轉向坦納錫，問道。

他淺淺一笑說：「妳喝了就知道。」

51

史萊德讓Uber司機從舊警局前面慢慢開過，仍然還打不定主意要不要靠近那個地方。

車子駛過時，他仔細端詳那棟建物，醜陋的四層樓磚石混凝土建築，佔據倫敦精華地段的一整個街區。有一家總部設在杜拜的房地產開發公司已經買下這裡，並提出了拆除之後改建為三十二間超級豪華公寓的計畫。目前依然空置著。

但顯然並非如此。

許多窗戶上掛著旗幟與材質毫不搭配的各式床單充當窗簾，當他們第二次掉頭經過時，有個身形嬌小、穿著看似護士制服的年輕女子，從巨大的黑色前門溜出來，一面裹緊身上的派克大衣一面沿著街道匆匆而行。

「到那個女孩前面停車。」史萊德對司機說，於是車子便停在她前方幾呎處。

史萊德從後座滑出，一抹友善的微笑凝結在臉上，趨前走向年輕女子。「請問一下，小姐，我剛剛好像看到妳從那邊那棟大樓出來是嗎？」女子狐疑地看著他。「是這樣的，有人給我這個地址要我送包裹給一個叫亞當的人。」他舉起自己的袋子好像裡面裝了什麼。「我想八成是我搞錯了，因為那看起來像是空大樓，結果我就看到妳出來了。」

「噢，」她略微放鬆了些。「是啊，但不是，那不是空大樓。我們總共大概有四十個人住在裡面。我們是大樓的護衛隊。我們住在那裡，付便宜的租金，也可以防止有人偷住進來。」

「好呀，聽起來是不錯的交易。」

「還好啦，就是共用的廁所很臭。」

「那可不。那麼妳認識亞當嗎？」

「嗯，認識吧。我是說我跟他說過幾次話，不知道他還在不在，不過你可以去問問看。如果你想去敲門的話，裡面還有人在。抱歉，我得走了，我要去醫院值班，快遲到了。」

「那當然，沒問題。多謝了。」

她匆忙離去，史萊德則轉身往舊警局走去。

首都主要醫院之一的醫療工作者，實際上卻得佔用廢棄的警局為家，因為付不起倫敦的租金。要是他在另一家報社工作又想管閒事的話，這其中或許有內幕可挖。

他來到大大的雙開門，一段幽靈般的記憶浮現，那是七八歲時的他，就站在這道門前。如今建築物顯得比較小，破舊寒酸。他看了釘在門上的告示牌：

先鋒警告！

護衛隊進駐

他找了一下門鈴，沒找到，便握起拳頭捶門。

護衛隊！聽起來好像有一群穿著披風的超級英雄在保護這個地方。他聽見腳步聲接近，接著門打開來，有個臉蛋蒼白狹長的男人從門縫往外覷。

「我要找亞當。」史萊德說。

男人持續以空洞的眼神瞪著他看。

「你是亞當嗎？」

「不是，」男人說道：「亞當不在。」

「這樣啊。那麼我能不能進來給他留個話？」

男人瞪著他許久，彷彿沒有聽到他的問題，然後才說：「只有有許可證的人才能進來。這是規定。」

「是，那當然。」史萊德往回瞄一眼門上的告示。「我是先鋒管理的人，所以我才需要找亞當談。是關於他的許可證。你只要讓我進去，告訴我他的房間在哪個方向，我可以給他留個話。」

「你沒有他的電話嗎？」

「有，我們……我們登記的號碼打不通。我就是來找他談這件事。他沒惹上什麼麻煩，只是需要處理一下他的文件。」

「原來如此。」男人點點頭，似乎經過慎重的思考後才終於將門再打開一點點。「那好吧。」

「多謝。」史萊德勉強露出笑容，並很快地跨進門內，免得這個慢郎中又改變主意。

52

希莉亞．巴恩斯坐在偵訊室內，這裡和肯迪什鎮警局的偵訊室一樣毫無裝飾，而放在她面前的可能也是同一杯茶。她怔怔看著泡泡在茶水中央緩慢旋轉，心裡卻回到父親在護理之家的床邊。

她還記得護士的手輕輕搭在她肩上，告訴她說他走了，並給她一些文件讓她簽字——要給殯葬業者的釋出文件，她這麼說。希莉亞記得自己放開父親冰冷的手，去簽最後一次名，然後坐在那裡看著他們移走他的遺體，將他從床上抬起放到輪床上。這時候她看見了他腿與背上的褥瘡，一片紅赤赤的水泡，有些已經破了黏在床單上。

其實沒有看起來那麼糟，護士一邊說一邊急急忙忙拿一條床單蓋住，而且沒和她對上眼。*年紀很大和臥床的病人十分常見。*

希莉亞不發一語，她太過震驚，情緒也太過緊繃，因為許多天來她日日夜夜守在父親病榻旁，只盼著他能最後再醒來一次，讓她能好好道別。如今他人都死了，還有什麼要緊呢？就算大吵大鬧，讓原本已令人傷痛的情況更加痛苦，又有何意義？因此她簽署了文件，不置一詞。

在她成長過程中，壁爐上方一直掛著一方裱框的刺繡。那是她媽媽年輕時的作品。那上頭刺著：*溫柔的人必承受土地*。希莉亞每天看著這句話，覺得那像是來自上帝的一個祕密訊息，要她保持沉默，不要吵鬧抱怨，她終究會得到回報。結果根本不是這麼回事，對不對？溫柔的人沒有承受土地，他們只是飽受其他所有人的欺負。那是謊言，溫柔的人什麼也沒能承受，得到一切的是惡魔。一直都是如此。

希莉亞重新想像那些褥瘡，爸爸的身體與他去世的那張床的床單接觸了太長時間，導致皮膚潰爛，而她就一直坐在他身旁，溫柔地毫無作為。

……其實沒有看起來那麼糟……十分常見……

但那也是謊言，不是嗎？

她凝視著她的茶，聚集的泡泡有如向日葵花心，讓她想起她簽署的文件上的標誌。

燦暮——這家公司有個政策，就是讓震驚情緒尚未平復的喪慟家屬簽署法律免責聲明，以防他們將來採取任何法律行動。同一家公司也還被數百名憤怒的家屬以集體訴訟的方式告上法院，但結果卻是一場空，因為公司經過某種聰明的重整計畫，詳情希莉亞也不甚明白，總之他們一毛都沒拿到，公司所有人安然脫身，不僅銀行裡有數百萬存款，個人也無須負責。

燦暮——麥可．米勒的公司。他創立然後出售這家公司，口袋賺得飽飽的，才得以過著那黃金般的生活。這個男人榨光了她可憐的爸爸的畢生積蓄，讓他躺著等死，到頭來她竟然去替他打掃房子。她就應該要做得更多，要大吵大鬧或是提出質問，這輩子就這麼勇敢地當一次難搞的人，而不是溫和地任由一切順其自然。

偵訊室的門開了，她一抬頭看見一名深髮色的高大男子與一位嬌小的金髮女子。她認出那是報上報導的女人，名字很奇怪，叫雷頓還是什麼的。男子外表看起來可能是義大利人，她的心思倏地飄回到布魯奈提警司身上。他介紹了自己和那名女子——原來是勞頓——並問她需不需要什麼。他有一雙湛藍眼眸，讓希莉亞覺得難以對視。他們在她對面坐下，男子按下拴在牆上的龐大錄音設備的按鈕，有個紅燈亮起。他查看一下手機上的時間。

「目前時間九月十六日星期三上午十點二十六分，」坦納錫說道：「這是希莉亞・巴恩斯女士針對編號45201/D案件所做的後續供詞陳述。在場有坦納錫・罕總督察和勞頓・李斯博士。」他抬起眼微微一笑。

「稍早妳在電話中告訴伊茲警員說妳想起一件事，是幾個禮拜前米勒夫妻之間發生的事，妳覺得也許很重要。」他慢慢地說，輕聲細語，似乎小心翼翼以免嚇著她。「如果妳能告訴我們妳想起了什麼，那麼慢慢來，盡可能說得愈仔細愈好。」

「嗯，我在電話中說了，這件事我之前沒提是因為，怎麼說呢，我想是我忘了，我是說那其實也沒什麼。大概一個月左右以前吧，那天是禮拜五，肯定是禮拜五的早上，天氣還很暖和，很像夏季尾聲。」她抬眼往上看。「也許你們能查查看最後一個晴朗的星期五是什麼時候，那就能知道日期了，不過我幾乎可以百分之百確定是在八月。」

坦納錫微笑道：「我們會查的。請繼續，妳做得好極了。」

「總之，我用鑰匙開門進去後往樓梯走，準備開始工作。就在這時候我聽到說話聲，在地下室，很生氣的聲音。」

「妳有認出是誰的聲音嗎？」

希莉亞點點頭。「是愷兒和麥可。我待在玄關，我也不是想偷聽，只不過……他們扯開了嗓門。我以前從來沒聽過他們互相這麼說話。」

「妳有沒有聽到他們在吵什麼？」

希莉亞搖頭。「說老實話，我其實並不想仔細聽。我開始簡單地打掃——緊張的習慣吧，我想——我看見樓梯旁的小桌上躺著一個信封。已經拆開了，所以我以為是垃圾就拿了起來，沒想到裡面有東西，是一小片舊報紙。這時我聽到有人上樓，我便把它放回去，急急忙忙走到前門，大聲地把門關上，就好像我剛剛進門。我應該是不希望他們知道我聽見他們說話。真笨。我以為這樣可能會……讓他們尷尬。他們一向都那麼注重隱私而……我的意思是，夫妻難免會吵架，對吧，這是婚姻生活的一部分。沒什麼不尋常的。只是……」她搖了搖頭皺起眉頭說：「之前，在愷兒發生那種事以後，我就應該告訴你們的，也不知道為什麼沒說。我想我是擔心你們會對麥可產生錯誤印象，以為他是個暴躁或是有暴力傾向的人，但其實就那麼一次。可是後來，我看了報上那些報導，說他是怎麼賺錢的，還有那些可怕的養老院。我這才覺悟到……要真正了解一個人其實很難，對不對？」

她低頭看著地上，淚水盈眶。

「沒關係的，巴恩斯太太。」坦納錫柔聲說道：「我們理解妳之前為什麼沒說，我們也十分感謝妳現在能鼓起勇氣出面；這對妳想必是非常艱難的決定。妳慢慢地說，別急，妳確實幫了我們一個大忙。」

希莉亞點點頭，用面紙擦了擦眼睛之後又繼續說。「總之呢，就像我說的，麥可上樓來，一看見我臉上就堆滿笑容，好像什麼事都沒有似的。我開始清掃，等我再回到一樓的時候信封已經不在，而我也就忘得一乾二淨了。但現在我覺得他們正是為了那個信封和裡面的東西吵架。」

「為什麼妳會這麼想？」

「嗯，我說了，我聽不清楚他們在吵什麼，但我確確實實聽到一個名字。那個名字我不認得，當時對我來說也毫無意義，可是經過後來發生的一切，我終於明白那意味著什麼。」她住口不語，兩眼盯著她沒喝的茶。

「那個名字是歐布瑞恩嗎？」坦納錫試著問道：「秀娜．歐布瑞嗯？」

希莉亞搖搖頭，抬眼看著勞頓，眼中的淚水再次湧現。「是麥維。他們不斷提起的名字是麥維，而那個信封裡的剪報是關於他對妳母親做了什麼的報導。」

53

進入廢棄的警局讓史萊德有種奇怪又不安的感覺，好像跨入過去的時光，帶回了他最後一次來到此地的記憶，驟然而清晰，當時他爸爸還在這裡上班。

入口大廳幾乎沒有改變，唯一不同的是有各式各樣的腳踏車和摩托車靠在一面牆邊，還有一張大大的「拯救國民保健署」的海報遮住了值班員警座位上的大半個屏幕。牆壁上仍然塗著標準政府機關的淺綠色漆，並有一些軟木板上釘著「舉報熱線」與「社區守望相助」的舊海報。

慢郎中帶路經過一扇門，門上有塊牌子寫著「登記室」，門內是個大房間，原是處理每日逮捕的犯人的地方，如今布置成一種公共起居空間，放了一些懶骨頭，和一張用棧板做成的大桌子，還有幾張不成套的沙發，看起來全都像是從大垃圾桶裡撈出來的。某個角落擺了一張老舊的撞球桌，檯面已磨得光禿，被天花板上發出嗡嗚的強烈日光燈一照還閃閃發亮。那天花板布滿水漬，有人試圖用垂掛的彩旗加以掩飾。

「不錯啊，」史萊德說：「對了，你叫什麼名字？」

「班。」慢郎中照常頓了一下才回答。

「你認識亞當嗎，班？」

「不，說不上認識。」

「是嗎？你晚上不會在這裡打混，打打撞球，和其他……呃，護衛說笑嗎？」

「不會，這裡的人多半都在醫院工作，主要都是夜班，所以……」

「原來如此。」

天吶，這傢伙還真搞笑。

他們又穿過另一扇門，進入一條沒有窗子的走廊，這裡垂掛著更多彩旗，勇敢地企圖為一個刻意打造來讓人嚇破膽的地方製造歡樂氣氛。掛繩的一端綁在從一部舊式木造控制台突出來的一把鑰匙上，控制台上有五顏六色的燈，以及「錄音偵訊室警報」與「緊急呼叫鈕」等各式標籤。彩旗的另一端綁在一支從標靶突出來的飛鏢上，標靶旁有一張大海報寫著「要藝術不要戰爭」。有人努力了——願他們好心有好報——只可惜這個地方毫無溫馨或好客的氛圍，尤其是對史萊德而言。一切的一切都只會讓他想起他爸。

他們又穿過一扇門進入樓梯間，開始下樓前往地下室，途中經過一塊牌子寫著「拘留室」，並有一支箭頭指示方向。

「亞當的房間在這下面，是嗎？」史萊德說道，他依然試圖讓主人稍微熱絡起來，希望他或許能吐露一些有用的訊息。

「對。」

「抽中下下籤了吧？」

「什麼？」

「你知道的，大部分人都會盡可能避免在囚室裡過夜。」史萊德微微一笑，但班沒笑。

「這些是最好的房間。」他說：「囚室有隱私又安靜，有些甚至有廁所。」

「好啊，太好了！廁所！真豪華。」

他們來到樓梯底，經過一間大拘留室，現在用做洗衣間，裡頭有一條條晾衣繩縱橫交錯，上面披掛著床單被褥。他們行經這個房間，穿越一道用滅火器卡住敞開的安全門，進到一條走廊，走廊兩側有許多金屬門，門上眼睛高度處有信箱狀的開口以滑動的金屬板蓋住。原本鑰匙孔的位置現在全都換成置物櫃用的按鍵鎖。合理。每當有新人住進來，重設房門密碼要簡單、便宜得多了，若是給鑰匙，這些白癡八成還會搞丟。

他們繼續往前走，又經過一道安全門，又進入另一排囚室。其中有一扇門開著，史萊德往裡頭瞄上一眼——淺綠色牆壁，街道高度的光線從高處唯一一扇窗戶透進來，沿著一面牆邊有個水泥架，可以當成寬長椅或是窄床。

又一段記憶浮現，這次讓他大吃一驚，因為他把它埋得太深都已經忘了。他想起媽媽拖著他來到這裡，和他爸起了點爭執。原因是他爺爺病了，他媽找不到人照顧他，便要他爸至少得照看兒子一次。

他爸的夥伴們全都笑起來，讓他更加惱火，於是他把兒子鎖進一間空囚室，以便證明他不是個軟腳蝦，然後繼續做他每天十八個小時、每週七天都要做，而且讓他每晚回家時都又氣又惱的事。

他哭喊著要出去，有人去找他爸，他爸跟他說他要是再哭，就把下一個抓到的兒童猥褻犯跟他關在一起。

在裡頭關了幾個小時後，他尿急得不得了，最後就在囚室的角落裡解決，沒有再喊人了。當年囚室裡沒有廁所。當媽媽終於回來接他，爸爸卻因為他在囚室裡小便痛打了他一頓，此後媽媽再也不曾將他交給爸爸。他很可能打從一開始就是這麼盤算的，盡可能當個最爛的父親和丈夫，那麼誰都不會對你有所期待或要求。

他之所以對警察如此深惡痛絕，原因就是他爸。而他對約翰．李斯局長的恨，並非來自他在他爸退休前一年將他解職，而是因為喬治．史萊德出門工作，只偶爾喝得爛醉對家人施暴，這是一回事。但喬治．史萊德失業在家，苦悶又沒前途，每天早上以伏特加配茶，菸一根接著一根抽到死，極盡所能地凌遲身邊每個人，這完全又是另一回事了。將喬治．史萊德這個粗暴的混蛋解僱，或許是為了警界和一般大眾著想，可是對他和他媽一點屁用也沒有。

「這是亞當的房間。」班指著走廊另一頭的一扇門說，那兒的燈光閃閃爍爍令人不安。

「天吶，這個亞當人緣也太好了吧。」

班皺起眉頭。「什麼意思？」

「意思是他的房間算不上什麼精華地段，對吧？」

班聳聳肩。「好了，我得去上班了，所以……」

「喔，好，你去吧。要不，再等一下就好。」

在「隊長人格」者將他獨自留下之前，他握拳重敲囚室門，再次確認沒人在。敲門聲在空空的走廊迴盪。無人應門。

「再次謝謝你的幫忙。」史萊德說完後，目送班沿著走廊緩緩離去，他的運動鞋踩過水泥地面吱吱嘎嘎響，讓史萊德獨留在閃爍不定的燈光與他自己的酸苦回憶中。他等到班通過安全門，門也隨之關上後，便轉動按鍵鎖旁的手把。

門上鎖了。

當然會上鎖。

他試著去推格柵小窗上的板子，也是文風不動。他想把它晃到鬆動，但似乎是被焊接固定了。他細細檢視，想看看是不是被什麼東西卡住，這才發現板子底下滲出幾滴已經硬掉的液體。史萊德用指甲去摳，不料竟跟鐵門一樣硬。

是強力膠。看情形還是一整條。

某人不希望有任何人往裡面偷窺，這讓史萊德想偷窺的慾望更加強烈。他再次轉動門把，同時用肩膀去推門，以防是門卡住。

百分之百是上鎖了。

他往後一站，定定地看著門，幾乎絞盡腦汁，好奇著門後面會有什麼。

你是誰，亞當？你在那裡面藏了什麼？

這時他忽然靈機一動，就像他看著麥可・米勒的臉變換成馬克・墨菲時恍然大悟一樣。那封電郵裡的數字根本不是不完整的電話號碼。

他從口袋掏出手機，找到justice72@yahoo.com的最後一封email，小心地將那個數字鍵入門鎖，每個鍵都深按到底，扎扎實實發出一個喀嗒的機械聲。他輸入最後一個數字後，轉動門鎖，感覺到門開了。他又往走廊另一頭瞄上最後一眼，確認沒有人。

亞當不在，班是這麼說的。

那，好呀。

史萊德拉開囚室門往內看。

54

坦納錫敲敲門打開來，看見櫃檯後面有名女子似乎受到驚嚇，老花眼鏡背後放大的眼珠睜得斗大。

「抱歉，」坦納錫舉起警察識別證說道；「我能不能借用一台電腦幾分鐘？」

「喔，這裡」——她從櫃檯後面起身，手裡抓著他們衝進來時她正在偷偷閱讀的《OK！》雜誌——「用我這台，反正我也正打算去休息一下。」

她敲了敲鍵盤登出後便往門口走去。「全交給你了。」她語氣開朗地說，然後步入走廊朝入口走，想去弄杯好喝一點的咖啡。

「好的。」坦納錫跌坐在她依然溫熱的座位，鍵入他的登入資料。「我們就來瞧瞧，看看麥可或愷兒和麥維案之間有沒有任何關聯。」

勞頓拉過另一張椅子在他旁邊坐下。「重點應該放在愷兒．米勒，」她說道：「我們對麥可．米勒的了解已經不少，其中並無明顯關聯。」

坦納錫登入中央案件卷宗資料庫。「好，我們知道愷兒嫁給麥可．米勒，所以早在他還是馬克．墨菲的時候，他們一定就認識了。說不定藉由查看男方的資料就能得知女方的身分。」

他在搜尋欄位中打入「馬克墨菲燦暮」，按下確認鍵，螢幕上出現一小頁面的結果。

「我以為會有更多的，」勞頓看著短短的卷宗清單說：「我還以為那是個大案子。」

「是大案子啊，不過直到他失蹤以後才由警方接手，在那之前，應該全部都會進到民事法庭和各個地方上的保健機關。我可以調閱所有的卷宗檔案，但數量會有成百上千，而且就我的經驗，恐怕要一段時間才能拿到；至於地方保健機關擁有的資源甚至比我們還少。」他打開馬克．墨菲的失蹤檔案，開始捲動瀏覽每次調查工作所累積的一般文件——警察紀錄、證人供詞、照片。

「知不知道在這些民事案件中，墨菲的辯護律師是誰？」勞頓說：「我們的凶手對正義特別執著，那麼這也許會是個好的切入點。」

坦納錫不斷點擊直到卷宗最末，面談內容歸檔處，接著搜尋清單。「有了，與馬克．墨菲及燦暮有限公司聘用律師露絲．考丁頓伯雷的電話面談。」

勞頓倒抽一口氣，背往後靠。

坦納錫轉向她。「怎麼了？」

「露絲．考丁頓伯雷就是為亞德里安．麥維辯護的律師。就是她讓那個案子被撤銷。」

「她的客戶群還真有魅力。我們來看看關於墨菲她說了些什麼。」坦納錫打開文件，他二人都快速瀏覽這段文字紀錄，律師回答每個問題時的不耐與諸多遲疑，就像靜電干擾般從紙頁發散出來：

不，我不知道馬克．墨菲打算潛逃。
不，他沒跟我聯絡。
不，我們和他沒有重要的業務往來，因此已經不把他當成客戶。
不——我完全不知道他或卡絲琳．瓦倫目前的下落。

「誰是卡絲琳．瓦倫？」坦納錫又重新捲回到紀錄一開始的摘要部分。

面談CBC事務所（受聘於馬克．墨菲的律師事務所）資深大律師露絲．考丁頓伯雷，詢問關於他與卡絲琳．瓦倫——墨菲先生辯護團隊的主導人，也於同一天失蹤——失蹤之事。

「Cherchez la femme，」勞頓喃喃地說：「有沒有她的照片？」

坦納錫直接跳到附錄，找到影音標籤，所有的照片都歸納在這裡面。沒有瓦倫．K。他打開Google，搜尋卡絲琳．瓦倫的圖片，得到數千筆結果——有社群平台頭像、演員的大頭照、幾個房地產經紀人網站，甚至有兩張墓碑。

「搜尋字串加入亞德里安．麥維。」勞頓建議道。

坦納錫輸入這個名字後再次出現結果。這次的圖片多半來自高中的年鑑與團體畢業照，而這兩個名字分別出現在不同的照片中。但在第三排有一張照片特別醒目，坦納錫一看見便望向勞頓。

「妳還好嗎？」他試探地說道：「我可以自己把這些看完，妳不必⋯⋯」

「沒關係，」勞頓打斷他。「我沒事。把圖片打開，放大一點來看。」

坦納錫點一下照片，彈出了另一個視窗，幾乎填滿整個螢幕。

照片中有一群人站在倫敦的「老貝利」中央刑事法院外的階梯上。麥維站在正中央，低著頭，露出警戒眼神，逐漸稀疏的頭髮貼在滿是雀斑的頭皮上，梳得整整齊齊。他右手邊有個戴著假髮、模樣咄咄逼人的女子似乎正在發表言論，她的手臂指向麥維，但注意力卻投注在畫面外的記者群。麥維的另一側站著另一名年輕女子，一頭深到近乎黑色的長髮框住她的臉蛋，與那一身剪裁精美、襯托出她健美身材的深色套裝相得益彰。勞頓拿出手機，在某個新聞網站找到一張愷兒·米勒的照片，舉起來加以對照。雖然髮色明顯不同，口鼻周圍也有一些細微變化，但是同一個人沒錯。

愷兒·米勒就是卡絲琳·瓦倫。

「關聯就在這裡。」勞頓說著往後靠坐。

坦納錫將麥維從搜尋欄中刪除，加入馬克·墨菲，得到了數頁的結果，大多都是愷兒與麥可·米勒還是卡絲琳與馬克時的照片，都是正要離開各個不同的司法建築，低著頭，身著套裝，手提公事包。坦納錫點進第一張圖片，開啟了一個網頁──又是《每日報》──文章概述了馬克·墨菲被提告且正在訴訟中的百萬英鎊賠償案，並確認與他在一起的女子乃卡絲琳·瓦倫，她是備受矚目的爭議性辯護案世界中的明日之星，名聲奠基於為「蒙面魔人」嫌犯亞德里安・麥維辯護成功。

「迷人的一對，」坦納錫低聲說道：「女的讓戀童癖逍遙法外，男的殺害老人牟利。還真是天作之合。」

勞頓點點頭。「你那個嫌犯叫什麼來著？」

「羅森，」坦納錫回答：「尼爾・羅森下士。看起來他是因為麥可・米勒害死了他的戰爭英雄祖父而殺他報仇，至於殺死愷兒・米勒則是因為她幫助他逃過法律制裁，還一起逃跑，用麥可賺來的錢過著高級生活。」

勞頓仔細思忖，皺起眉來。大致上來說，合理。「為什麼要郵寄剪報給他們？」

坦納錫聳聳肩。「也許是想讓他們心慌，讓他們知道他知道他們是誰又住在哪裡。如果這是他的打算，那麼就成功了。妳也聽到證人說了：米勒夫妻從不吵架，但收到剪報以後就吵了。」

勞頓點頭。「合理。這也和命案現場強化的表演性質一致：麥可・米勒被迫和他那些養老院住民同樣死法，躺在自己的穢物當中，滿身褥瘡。而愷兒・米勒被布置成盲目正義的象徵，這原是她該伸張的正義，但她顯然沒有。」

「就某個程度而言，妳不得不佩服他。」坦納錫說：「當然，我知道這不是我們應該鼓掌或支持的正義，但我敢打賭妳很難找到有任何一個人不覺得這兩人是罪有應得。連我都幾乎想要把這些全壓下來，讓他免受法律制裁。」

勞頓露出微笑，隨即又因為想到另一件事而皺眉。「我並不覺得他期望自己不受制裁。」

坦納錫略一沉吟後說道：「勳章。」

「對，為什麼要留下這麼明確的線索？他肯定知道我們終究會循這條線找到他。你認為他會不會是想假借警察之手自殺？」

「但願不是，不過他顯然是處於一種極端的心理狀態，我可以想像那其中也有極大程度的苦悶。一個人為國家奉獻，被訓練成冷酷有效率的殺人機器，之後回到家鄉卻發現格格不入。不只如此，這個國家還讓他的戰爭英雄祖父在護理之家因疏於照顧而死去，而有關當局甚至無法將負責人繩之以法。順帶一提，我查過羅森的祖父，他是二次大戰期間唯一獲得維多利亞十字勳章的商船船員。他主掌的那艘船在格陵蘭以南數百哩處被一枚魚雷擊中，當時船上載著八千噸磷酸鹽，基本上幾乎可以說是一顆漂浮的炸彈。按理說，船本該立刻就蒸發於無形，但不知為何魚雷沒有爆炸，而是穿透船殼，當船隻受到大西洋海水猛烈沖擊之際，魚雷就卡在船身滴答計時。

「羅森船長疏散了船員，但夜色降臨，天氣惡劣而且愈來愈糟。他發覺他們不太可能在救生艇上熬過黑夜，因此他心想反正也不會有什麼損失，便只憑著一條繩索和一根鐵橇跳過船舷，直接就敲打起魚雷來，最後要嘛就是爆炸，要嘛就是掉落海中。很幸運地，是後者。事後船員們又回到船上來，將魚雷撞破的洞補起來，並依照既定時程入港。不可思議的英勇行為。結果他卻在麥可．米勒旗下一家品質低劣的養老院，因疏於照顧而死去，而且還簽署轉讓他畢生工作所得去支付那爛到極點的待遇。」坦納錫搖了搖頭。「我希望能找到還活著的尼爾．羅森，我真的希望。要是他有機會說出自己的故事，那再好不過。」

門開了，他們抬起頭，以為會看到那個戴著大眼鏡的女人，手端著星巴克的大杯咖啡，要來討回她的辦公室。

但不是她。

頃刻間充斥著尷尬的沉默，甚至似乎沒有人呼吸。接著站在門口的男人望向坦納錫，說道：「請你讓我們獨處一會兒。」

坦納錫看了看勞頓，又回頭看看李斯局長。

「好的，局長。」他說。

他說完起身離去，同時帶著無可奈何的歉意回眸瞥勞頓一眼，約翰．李斯則隨後關上門，面轉向女兒。

55

史萊德站在走廊上，透過門打開後的門框細細檢視囚室。房間差不多和花園庫房一般大，左側牆邊有一張收拾得十分整齊的窄床，右側遠端角落有個不鏽鋼馬桶，有些許光線從最深處牆壁高處的唯一一扇窗流瀉進來，馬桶就在這微弱光線下閃著黯淡的光。床邊地上擺著一本破破爛爛的書，這是唯一顯示這裡有人居住的跡象。

史萊德移步入內，心裡不解，這裡面根本沒什麼好看的，這個神祕的亞當為何覺得有必要用強力膠把門上的活板封死。也許不是他。也許是某個長期色情成癮、無法自制的前住戶。

他彎身拾起書。經多年碰觸的黑色皮革已經破損，原本的書名也完全磨擦脫落。他隨手翻開，知道是什麼書以後嗤之以鼻。

是一本《聖經》。

當然是《聖經》了。

他始終感到驚奇，那些最底層、最貧窮、最可憐的人總會一輩子跪著感謝上帝賜給他們這一手爛牌。你就很少看到百萬富翁或千萬富翁的床邊擺著《舊聖經》。

他發現有幾頁裡頭做了標記，折角摺得亂七八糟，他敢說連上帝也不會認同。他翻開其中一頁，看見有一行內文用鉛筆工工整整地在底下畫線：

兒女是耶和華所賜的產業，所懷的胎是他所給的賞賜。

他翻到另一個標記頁，又看到另一行畫了線：

你的兒女都要受耶和華的教訓；你的兒女必大享平安。

好啊，我們這位神祕的亞當似乎對兒女特別執著，想尋求神的認可。

他又翻到下一頁，是在新約的第一卷，也就是說耶穌已經加入了演員陣容。

當時，門徒進前來，問耶穌說：「天國裡誰是最大的？」

耶穌便叫一個小孩子來，使他站在他們當中。

說……

……凡為我的名接待像這一個小孩子的，就是接待我。

下一頁還有另一段：

耶穌說；「讓小孩子到我這裡來，不要禁止他們；因為在天國的，正是這樣的人。」

耶穌給他們按手，便離開那地方去了。

史萊德快速翻完剩下的書頁，看看有沒有其他東西，然後再翻回封面，看看有沒有題字或是主人姓名，但什麼都沒有。他將《聖經》放回地上，調整到他發現書時的確切位置，然後轉過身，正在好奇這一切和他的報導有何關聯，忽然被嚇得往後退，險些跌在床上。

從外面走廊看不見的第四面牆上，貼滿了照片、紙片與剪報。有些已年久泛黃，有些則是從較新的印刷品撕下的。這些以同心圓的方式排列，較老舊的排在最外緣，較近期的擺中間。史萊德在參差不齊的剪貼中看見了熟悉面孔——麥可與愷兒・米勒、約翰・李斯局長、被帶出法庭的亞德里安・麥維，以及他涉嫌殺害的所有人的照片。但最常出現的人，從較外圍的少女時代開始，隨著她逐漸長大成人也愈來愈靠近中心的人，是勞頓・李斯。

史萊德往牆面靠近一步，兩眼直盯著最新近的影像，那是從當天早上的《每日報》頭版撕下來，被他選為頭條圖片的照片，四周還能看到他的報導文章的零碎片段。他之所以挑中這張，是因為拍照的狗仔讓勞頓措手不及，她臉上的驚訝表情讓她顯得失控，又年輕，和重大命案調查的工作完全不對等。然而現在，在這個蕭條且令人惴惴不安的房間裡，這照片卻呈現出一種新層面。這裡的她看起來很害怕，她雙眼凝視的不是拍照者，而是那個顯然對她懷抱著長久而強烈的執迷的男人。

史萊德伸出手掀起照片參差的邊緣，想看看底下有什麼，看看這個男人原先關注的實際核心是什麼。是另一張照片，但不是從報紙上撕的，而是用一台高級相機的長鏡頭拍攝的。影中人仍是勞頓，但這回她不是一個人。她身邊站著一名年輕女孩，比她矮一些，頭髮也較長，但除此之外兩人長得一模一樣。旁邊還有一張照片，裡面只有那個女孩，她微微轉頭看著身後的相機，彷彿知道有人在拍她。照片底部用圓圓的、幼稚的筆跡寫了三個字：**格蕾絲**。

史萊德拿出手機開始拍照。很可惜，這些全部得上報高層，不過他會確保能換取一則獨家：逮捕的獨家、專訪勞頓的獨家，這回她將無法拒絕，因為她是調查小組的一分子。這機運能讓他處於領先地位多日，同時還能另外寫幾篇未經授權的抨擊文章當作消遣——《每日報》破解了命案之謎並將凶手繩之以法，而警方卻毫無作為——諸如此類。

他往後退，以遠景鏡頭拍下整面牆之際，注意到角落裡塞了一個資料盒，由於被撕碎的報紙半覆蓋著而與背景融為一體。他朝盒子拍了張照片，然後蹲下來，小心地移除報紙，掀開蓋子。

「搞什麼啊！」史萊德嘟噥一聲，舉起手機以便拍下從盒子裡回瞪著他的物件——一副兒童的獨角獸面具，眼洞特別挖大。

他拿起面具仔細端詳。撰寫亞德里安．麥維與「蒙面魔人」命案的報導，讓他得到第一篇頭版，因此他欠這個變態王八蛋天大的人情，看來這傢伙也是一樣。他將面具放到報紙上面，又回頭往盒子裡看。

盒底躺著三本舊的學校練習簿，每本的封面都寫著「讓小孩子」，圓圓的幼稚字跡和照片上一樣。他拿起最上面一本打開來。第一頁印著「榮橡公園小學所有」，下方還潦草寫著一個名字和日期。

亞德里安．麥維2005年8月3日

媽的！這是麥維被捕前一個月寫的，當時他還是南倫敦某所學校裡一個沒沒無聞、怪裡怪氣的工友。史萊德翻翻簿子，目光快速掃過一行一行擠成一團的字，好像空間幾乎不夠寫似的。在密集的文字間他發現有個他認得的人名：

瑪蒂達．瓊斯——我當時不知道她的名字——但在某個陽光燦爛的下午，上帝把她給了我。

不會吧！瑪蒂達．瓊斯是蒙面魔人的第三名受害者。

她圓嘟嘟又白嫩，像桃子一樣，一顆肥大的熟桃子從天上直接掉進我張開的手裡。父母親很少了解到，他們得到孩子這項禮物具有多大的力量。只要看他們在遊戲場與校門口是如何忽視孩子，就知道了。我帶走他們的孩子，其實是送他們一份禮。一份無比美好的禮。因為只有當他們的孩子不在了，他們才能真正體會到他們擁有過多寶貴的東西。讓小孩子到我這裡來。那顆又軟又粉的桃子還真是傷痕累累呀。

史萊德吐出長長的一口氣。

麥維始終沒有承認自己是蒙面魔人，因此假如這些是真的，假如這些不是造假，那這可能就是他這輩子最大的獨家了。簡直就像找到證據證明誰是開膛手傑克一樣。

他抓起下一本練習簿翻閱。裡頭有更多密密麻麻的內容。更多自白。更多令人毛骨悚然的細節。

挖到至寶了！

他抓起第三本簿子，連翻都懶得再翻。他現在只需要盡快離開這裡，打電話讓警察逮捕亞當，然後著手寫一篇更大的新聞，把他和麥維綁在一起，再揭發麥維一直都是蒙面魔人的事實。這是個完美的骨牌報導，事情一件導向另一件，一件比一件更重大，而其中最寶貴的莫過於這些練習簿中的自白了。

他可以連載個幾星期，甚至幾個月，將這些頁面的影本放上《每日報》網站，一天更新一篇，拉長時間。或者還有更好的做法，可以把大部分內容自己收著，寫一本書。管報社去死，這些日記是他發現的，現在就是他的資產了。寫一本書證明麥維就是蒙面魔人，他很可能可以談到六位數的金額，甚至於七位數；這年頭大家都瘋迷真實犯罪故事，而現代最大的一條新聞則非此莫屬。

他將練習簿塞進包包裡，又拍了幾張照片，然後將所有照片附加到電子郵件後寄給自己作為備份。他確認手機有訊號，email也送出後，轉到錄影模式，開始拍攝囚室的影片。

他一開始用他進入時的角度拍攝，以便複製發現那面牆時的驚愕，這放在網站上會有不錯的效果。他先讓整個房間入鏡，接著往床邊靠近，鏡頭在放在地上的聖經上逗留幾秒後才往右移，經過馬桶，隨後轉向大發現。

媽的！——史萊德又嚇了一跳，不是牆壁帶來的震驚，而是因為門口站了一個人。他體內的腎上腺素激湧而出，後來看清是誰，才鬆了口氣笑起來。

「別這樣偷偷摸摸地嚇人，老兄——你害我差點心臟病發作。」

班一語不發站在門口，白色運動鞋鬆鬆地提在左手上。

「結果門沒鎖。」史萊德說時先停止錄影，接著又準備重新啟動。「我想既然來了就順便檢查一下房間。」他轉過身，舉起相機，重新對著房間取景。「老實說，如果你能先讓開幾秒鐘，讓我拍個乾淨的畫面，真的感激不盡。」

他又開始錄影，先固定在房間的全景，然後向《聖經》靠近，定定地拍攝幾秒後，忽然有個東西在他下意識裡騷動。

運動鞋。他為什麼把運動鞋提在手上？

他的下背部猛然受到的撞擊晃動了相機。

「搞什麼東西啊？」史萊德倏地轉身，為了這次又拍壞了而氣惱。「你在……」

他沒能把話說完。

班已不再是班。戴在他臉上的獨角獸面具讓他起了變化，變得不像人又恐怖。

*運動鞋會發出吱嘎聲，*史萊德恍然大悟，他一面後退一面摸了摸挨打的側身，摸到濕濕濕濕的東西。*他脫掉鞋子才不會讓我聽到他回來。*

他低頭望向運動鞋，看見另一隻手上的刀子，就在這時候他的腿撞到床，人往後倒在床上。

「你是怎麼找到我的？」班問道，他的聲音也變得不一樣，較低沉、較冷酷。

史萊德困惑地搖頭。「你，」他抬起手指著他，卻發現自己手上有血。「你寄email給我的。」

「沒有。」班說著丟下運動鞋，伸手緊緊摀住史萊德的嘴。

「我沒有。」

56

約翰．李斯在門邊默默站了一會兒。女兒抬頭看著他，臉上表情不可解。她實在太像他的妻子，幾乎令他膽怯，於是他趁著自己還沒癱倒在地，連忙拉過另一張桌前的椅子，與她對面而坐。

「很抱歉這樣……偷襲妳。」他說：「我想要是我作正式的安排，妳會一口拒絕。」他暫停下來，等她說點什麼，但她仍保持沉默。

「妳聽我說……自從妳母親死後，我們一直沒能聊——點什麼……妳躲著我，我也任由著妳，因為呢，我覺得這是妳想要的。而我……我只希望給妳妳想要的。」他搖了搖頭。「我從來都只希望妳能得到最好的。我知道妳或許不相信，這也沒關係，但這是事實。」

他吸一口氣，低頭看著他們之間空白處的某一點。他無法看著她，無法直視她，經過這許多年的疏離，靠得這麼近簡直令人難以承受。

「聽到妳決定擔任這個案子的顧問，我很高興。我不確定妳會答應。我是希望妳答應的。妳寫的東西我全都看過，我也一直注意妳的工作歷程，我呢……我非常、非常以妳和妳的成就為傲。同樣地，我知道妳很可能並不在乎，但……有件事我始終無法理解。我一直很好奇妳為什麼選擇不參與前線的警務。我得到的結論是也許是因為我，因為妳不想在我的手下工作，即使是遠距。所以我現在才想找妳談談。」

他再度抬頭看她，發現是妻子回瞪著他看——同樣的眼眸、同樣的心型臉——忍不住立刻別開臉。他清了清喉嚨。

「今天下午我會宣布辭去局長的職務，宣布後立即生效。我想事先讓妳知道，以免這可能會影響到妳對於是否要繼續這項調查工作或是之後更長遠的決定。今天早上我在案發現場聽說妳有疑慮。」他舉起雙手阻擋並未出現的抗議。「我不是在監視妳，不管我有沒有問，總會有人跟我說一些事情……重點是，如果我的職位在任何一方面成為妳選擇職業的考慮要件，那麼我希望妳知道，自今天午餐時間起，這將不再是一項阻礙。」

他再度抬頭看著她，強迫自己去面對這個在這世上他最愛但也覺得辜負最深的人。他斷斷續續吸了口氣，準備再次開口。他有好多話想對她說，說他每天都很想念她，說他每個清醒的時刻都背負著他失敗的十字架，說他也從未原諒過自己該為她母親的死所負的責任，但要說的太多，現在不是時候。「希望將來我們還能有機會聊聊。」他說：「希望我們能找到時間，多多少少。」

勞頓嚥下一口口水，眼中淚光晶瑩，但他看得出來她在強忍著。她張口欲言，正要出聲時，他身後的門開了，尖銳的驚呼聲粉碎了這一刻。

「哎呀，對不起，我不知道……」

李斯轉向女子，對方發現他是誰的當下，手中的雜誌立刻鬆脫掉落。

「沒關係，」勞頓終於打破沉默。「我們已經說完了。」

李斯轉回頭看她，但她已經從座位起來，往門口走到一半。

「謝謝妳出借妳的辦公室，」她對滿臉通紅的女人說：「現在可以還妳了。」說完便從門口溜出去，消失不見。

57

夏奇拉看看手機上的時間。

早上的編輯會議就要開始了，史萊德還不見人影。通常當他的報導成為頭條，他都喜歡在場吸光所有的讚美，活脫一個討厭鬼。可是他既不接她電話，也不回email，這很奇怪，因為他給了一串人名叫她去查，還吩咐說一找到任何資料就要通報。她也知道發展中的報導有多注重時效，每分每秒都不能輕忽，因此他沒消沒息的更顯得怪異了。

她又試著聯絡他，直接進語音信箱。她咬著嘴唇尋思。

要是他再不趕緊現身，她就得代替他去開會，而他從來什麼也不告訴她，到時她就會像個大白癡，說不定這正是他的用意。

她坐著挪向他那張蠢模蠢樣、檯面升高的辦公桌，打開他的電子郵件，看能不能找到一點線索看他到底跑哪去了。她捲動到史萊德打開的最後一封，看見寄件人時不禁倒抽一口冷氣。

她打開信件，對著那謎樣的內容皺起眉來，接著google那個地址，得到的結果和一個小時前的史萊德一樣。

他說他要去警局時，她以為他又在開一個不好笑的玩笑。無論如何，至少她能告訴編輯團隊的其他成員他人在哪裡。她留意到十分鐘前，史萊德寄來一封郵件尚未開啟，便點了進去，立刻開始下載一連串的照片。

她往上瞄一眼會議室，大夥兒已經開始聚集，隨後她的視線又回到螢幕上，原先是一張空囚室的照片，現在加入另一張，拍的是一本《舊聖經》躺在磨損的水泥地板上。接著出現第三張照片，隨著資料串流而入，高解析度的影像逐漸聚焦，夏奇拉的雙眼也跟著睜得和照片中獨角獸面具的眼洞一樣大。她知道這意味著什麼，關於勞頓・李斯那篇報導的背景資料全是她查的。

「我們的老金童呢？」說話聲嚇了她一跳。她一轉身，差點撞到犯罪新聞編輯崔佛・諾蘭，他一看到她的表情瞬間斂起笑容。「妳沒事吧？」

「你看。」夏奇拉指著螢幕上的面具照片。底下又有一張照片清晰聚焦，是一張拍下囚室牆面貼滿照片與剪報的遠景照。

「這是什麼？」諾蘭問道。

「布萊恩在大約十分鐘前寄來的。」夏奇拉說：「凶手寄了email給他以後，他就不知道上哪去了。」

「讓我看看。」

她打開justice72寄來的信。諾蘭讀完咬咬嘴唇。「他是不是到這個地址去了？」

「我想是。他叫了Uber，還說他要去警局，要是沒回來開編輯會議就送贖金過去。我以為他在開玩笑，可是……之後我就聯絡不上他了。」

「老天爺，」諾蘭拿起桌上電話。「去找邁克，讓他看看這些東西，然後開始準備把它寫成報導。」

他戳下一個按鍵接通外線，撥了九九九。

「要是我弄錯了，布萊恩肯定會把我給殺了。」

58

坦納錫傾身看著筆電上的即時畫面，特洛伊先鋒小組正要進入位於切爾西的廢棄警局。接到電話時他距離太遠，無法及時趕到，但至少全權掌控資源的他得以坐在這個有即時影像、有利觀察的位子。

錢伯倫和貝克也在看著，只見打前鋒的警員頭上的隨身攝影機，搖搖晃晃顯示出前門打開來，一名住戶滿臉驚嚇地猛搖頭，接著指向建物內部作為回答。

小組成員繼續前進，經過服務櫃檯，進入原先的登記室，裡頭有更多張驚愕的臉搖頭指著方向。

組員們沿著一條走廊挺進，進入樓梯間，然後下到較低樓層的囚室區，一整路都以交疊的方式掩護移動，步槍瞄準前方。

在新蘇格蘭場的九樓，李斯也一面看一面收拾抽屜裡的東西丟進一只箱子。他還沒告訴任何一位部屬他要走的消息。他只想在記者會結束那一刻，直接消失走人。

他打開另一個抽屜，拿出一台筆電丟進箱子，連帶著一張他站在女王身旁的照片，還有一張是格蕾絲抱著兩歲左右的勞頓，兩人都笑得開懷。

螢幕上的特洛伊先鋒小組已到達地下室，開始沿著一條燈光昏暗的走廊緩緩前進，經過一道道設有金屬活板的不鏽鋼門。早在李斯還是制服員警時，曾經在這所警局待過六個月。看起來一點也沒變。

當他們來到走廊盡頭，隨身攝影機的即時畫面也穩定下來，一隻戴著黑手套的拳頭用力敲打囚室的不鏽鋼門。

「開門！警察！」

停頓了一下之後，同一隻手在數字鎖上按了密碼，接著數到三，門被猛力拉開。

當門大大晃開，坦納錫將身子湊得更近，只見隨身攝影機急急迴轉，原來是那位特洛伊警員進入室內，快速地掃視四個角落以確認沒有危險。

在一片動態的模糊中，坦納錫看到了一樣東西。

「床上有人。」他喃喃地說，同時攝影機也晃回來對準床上。

「把手放到我看得見的地方。」

床上的形體沒有動。上面蓋了一條床單，像停屍間裡的屍體。

黑色手套伸進鏡頭，抓住床單往後掀。

男子仰躺著，血浸濕了床，他臉上戴著一副兒童的獨角獸面具。在場的員警喊著要人叫救護車，但坦納錫看得出來已經太遲了。面具底下，男子睜開的眼睛毫無生氣。

由於這是犯罪現場，面具得留在原位，不過坦納錫不用看就知道躺在那裡的是誰。他認得那顆光頭與那身運動服，而且打電話報警的人正是他在《每日報》的主編。

布萊恩·史萊德。如今成了他自己新聞故事的主角。

「**看看這個**，」有個聲音高喊，攝影機隨即晃過去，拍到床對面的牆。

坦納錫、錢伯倫和貝克都湊向螢幕，等候攝影機花了一點時間調整亮度。在新蘇格蘭場的九樓，約翰·李斯局長也做出和他們相同的動作。

隨身攝影機的光圈終於對焦，揭露了一整面後牆上貼滿照片，以及被亞德里安·麥維殺害的人的剪報，以同心圓的形式排列。而正中央，猶如靶心一般，就是勞頓·李斯的照片。

59

勞頓正搭著電梯，下樓要去上今天的第一堂課，手機就在這時響起。她看到是坦納錫來電，便接了起來，電梯門也剛好打開。

「妳在哪裡？」他問道，聽起來像在跑步。

「正要去上課，怎麼了？」

「我現在馬上派人過去。」

「什麼？為什麼？」

「事情有新進展。史萊德死了。」

「不會吧！」

「妳聽著，蕾蕾人在哪裡？」

勞頓停下腳步，頓時口乾舌燥。「在學校，你問這個做什——出什麼事了？告訴我出了什麼事。」

「哪所學校？」

「哈洛威的聖馬可。」

「那裡的安全措施如何？」

「拜託，那裡有大門有圍牆，我不知道。到底怎麼了？」

「史萊德收到另一封email，裡面有一間廢棄警局的地址和一個人名——亞當。他跑去找他，結果被殺了。在我們發現他屍體的囚室裡面，有一個類似供奉亞德里安・麥維和被他殺害者的祭壇。另外還有一張妳和蕾蕾的照片。」

「老天吶，不行，我的天啊。」她跑了起來。

「我現在就派一組人去妳那邊，另一組人去蕾蕾的學校。妳只要待在原地別動，就不會有事。待著別動，好嗎？」

勞頓掛斷電話，衝出大門口，繼續跑。

若是有人要來找她女兒，那她就得先找到她。

她在手機上找到聖馬可的電話，打了過去，她起伏的肺葉吸入秋日的寒冷空氣已然覺得刺激。前方可以看見Citi-Bike站點停了兩輛單車，也就是說她能在十分鐘後趕到學校，也許還不用這麼久。她邊跑邊四下張望，剎那間每個人都成了潛在的威脅。

電話通了。「聖馬可。」

「妳好，我是蕾蕾・李斯的媽媽，」她利用喘氣的空檔很快地說：「拜託，事態緊急，請你們立刻派人去接她離開教室，讓她在辦公室裡等我到達。我大概十分鐘會到。」

「請問是為什麼理由？」

今天不要。今天不要。今天她無法應付那些面無表情、死板不知變通的總機。

「反正就是讓她離開教室去坐在辦公室就對了。我到了以後自然會解釋，大概再……」

「請等一下。」通話中斷，取而代之的是某種類似爵士的等候音樂。

搞什麼鬼，這間**爛**學校。

她來到Citi-Bike站，鍵入密碼開鎖，但向來反應遲鈍的太陽能控制板，今天似乎冷冰冰的。勞頓再次放眼四顧，檢視每個人，卻根本不知道自己想找什麼。

「李斯太太？」

「是。」

「蕾蕾今天沒來上學。」

「什麼？」勞頓的胃緊縮成拳頭一般。「不，她去了。她……今天早上跟平常一樣的時間出門上學。」

「可是我剛剛查了點名簿，她被記缺席。」

頃刻間世界整個變白，勞頓不得不扶著腳踏車免得癱軟倒地。這時控制板嗶了一聲，將她驚醒回到現實。

蕾蕾不在學校。

蕾蕾有危險。

她得找到她。

其他都不重要。

什麼都不重要。

她將單車拽出車架，沒再說什麼就掛斷電話。她用一手撥打蕾蕾的手機，另一手將單車掉頭，朝著回家的路。

假如她不在學校，那一定在家。

只不過是這樣罷了。

她翹課，誰能怪她呢？

在家裡沒有人會拿刀威脅她。

天吶，求祢保佑真是這樣。

電話鈴響都沒響就接通了，蕾蕾的聲音請她留言。

她的電話關機了。

勞頓屏住氣息，試著集中思緒。她打開尋找我的iPhone，等候她的裝置列表載入。蕾蕾的手機位在0.8哩外的哈洛威路上。

她的確在家。

謝天謝地，她只是在家而已。家比學校近。不會有事的。

勞頓把電話丟進籃子裡，使盡全力踩下腳踏板，奮力往前推，歪歪扭扭地離開步道騎上單車道。

五分鐘就會到了。

坦納錫抓著車頂上的把手，以免疾馳的巡邏車把坐在後座的他甩得太過頭。空出來的那隻手則緊握著電話。

「聖馬可。」

「妳好，我是總督察坦納錫・罕。貴校的一位學生恐怕會有安全上的疑慮，她名叫蕾蕾・李斯。」

「噢！我剛剛才和她媽媽通過電話。她不在學校。」

坦納錫的手抓得更緊了，因為他們蛇行經過一個十字路口，穿梭在停止的車陣中。

「好的，謝謝。」

他掛了電話對著駕駛吼道：「變更目的地。改到倫敦都會大學。」

「沒問題。」駕駛喊著回答：「反正都是同一個方向。」

坦納錫將身子緊貼著座椅，內心深處隱隱感到不安。

我剛剛才和她媽媽通過電話，學校的總機這麼說。

他和勞頓通話時，她說蕾蕾在學校，但顯然沒有。如今勞頓也得知了，因為剛剛和總機講過電話。他打開聯絡簿尋找勞頓的名字，他抄下了她的電話號碼和住家地址。

「抱歉，兄弟，可以改到N7麗景華夏嗎？」

「長官想到哪裡去都可以。」

「那就麗景華廈吧，不會再改了。」

坦納錫往椅背上一靠，舒服地坐著。他叫勞頓別離開，但她不是那種會安靜坐著什麼都不做的人，尤其事關她女兒的安危。

而且在她得知女兒不在學校的那一刻，她就會做他現在在做的事。她會回家去，並希望她在家。

勞頓將腳踏車丟在麗景華廈入口旁的地上，從籃子裡抓起手機。她腦子裡一個理性、有教養的聲音告訴她，應該將單車上鎖或至少牽進大樓，可是沒時間了。要是被人偷走，她會付罰金，而且心甘情願，只要蕾蕾安然無恙。

拜託讓她安然無恙。

她進入大樓按下電梯按鈕——按了三下——隨即便跑向樓梯，因為她的身體無法靜靜地站著等電梯。她覺得腿痠、肺部灼熱，但仍然三階一步地往上衝，因為三是安全的數字。她的公寓位在頂樓六樓，三的倍數。還是安全。

拜託讓它是安全的。

她一面拚命往上爬，一面用三的倍數數著階梯，像收集幸運符一樣。

三－六－九－樓梯平台。

三－六－九－二樓。

當她到達頂樓，幾乎已經因為害怕與精疲力盡而心神恍惚。她從口袋掏出鑰匙，踉蹌走過通往她家門的走廊，一路依然數著腳步，調整步伐大小，以便到達門口的最後一步也是三的倍數。

她打開門鎖，推開門。

「蕾蕾！」

沒有回應。

「**蕾蕾**！妳在嗎？」

她的臥室門關著，不過這門總是關著。

她差點習慣性地敲門，但還是直接打開了，假如她在房間裡看見的只是戴著耳機、怒氣衝天的女兒，她也甘於承受這場盛怒的風暴。

房間是暗的，但蕾蕾在。在床上。裹著被子。安安全全。

謝謝老天。

「蕾蕾！」她走進房間，就著床沿坐下。這時她注意到一團亂的地板上有一些小包裝盒。空的泡殼包裝，大概有二十個。她撿起其中一個，讀了上面的標籤。

乙醯胺酚液體膠囊 500MG

「**蕾蕾**！」

她開始搖晃她，拉開被子，試著喚醒她。

蕾蕾發出呻吟，卻沒有醒來。

她吃了多少，三十顆？六十顆？

她重新看著泡殼包裝，發現那裡頭有十六顆膠囊，不是三的倍數，所以不安全。天吶，一點都不安全。

她一把拉過蕾蕾讓她呈復原臥式，打開她的嘴巴，將手指塞進去。蕾蕾乾嘔了幾聲，但沒吐出什麼，勞頓悲戚又無助地哀號起來。

她先是沒能保護女兒。現在又沒能救活她。

她將手指伸進女兒嘴巴更深處，雖知這是可怕的侵入性動作，但她別無他法。這時候她聽見身後有腳步聲，猛地轉過頭，只見一名男子匆匆穿過臥室門，直直朝她而來。

有那麼一刻她感到驚慌。

大門。

她沒關。

她讓這個男人進到屋裡，一如她父親讓麥維進屋。她不是她母親，從來都不是，她終究還是她父親。

接著男子很快地在她身旁蹲下，她才看清他是誰。

「怎麼了？」坦納錫問道，他低頭看著床上的女孩時，一臉陰鬱擔憂。

「藥」——勞頓無助地舉起泡殼包裝——「她吃了藥，不肯醒來。我叫不醒她，幫我叫醒她，拜託。拜託你幫我叫醒她。」

六、獨角獸與獅子

《如何處理謀殺案》節錄

勞頓．李斯著

本書中，我已經廣泛地寫了關於命案調查中各種知識上與實際應用上的技巧與過程，但還有另一項要素對於每一次的調查都十分重要——就是勇氣。

任何一起命案的偵查要能成功地執行進而起訴，都需要儲備莫大的勇氣。無論是實體或心理上，調查人員都必須凝視一些我們出於本能會忽視或逃避的東西。

要抓一個殺人犯，你必須勇敢。你必須迎戰所有噩夢，童年時期大人說童話故事時會警告你的那些恐怖情節。你必須進入荒廢的屋子、夜間森林、潮濕的地下室，而且不只是去尋找被留在那裡的恐怖事物，還要追蹤那些你知道會帶領你找到惡魔的腳印。接下來你還得往更深處挖掘，找到你內在的獅子心，以便直面這些來自你童年的原始惡魔。

60

第三名被害人的新聞就在午餐前刊出。

海格特讀書會WhatsApp群組的淑媛們一如往常，熱切地分享連結隨後進行討論。不過討論這名被害者時的震驚與熱忱，和前兩起命案不太一樣。或許是因為她們認識米勒夫妻——多少吧——因此對他們的遭遇與事由會投注較多情感。至於一個八卦小報記者的死就很難引發太多感覺，頂多只是隱約覺得他可能活該如此。

對此情節轉折遠遠感到興致索然的並不只有海格特的這群淑媛。在被害人積分表上，比起豪宅中一個看似悲劇人物又充滿魅力的金髮女郎，或是像馬克·墨菲這種典型壞蛋角色，八卦小報記者的排名要低很多很多。最後這起死亡事件多少有點偏離主軸，與燦暮醜聞的主敘述並無明顯關聯，就好像原本精彩萬分的電視節目出現一個不具說服力的劇情轉折。

如今凶手也有名字了，叫尼爾·羅森，不過警方還沒有稱他為凶手，還沒完全確定。他們的說法是希望能和他談談，請他協助調查，但大家都知道這背後真正的意思。但即便有這樣的發展，劇情張力也只是被削弱而未提升。之前，當他還是不知姓名、不知長相的暴力變態，每個人都人心惶惶。如今他只是一個擁有路人姓名與可憐背景故事的男人，一個化身為復仇天使的孫子，想要為自己死在燦暮旗下某間可怕養老院的爺爺伸張正義。這一點都不嚇人。

當然，除此之外還有關於顳頏警方的持續報導可以欣賞，都已經死三個人了，凶手卻仍連個影也沒有。報紙上也針對這個角度抨擊不斷，不令人驚訝，畢竟他們已經有一位同儕被這個警方抓不到的人給殘殺了。

約翰·李斯局長預定在一點發表聲明，並更新案情的最新進度；另外有一個引人好奇但似乎並不相關的發展，那就是當天早上，與他關係疏遠的外孫女好像也意外地被緊急送醫，只不過那些希望這可能象徵著某種刺激而意外的轉變的人恐怕要失望了，因為這並未被視為可疑事件。

61

蕾蕾．李斯——臉色蒼白、狀態穩定、施打了鎮靜劑——被推進切爾西與西敏醫院肯辛頓棟的一間單人病房。

勞頓跟隨在後，看著護士們調整蕾蕾的床鋪、藥物與室內溫度。他們個個專業、有效率、冷靜。勞頓不覺得冷靜，而是覺得麻木，就好像整個人被舀出體外，遠遠地看著這一切，同時還有個小小的聲音持續在她腦中呢喃責備著：

這是妳的錯。

是妳造成的。

是妳允許這樣的事發生。

外頭走廊上，坦納錫正在和一名制服員警說話，臉上雙眉緊蹙神情嚴肅。那名警員點頭如搗蒜。坦納錫拍拍他的肩，然後進入病房。

「嘿，」他衝著勞頓微笑，隨即望向蕾蕾，有個護士正在調節她胳臂上的點滴。「我們把她轉到這裡來是因為這棟出入的人比較少，比較安全，守護起來簡單得多。」他豎起拇指越過肩頭比向開著的門。「從現在起到九點由哈里斯警長值勤，然後換人值夜班直到六點，再由另一人接班，所以門外一定會有人在。我猜妳應該也會想待在這裡吧？」

勞頓點頭。

「好。這樣我們比較好安排。妳們待在同一個地方，比較容易兩個人都保護到。如果妳需要從家裡拿什麼，我們可以派人去幫妳拿。直到我們找到這個人以前，妳們會受到二十四小時的保護，好嗎？妳們倆待在這裡都會很安全的。」

勞頓凝神俯視女兒，淚水不自制地淌下臉龐。她看起來不安全，一點也不安全。

「告訴妳，」坦納錫上前一步壓低聲音說：「我們找到尼爾・羅森了。」

她抬頭看他。

「等等，沒有聽起來這麼好。結果發現他已經因為毆打罪被關在旺茲沃思監獄了。他入獄登記時報了假名，因為他知道要是把他實際的前科納入考量，會被判更長的刑期，而他的指紋查驗單還妥妥地放在登記獄警的文件籃裡，所以我們才不知道已經抓到他，一直到他聽到新聞說我們在找他，權衡之後認定殺人罪要比『坦承提供虛假陳述』嚴重多了。他過去七天都待在牢裡，換句話說，他不可能殺害愷兒和麥可・米勒——又或是布萊恩・史萊德。他有完美的不在場證明。」

勞頓點點頭。她已經心力耗盡，甚至無法對這個消息做出適當的反應。她已毫無情緒殘留。整個人都空了。「那麼是誰殺了他們？」

「這個嘛，根據其他護衛的說詞，住在史萊德被發現的囚室的人名叫亞當．伊凡斯。沒有人對他有太多了解。他就是妳說的那種平凡無奇、獨來獨往的人。他確實選擇睡在舊囚室裡，每個人都覺得有點怪。我們就是在那裡發現史萊德的。嗯，妳先坐下好嗎？」

「為什麼？」

「就先坐下吧。」

勞頓坐了下來，但她無法想像，還可能有什麼會比她今天已經遭遇的事更令人震驚、更令人承受不了的呢？

「我們還在囚室裡找到三本日記。」坦納錫傍著她坐下，身子往前傾靠，以便放低聲音。「其中兩本好像是亞德里安．麥維寫的。」

勞頓闔上雙眼搖搖頭。想當然耳。現在是她成年生活中最糟的時刻，因此想當然耳，他就在近旁某處，躲藏在陰影中。

「這些日記呢，其實相當具煽動性。」坦納錫接續道：「我們會極盡全力試著加以掌控，不過史萊德遇害前可能已經將一部分細節傳送到《每日報》了。」

「日記裡寫了什麼？」

坦納錫深吸一口氣才接著說：「裡面翔實地勾勒出麥維如何跟蹤、俘虜並殺害伊蘿姿．伏瑞澤、瑪蒂達．瓊斯、伊莎貝拉．摩里森和露比梅．布朗。因此儘管他終其一生不斷抗議外加他辯護團隊的狡辯，但到頭來亞德里安．麥維確實就是蒙面魔人。」

勞頓往椅背上靠坐。對這個消息她仍然毫無感覺。就好像早上受的創傷讓她無法再有任何感覺。她一直都知道麥維是個惡魔，因此他也是那個惡魔的事實，對她來說意義並不大。

「那第三本日記呢？」她問道：「你剛才說有三本。」

「是的，第三本是亞當．伊凡斯寫的。看樣子他十分崇拜麥維，從他小時候就開始了，妳能相信嗎？他寫說自己如何仰慕他，因為他敢實際做出他只能在腦中想像的事。

「總之，當麥維被送到布羅德莫，亞當自願到那裡當志工，單純為了能接近他。他們似乎變得很像師徒關係。在日記裡，亞當寫說麥維教導他，說他對小孩子的那些感覺與幻想完全沒有錯，而是『神聖的』。後來，麥維發現自己罹癌，知道自己命不長久之後，便鼓勵亞當繼續他的工作並派給他一項任務，算是一種傳承儀式。他要求他做出犧牲。為了證明自己夠格，亞當必須殺死妳——這是入門的代價。然後他就能殺死蕾蕾——這是他的獎勵。」

勞頓望向女兒，覺得無助而苦惱。

「對於這一切我很遺憾，」坦納錫輕聲說道：「我把案情想錯了。從頭到尾其實就是針對妳。」

「那麥可和愷兒．米勒呢？」她小聲地說：「他們有什麼相關？」

「嗯，愷兒．米勒，或是原來的卡絲琳．瓦倫，似乎是麥維憎恨的人。在其中一本日記裡，他鉅細靡遺、口氣激動地敘述他的辯護團隊雖然讓他獲得自由，卻因為過程中洩漏他的身分而毀了他的一生。他認為他們應該有其他做法，讓他得以既獲得自由又保持匿名。他想讓愷兒為自己的作為付出代價，而且顯然是透過亞當・伊凡斯向她傳送死亡威脅。卡絲琳・瓦倫八成就是因為這個原因變成了愷兒・米勒，從此和她那位混帳白馬王子過著幸福快樂的日子。

「從日記也能清楚看出麥維非常在乎自己留下的影響，對於報紙幾乎不再提起他或蒙面魔人深感憤恨。我們在想，殺死馬克・墨菲以及設法破解門禁進入屋內也是他的一個手段，藉此撩撥八卦小報的好奇之火，讓民眾再次談論麥維。所以他才會寄照片給史萊德，並留下報導蒙面魔人的舊報紙。如此一來，當妳最後遭到殺害，蒙面魔人就又會躍上報紙頭版了。我猜他會的，至少有一陣子會，所以他算是如願以償。只不過主要願望並沒有達成，妳現在安然地在這裡。在這裡沒有人能傷害得了妳。」

勞頓點點頭，然後看著女兒。「可是她並不安全，對吧？」

「什麼意思？」

「我害她躺在那張床上。她之所以躺在那裡是因為我沒有聽她說話，也沒有聽見她求救的吶喊聲。她之所以躺在那裡是因為我是個糟糕的母親。誰來保護她不受到我的傷害？」

勞頓抬起眼睛，此時正好有個穿手術服的女人走進房間。她對著她和坦納錫微笑道：「你們是爸媽嗎？」

「噢，不，不是。」坦納錫起身從勞頓身邊移開，彷彿他們的距離太近會引發誤會。「我只是……我是她同事。其實我正好要走了。」他轉身面向勞頓。「我們晚點再談，但別為了這個自責。這不是妳的錯，好嗎？需要什麼就打給我。有任何進展我會讓妳知道。」

勞頓目送他離開，見房門在他身後緩緩關閉，這才轉向與她對面而坐的醫生。

「所以妳是媽媽？」

「是，我叫勞頓。蕾蕾是我女兒。」

「好的，妳好，我是待命的急診外科總醫師海姆斯。妳女兒服用過量的乙醯胺酚，我們替她緊急洗胃，盡可能將藥物排出，同時也讓她口服活性碳，這會有助於吸附殘留在胃內的乙醯胺酚，以防止它進入血液。後續我們又為她施打了鎮靜劑讓她穩定下來，幫助她康復。妳對乙醯胺酚的毒性了解多少呢，李斯太太？」

勞頓沒有精力糾正她。這個女人剛剛救了她女兒一命，她想叫她什麼都隨她高興。「一點點，」她說：「我知道會影響肝臟。」

「沒錯。當體內有太多乙醯胺酚，肝臟負荷不了就會開始經由其他途徑代謝。這會產生一種有毒的代謝物叫NAPQI，肝臟會努力分解其毒性，但終究無法成功，最後導致肝損傷，甚至肝衰竭。我之所以告訴妳這個，是因為我們替妳女兒抽了點血，看看有沒有任何和肝損傷相關聯的分子存在，也就是我們在急性病例中經常會看到的那種情形。遺憾的是，我們確實在妳女兒的血液裡發現這樣的分子。」

「什麼？但不可能啊。她幾個小時前才吞了藥。」

「其實呢，她的血液顯示她攝取高濃度乙醯胺酚的時間要長得多。她呈現的症狀我們在臨床上會稱之為累積過量。」

勞頓大為驚駭。她無法理解醫生在說什麼。

「這是什麼意思？」

「意思是妳女兒攝取高濃度乙醯胺酚已經有一段不短的時間。她有沒有出現焦慮的跡象？憂鬱？情緒化？」

勞頓思忖著。

有，她當然有，全部都有。她是個憤怒的青少女。所有青少年都很情緒化，不是嗎？而且她最近在學校過得很不開心等等的，但不是像這樣。沒有糟到這種地步，這……她不知道這從何而來。

她快速回想前一晚她偷溜進女兒的房間，想搜她的書包找刀子。她想起自己小心而緩慢地穿過臥室地上的雜物，有衣服、有面紙、有食物空包……還有一盒盒止痛藥。當時她太專注於單一件事，竟然沒注意到真正的危險就在她腳底下的地上。

我的老天吶。

她怎麼會忽略了那個？

她怎麼會這麼盲目，怎麼會辜負女兒到這個地步？

「關於治療方面，我們讓妳女兒接受乙醯半胱胺酸的靜脈注射來抵銷毒素的影響。」醫師這麼告訴她，隨後又說：「稍後我們也會有一位心理衛生團隊的同仁，和妳談一談關於她試圖結束自己性命的可能原因。」

她到底為什麼會有這樣的對話？

因為她是個糟糕透頂的母親，就是這個原因。

她本來就知道女兒過得很悲慘，但她沒有聽她傾訴，反而自作主張認定錯在哪裡以及該如何解決。她無視自己的女兒，造就了這個結果。

她抬頭看著醫生，發現她剛剛不知說了什麼，但她還是一樣，沒有認真聽。

「妳說什麼？」她問道。

「我剛剛是說我也有個女兒，自然知道我如果是妳，也會想知道她真正的情況。所以我得告訴妳事實讓妳有所準備，妳女兒尚未脫離險境，還差得遠了。她仍然非常虛弱，而且她的肝臟有可能已經受損太嚴重救不回來。所以我們可能會考慮移植——假如能找到適合的捐贈者的話。目前我們真正能做的就是抱持樂觀，但做最壞的打算。」她將手搭在勞頓的胳臂上。「請妳明白蕾蕾正在接受最好的醫療救助，這點我絕對可以向妳保證。」

62

不到四十八小時的時間，約翰．李斯局長又再一次穿著正式禮服，站在廁所裡凝視鏡中的自己。這一次燈光從鏡子背後看不見的光源散發出來，稍微柔和了些。不過，他依然顯老。老而疲憊。

他低頭瞄了一眼手上單一張列印出來的紙，那是內政部新聞發布處替他擬的辭職聲明稿。在他會談後不到一小時，稿子就送過來了，顯示這根本就是在會談前就已經寫好。聲明內容簡短、扼要，而且措辭巧妙，聽起來好像是他覺得自己在這個職位上已經盡了全力，因此主動下台。他曾試著稍加改寫，提到警界急需更多資源，而不只是一個新局長，那麼當政府最終宣布發放這些資源時，便能證明他的主張有理。他將修改過的草稿送回內政部，徵求新聞祕書的同意，對方回覆時送回了原稿並附加一句註記：我們比較希望以這份為準。

李斯看看時間，當他意識到這將是他擔任大倫敦警局局長的最後一項正式任務，一股麻木的哀傷襲上心頭。他空出來的手不自覺便伸進口袋找藥丸，手掌握住硬塑膠瓶後，開始旋開蓋子，但忽然間停了下來。他現在感受到的並不是藥丸被設計來舒緩的那種痛。這是另一回事，是他想要感受的。

他將手從口袋抽出，帽子往頭上戴正，像個即將上場執行槍決的士兵，然後走出去面對媒體。

內政部的新聞發布室被電視燈光照得過度明亮，由於在場人數眾多，氣氛不斷加溫。所有的座位都坐了人，晚到的人只好站在後面，互相推擠佔位，還被攝影師噓個不停，那些攝影師一心想保護自己的視線，動不動就怒氣衝天。室內唯一保持淨空的地方只有講台。

內政部新聞發布室通常不會容納這麼多人，但傳聞說今天有重大消息宣布，於是大夥兒就像群鯊偵測到一條深陷險境的魚，紛紛被吸引而來，希望這會是能夠滿足他們的一頓大餐。

室內響起嘈嘈切切的私語聲，不知從何處傳來的一波能量漣漪使得相機快門喀嚓喀嚓響，眾人紛紛轉頭。一位不知名的內政部男性職員打開講台邊的門，然後站到一旁，讓其他人魚貫而入。各家媒體相機調整了位置，接著另一名職員走進門來，這回是位女性，但同樣不知名。

聚集在此的記者們個個坐立不安，擔心自己可能誤判了傳言。通常一場記者會是否重要，可以由最早進入簡報室的人的位階與資深程度來斷定——人員愈資深，宣布的消息便愈重大——可是這些都是無名小卒。現場出現片刻的遲疑，片刻的停頓，一切就好像噗噗幾聲後熄火了。就在這時候，約翰．李斯局長走了進來，所有人立刻屏氣凝神。

相機快門的單調聲響輕輕地傳遍全室，電視攝影機維持著遠景鏡頭，直到李斯走到講台中央的講台桌後面就定位，才快速拉近鏡頭捕捉他發表聲明的開頭。

較資深的記者們已經知道後續發展。像大倫敦警局局長這麼資深、權力這麼大的人，會在這裡而不是新蘇格蘭場舉行記者會，而且由如此低階的職員負責前導，唯一的原因就是他已經不再那麼權勢傾天，並即將將此事實公諸於世。

李斯將單一張紙放到面前的講台桌上，抬頭看著那一張張熱切期盼的面孔與明亮的電視燈光。

「客滿呢。」他說道，淺淺一波緊張的笑聲傳了開來。李斯看見《電訊報》的比爾・尼可遜坐在最前排，臉上甚至沒有一絲笑容，李斯從他嚴肅的表情便能看出他已經知道接下來的發展。

六樓上方，尼克森坐在自己辦公室裡，開著一台筆電放在桌上，正在直播記者會現場的實況。他的首席顧問湯姆・肯萊特站在他旁邊，手裡拿著一份李斯講稿的拷貝。螢幕上，李斯往下瞄一眼講稿，然後又重新看著台下眾人。

「各位都很清楚目前關於暴力犯罪的危機，」他說道：「尤其是全國各地的刀械犯罪，其中又以首都為甚。我知道你們都很清楚，因為正是你們不斷地提供如此令人憤慨又鉅細靡遺的報導內容。」

又是一陣笑聲。

肯萊特從他手中的講稿副本抬起頭來。「他有點脫稿演出。」

尼克森點點頭，眼睛盯著螢幕看。「他只是在熱場，給他一個機會。」

在新聞發布室裡，李斯等候著笑聲停歇。他低眼瞄著由政治化妝師的一句句妙語組成的講稿，接著目光往上飄向紙張最上方的內政部關防與其法文格言：HONI SOIT QUI MAL Y

PENSE－心懷邪念者可恥。一支疼痛細針戳鑽進他的臟腑，他連忙抓住講台桌邊緣，讓自己穩住，直到疼痛退得差不多了才又重新抬頭。

「我們就誠實一點吧，」他說：「這不是我第一次像這樣，穿著我最體面的制服，站在各位面前，以小心翼翼的措辭傳達關於警方如何強力打擊這個或那個。我們也都知道，不管我告訴各位什麼也不管我做出什麼保證，反正你們離開以後還是想怎麼寫就怎麼寫。」這回響起的是哄堂笑聲。「一般說來，內容大概不脫『警方讓街頭失控』、『犯罪浪潮橫掃全國』、『局長必須下台』，諸如此類。事實上，你們說得沒錯。我們確實讓街頭失控。也確實有一波犯罪浪潮橫掃全國。所以也許我確實有必要下台。」

室內揚起一陣竊竊私語，李斯感覺胸口彷彿被一條束帶勒到發疼，便暫停片刻。他抓著講台桌邊緣，牢牢捏住。

人在樓上高階部門樓層的肯萊特看著手上的講稿皺起眉頭。「沒有一句是我們說好的。」

尼克森低低「呣」了一聲，這時筆電螢幕上，李斯從講台桌舉起他自己那份講稿。

「這是內政部新聞發布室替我寫的。我可以讀給各位聽，不過基本的要旨就是我應該為目前所有警務政策上的缺失道歉，說一些我明白自己已經無計可施，需要換個新血之類的話，然後告訴大家我很榮幸為民服務，接著宣布我即將下台。」

李斯抬起頭。

「不過，最後一段倒是真的，能為民服務的確是我的榮幸。接下來，當我說完這些措辭小心翼翼的內容後，就應該拋開一切接下他們為我在盾安集團安插的一份又好又輕鬆的工作，幾乎什麼都不必做就能坐領高薪，而你們就再也沒辦法經常對我指指點點了。我只需要照本宣科唸完這篇稿子，安靜地走人就行了。聽起來很誘人，對吧？其中一定有什麼問題吧？」他揮揮那張紙。「只可惜，問題就在這裡。因為我做不到。」

他鬆開手，紙張隨之飄飄蕩蕩落到地上。

「一方面，憑良心說，我沒辦法去一間我認為是問題的一部分的組織做事。如果我們真的想要開始處理國內的犯罪，第一個要做的就是立刻解除盾安及其他所有私人公司與政府簽訂的合約。公家機關應該只專注於一件事：就是服務大眾。而不是去取悅股東。假如每年花在這些民間簽約企業的數十億可以回注到警政預算，那麼提升警察效率就會有一線希望，因為這和人生中其他一切一樣，付出多少就收穫多少。我實在很不願意去想在我的職業生涯中，花費了多少時間在開會時爭取更多錢、更多資源，卻往往得到沒錢、沒資源的回答，還叫我們只能努力地做到事半功倍。但就在今天早上，內政大臣親口對我說其實是有錢的——精確地說，金額是四億五千萬英鎊。」

在樓上的高階部門樓層，尼克森重重地往椅背上一靠。「你這王八蛋！」

肯萊特將講稿紙摺成一小塊方形。「大臣，李斯局長的名字是不是應該從新年授勳名單中剔除了？」

此時李斯從講台桌後面走出來。「他跟我說他和總理和財政大臣開過會，他們一致同意大幅提升預算，而這也是我從將近八年前擔任局長以來就一直爭取的。只不過我不應該告訴你們的，因為他們想等到春季的預算聲明才宣布，那個時候對政治情勢比較有利。我之所以自行其是，現在就告訴你們，並不是因為我想爭功，而是因為我們現在就需要這筆錢——今時今日我們的街頭上有孩子在互相殘殺。

「你們都知道最新的犯罪數據，你們都報導過米勒案，都寫過關於刀械犯罪已變得多猖獗以及必須採取緊急措施的新聞——而你們說得沒錯，的確需要採取措施了。可是如果我們真的想要特別解決刀械犯罪的問題，就得處理這問題的起因，而不只是聚焦於最後結果，去懲罰犯罪人。首先我們必須正視罪行從何而來。

「在我們生活的這個社會，這十年來貧窮人數不斷增加，食物銀行已成常態，當孩子們餓肚子，他們會用盡方法餵飽並保護自己。對大多數人來說，在機會有限又幾乎毫無資源的情況下，這就意味著販毒與加入幫派。除此之外，還有家庭中世代的分歧，以及持續不斷關閉青年中心與其他青年倡議計畫——這些都是傳統上提供專注目標與灌輸社群意識的管道——這等於在替一整個世代沒有選擇，只憑著近乎野性本能求生存的孩子製造完美的溫床。」

疼痛緊揪住他整個胸口，他往旁邊甩出一隻手抓住講台桌做為支撐，一面用力呼吸。他再度抬頭望向眾人，盡可能地吸足了氣之後又接著說。

「與其將數十億交給盾安之類的公司去把人關起來，我們更應該把這筆錢用於預防，讓這些孩子一開始就不必被關。我們需要投資的是人。我們需要協助重建社區與家庭。人並不是天生的罪犯。是社會讓他們變成這樣，換句話說就是我們所有人，從政府以降。我們就是社會，而假如我們真的希望讓社會更好，那麼我們所有人都需要扛起責任，別再找其他人來怪罪。沒有所謂的『他們』和『我們』，就只有『我們』。我們都是同一條船上的人。」

痛楚在他胸中炸裂，遮蔽了一切——發布室、裡面的人、一切一切。李斯試圖回到講台桌後面，用兩手抓住桌沿，熬過這痛苦的時刻。他好不容易跨出一步，撞到講台桌，瞬間打破勉勉強強維持住的脆弱平衡。講台桌開始扭曲搖晃，他抓住的手滑開了，人隨之重摔在地。

相機快門喀嚓響。電視攝影機鏡頭拉近。

在樓上高階部門樓層的尼克森坐在椅子上往前傾身，看著這一幕幕的發展，他那政客的大腦已經發現可以如何引導輿論。

他轉向肯萊特，容光煥發的臉上帶著一抹微笑。

「我想我們可以利用這個。」他說。

63

夜悄悄地重新降臨倫敦。

正在回家途中的人、上夜班的人和臨時起意要去喝點小酒的人，從堆放在驗票閘門旁的免費報紙中抽取一份《倫敦旗幟晚報》，趁著幾分鐘空檔，很快地瞄瞄標題、翻翻其他版面，看著照片中他們買不起的豪宅，等候列車進站載他們回到較便宜的郊區住家，然後他們會吃點東西，試著睡上一覺，醒來後便全部重新再來一遍。

在切爾西與西敏醫院，白色百葉窗已放下，遮住被夜色染黑的窗戶。一名勤務員推著飲料車巡房，為病患送上幫助睡眠的花草茶，為醫護人員則送上醒腦的咖啡。疲累的日班人員與夜班交接，交換的除了醫療資料還有八卦。由於醫院地處市中心，加上肯辛頓棟隱密性高，因此經常有有名人或公眾人物可聊。今天的人物是大倫敦警局局長，他稍早昏倒後被緊急送醫，現在人在三〇二號房。勞頓聽見兩名護士在蕾蕾病房外的走廊上談論此事。

蕾蕾仍然還沒醒。醫生們說這是好現象，勞頓試著相信他們。當身體只專注於療癒，效果是最好的，他們這麼說，所以就讓她睡吧。是啊。讓她睡吧。但求求上帝，也要讓她醒過來。

勞頓聽到敲門聲抬起頭來，看見駐守門外的警員一臉熱切。她勉強擠出笑容，招手請他進來。

「只是想問問妳要不要喝點啤酒。」他說。有個身材瘦巴巴、穿著勤務員綠袍的男子帶著期盼眼神站在他後面，旁邊有一輛飲料推車。

「噢，不用了，謝謝。」

他點了點頭，她看著房門在他身後緩緩關上，只見一張紙上印著蕾蕾的名字，名字上面是號碼三二二。

剛才護士說她父親住三〇二號房。

他們在同一層樓。

她回頭看著熟睡的女兒，插在她細瘦手臂上的管子連接著一袋清澈液體為她提供生理食鹽水與葡萄糖，以及對抗乙醯胺酚毒性的藥物。

她看起來那麼瘦小。

勞頓站起來略作伸展，試著擠壓掉背部的緊繃感。透過門上的小窗可以看到推著飲料車的勤務員打開走廊上的另一扇門：三二六。她父親的房間想必在另一個方向。

她再次俯視蕾蕾，注視著她胸部緩緩起伏，這微小而寶貴的活著的證明，看了一會兒。她搖搖頭，彷彿不太能相信自己剛剛聽到或想到的某件事，然後她吐出長長的一口氣，靜靜地打開門步出走廊。

警長抬眼往上看並作勢起身，但勞頓舉起手制止他。「只是出來伸伸腿，」她說：「能不能請你幫我好好看著她？」

「當然，」員警舉起杯子說：「黑咖啡，兩塊糖——應該可以讓我非常清醒，直到和早班交接。」

她微微一笑。「我只是到走廊另一頭，有需要就喊我一聲。」

「沒問題。」

她沿著走廊走去，房間號碼愈來愈小，經過護理站後轉過轉角，地板改鋪了地毯，牆上的圖片也稍微精美一些。

就在走道盡頭，有另一名制服警察坐在兩人座的訪客沙發上讀著《倫敦旗幟晚報》。勞頓接近後他抬起頭，目光越過報紙標題看著她：

燦暮命案嫌犯獲釋

檢方未提抗告

「我不能隨便讓哪個人進來，」他口氣強硬地說，同時放下報紙，露出兩撇下垂的灰色小鬍子，讓他顯得哀傷又挑剔。

「我不是隨便哪個人。」勞頓說。

他會知道她是誰。她的照片就刊在他剛剛在看的報紙的頭版。他們互相注視了好一會兒之後，他似乎才稍微放輕鬆，洩了點氣。

「好吧，五分鐘」——他的頭朝三〇二號房門扭了一下——「不過什麼都別碰。」

「謝謝。」勞頓說著打開門，走進房內。

她父親躺在調高的病床上，身上連接著各式各樣的機器來記錄並監測他生命的閃爍與脈動。和蕾蕾一樣，他手臂上也有一條管子連接著一袋清澈液體，但和蕾蕾不同的是他臉上還戴著氧氣罩。

她向前跨一步，從床尾的金屬框抽出他的病歷表，瀏覽單一頁以匆忙潦草的字跡寫下的註記與用藥劑量。她的醫學知識有限，而且多半與屍體相關，因此幾乎無法從紙張上的訊息得知他出了什麼問題。簡直與天書無異。

「心臟病。」說話的聲音嚇了她一跳。

她抬起眼與半睜開眼的父親對望。「原發性擴張型心肌症，如果想知道確切病名的話。」氧氣罩讓他的聲音聽起來模糊不清。「很不幸，末期了。到光線底下來讓我可以看見妳。」

勞頓遲疑了一下，才將病歷放回框內，移近一些。他看起來比當天稍早更老邁而蒼白，而且也和蕾蕾一樣，看起來好小。也許凡是躺在醫院病床上的人都多少會變小。

「我請一位醫生朋友替我做過檢查，因為我老是覺得累，腳踝也開始腫脹，而且還昏倒過幾次。他發現我心肌肥大。我以為他會給我一點藥，叫我別再吃紅肉，沒想到他卻告訴我我只有百分之五十的機會能再活五年——而那是一年多前的事了。」

勞頓坐在他床邊的椅子上。「他們能做點什麼嗎？」

「我可以做移植。已經排入等候名單了，不過健康的心臟好像非常稀少。醫生給我開了一些緩解症狀的藥物，和避免肺水腫的利尿劑，我要他答應我別將我的病情告訴任何人。之前他家老大沾了毒還惹上一些麻煩，我幫過他，所以他欠我一份人情。最讓我生氣的是我一向吃得很健康，每天跑步好幾公里，結果還是躺在這裡。」他低頭看著從兩隻手臂連接出來的管子，和在他身旁輕輕發出嗶嗶聲的心電圖監視器。「看來已經走漏風聲了。」他望著她，每次呼吸都讓氧氣罩起霧。「我聽說蕾蕾的事了。她還好嗎？」

他的問題讓勞頓心裡一驚，登時全身僵硬。這個問題她還不敢問自己，因為太害怕知道答案。

「她的肝臟損壞了，」她小聲地說，聲音輕到好像不敢說出來，以免成真。「他們正在努力防止它惡化，但她可能會需要……」

她緊緊閉上眼睛，努力忍住淚水，但眼淚仍潰堤而出。她聽見身後門打開的聲音，便低下頭靠著床，將臉埋在雙臂中。

「沒事，羅傑。」她父親說道，門又關上了。

「對不起，」他柔聲說道：「關於這件事，關於一切。」他輕撫她的頭髮，結束了十五年來保持的距離。「當我得知我所剩的時間實在不多，我就希望能有足夠的時間彌補我們之間的關係。也許還來得及吧。」

勞頓張開口想說話，但說不出來。經過的時間太長，她對他已經變得鐵石心腸。

「我不知道。」她終於擠出這麼一句。

李斯頷首，刻劃在他臉上的痛苦遠比讓他致命的疾病更深刻。他輕撫她的頭髮，任由她哭泣。

64

坦納錫步出淋浴間後幾乎就直接進到廚房。他擦乾身體，往已經擠入味噌醬的馬克杯中倒熱水。

沖完澡讓他覺得稍微多了點人味，但還是一樣累。他攪動湯汁，讓泡發還原的海帶絲在褐色液體中旋轉，一面滿懷渴望地瞥向仍未整理的床鋪。他有股極度強烈的衝動想躺上去，就算幾分鐘也好，然後閉上眼睛，但他知道一旦這麼做，一眨眼就天亮了，他不能讓自己睡著。還不行。因為殺害三個人的凶手還未落網。因為那個人的第四與第五個下手目標是勞頓與蕾蕾·李斯。

他啜飲一口滾燙的鹹湯，站在分隔廚房與房間的檯子邊，打開筆電。他登入案件檔案，一面閱讀最新更新內容一面穿上乾淨衣服。

與前兩個現場不同的是，鑑識小組從警察局囚室裡採集到大量跡證，其中包括指紋，而且這些指紋與留在愷兒·米勒命案現場，勞頓那本著作中發現的不完整指紋相符，也和留在麥可·米勒屍體旁的報紙上所找到的指紋相符。他們認為亞當·伊凡斯與三樁命案都有關聯。如今只需要找到他。

坦納錫點進下一個標籤，裡頭有更多證人筆錄，是第一回沒有詢問到的住在那裡面的護衛。其中一位是護士艾琳·梅弗，她當天早上出門上班時和史萊德交談過。儘管她的工作應該讓她很習慣於面對死亡，出了這件事卻似乎讓她深受創傷。從她的回答中便看得出她的沮喪：

> ……我不敢相信亞當會做出這種事。當然我不是那麼了解他，他其實才剛剛加入……他有點安靜，可是看起來和大家都一樣……還有我跟死去的那個人說過話。我叫他去敲門，說要找亞當……如果我沒那麼說，那也許……我就是沒法相信會發生這種事……

他的電話響起，看了來電顯示後嘆一口氣，接了起來。

「嗨，媽。」

「你還在工作嗎？」

「沒有，我回家了。」

「我不信。」

「不然我可以跟妳FaceTime。」

「天吶，不要，看到我自己我受不了。」

「妳應該不會看到妳自己，妳應該要看到和妳通話的人。」

「拜託，每個人用那個的時候都在看自己。我就看過你跟我說話的時候在弄你的頭髮，在檢查你往上抓的額髮。」

「我沒有往上抓的額髮。而且已經沒有人會用『額髮』這種字眼了。」

「隨便你怎麼叫都好，反正我看過你在修整。你吃過沒？」

坦納錫看了一眼味噌湯。「還沒。有點忙亂的一天。」

「我知道，我一直在看新聞。真可怕。不過呢，要我說的話，那個馬克．墨菲還真該死。小坦，你要答應我絕對不會把我送進那種養老院。」

「我答應妳。」

「乖孩子。好了，跟我說說那些命案——有什麼線索嗎？」

「媽，我不能談論調查中的案子，妳是知道的。我們對於調查的方向很有信心。」

「你那個女性友人呢？」

「哪個女性友人？」

「我看到報紙上報導的那個顧問。」

「勞頓？」

「對。這個案子結束以後，你們兩個會怎麼樣？」

「不會怎麼樣！我不太明白妳怎麼會覺得我們之間有什麼。」

「因為你喜歡她，所以囉，而且我看得出來你太害怕，肯定不會採取行動。那什麼要命的聲音，喀嗒喀嗒的？」

「我有電話進來，」他看了電話，發現是貝克。「抱歉，媽，有工作，得掛了。」他結束與她的通話，接聽來電。

「今天忙完了沒？」貝克問道，聲音聽起來差不多和坦納錫的感覺一樣疲憊。

「沒有，還差得遠。」

「喔。我可是完了，不管是實質還是比喻。我現在要回家去，讓孩子溫習一下老爸的長相，也讓老婆怒瞪個幾小時，然後我就又能開朗自信地回到工作崗位。我已經把最後幾份證人供詞上傳到案件檔案，如果你想看看的話。」

「我剛才正在看。有什麼我應該特別注意的有用訊息嗎？」

「不算有。還是老調重彈。他獨來獨往，不太和人說話，作息時間好像不太正常。不過呢，他們當中有很多人作息時間不正常，因為大多數人好像都是倫敦各區醫院的護士和輪值人員。我想他們的工作甚至比我們還辛苦。」

坦納錫回瞄一眼筆電上他剛剛讀過筆錄的最後那名證人的名字——護士艾琳．梅弗——一個冰冷念頭在他腦中成形。

「去休息一下吧，」他說完便掛斷電話。他開啟最近的通話紀錄，撥了一個號碼，雙眼則重新瀏覽他剛剛讀過的證人供詞。

……他其實才剛剛加入……看起來和大家都一樣……

65

勞頓被口袋裡電話的細微嗡鳴聲吵醒。

她抬起眼睛，看見父親臥睡在堆疊的枕頭上，手仍搭放在她手上。

她輕輕抽出手以免驚動他，然後從口袋摸出電話，一面躡手躡腳走到門邊，知道是誰打來的之後她露出微笑，接著發現時間竟然這麼晚了，不禁又感到一絲氣惱。守衛的警察怎麼沒來叫她？但她隨即想到他八成來過，卻被她父親揮手遣走了。

她走到燈光已調暗的走廊上，八字鬍的警衛在沙發上打盹，他的報紙皺巴巴地放在地上，旁邊則是他的空杯子。她輕輕關上門，以免也把他吵醒，之後沿著走廊走到幾步外才接起電話。

「嘿！」她悄聲說道。

「嘿，妳還好嗎？那邊都還好吧？」

「嗯，都沒事，怎麼了嗎？」

「我剛剛在看證人筆錄，共同生活在史萊德被殺那個地方的人，有很多醫療人員，我忽然想到馬克．墨菲死時的床鋪，妳知道的，有點滴等等東西，看起來像是有相關經驗或知識的人架設的。我只是在想我們應該確認一下妳現在所在那棟大樓的每個工作人員，以確保所有人都通過審核。我給妳的值班警衛打過電話，但直接進了語音信箱。」

勞頓加快腳步，突如其來的焦慮將她所有的疲累感一掃而空。她轉過轉角，看見走廊盡頭，警衛仍坐在蕾蕾病房旁的椅子上，頓時大大鬆了口氣。

「他還守著崗位。」她說：「我現在就看著他。這裡面訊號不好，可能是這個原因。我會負責傳話。」

「謝了。」

她經過護理站，值班護士也在睡覺，他的頭擱在交疊的手臂上，椅子退到後面，卡住一個資料櫃。

「妳聽我說，」坦納錫說：「我在想等我們抓到這傢伙，妳是不是考慮一下，也許能繼續擔任其他案子的顧問。說真的，我們的案子積壓如山，那裡頭確實有一些很有趣的案子，妳的真知灼見也確實會有所幫助。」

他要是當天早上問她，她會直接掛他電話，但現在想到能夠繼續，又能夠賺外快——而且是和坦納錫合作——誘因似乎強烈許多。

「也許吧。」她說：「讓我先度過接下來這幾天，我們再來談吧。」

她逐漸靠近警衛，發現他也睡著了，他的頭往後仰靠著牆，空杯子擺在地上腳邊。黑咖啡和兩顆糖也不過爾爾。

她從他身邊走過，從小窗看進蕾蕾的房間，整個人猛然停住。

那個骨瘦如柴、穿著勤務員綠袍的人正背對著她站立，一隻手放在飲料推車上，眼睛定定地俯視蕾蕾熟睡的形體。

「盡可能休息一下吧。」坦納錫說，午夜醫院一片寂靜，他的聲音大到讓那人轉過身來，這時勞頓看見是什麼站在女兒的床邊，白噪音與恐懼驀地湧上心頭。

兒童的獨角獸面具戴在他臉上太小了，但眼洞被挖大，此時他的淡色眼眸便透過那兩個洞凝視著她。

他在。這裡。

勞頓瞪著從她童年返回的惡魔，輕輕地說。

「什麼?!」

*他在這裡！*她又說了一遍，她的內心在尖叫，身體定在原地動彈不得，彷彿被那雙邊緣參差不齊、宛如車頭燈般的眼睛困住的兔子。

他朝她前進一步，她往後退，不是因為害怕，而是因為蕾蕾和他同在房間裡，她必須引他跟隨，她必須讓他遠離她女兒。

有一段回憶被這個念頭一震，鬆脫出來，她又回到她從小長大、位於阿克頓的那間排屋，媽媽站在玄關，透過他們家大門布滿突起小圓點的玻璃，看著一個男人扭曲的形體，看著他往臉上套上一樣白白的東西，使他從一個人變成其他東西。

上樓去，母親說著將她往前推，自己則擋在女兒與門外那不知是什麼東西之間。

上樓後，她們擠進走廊末端那個又大又通風的壁櫃裡，關上門，傾聽著他進屋、在樓下走動、開門、摔東西的聲音。

等他上來以後，母親小聲地說，他會先進我的臥室。我們得等到他進入臥室的浴室，然後我們就跑。我會數到三，一數到三我們就跑。我們要一直跑、一直跑，好嗎？

然後他來了。

爬上樓梯。

每一階的緩慢吱嘎聲預報著他的接近，並將時間拉得緊繃，直到幾乎讓人承受不住。她可以從她們躲的壁櫃的百葉門縫隙看見走廊，在這個狹窄的空間裡，被滯悶的熱氣與洗滌衣物的氣味團團包圍，連自己的呼吸聲似乎都嫌太過響亮。

緊接著他來到樓梯頂端，臉朝她們的方向轉。那副面具與那雙可怕的眼睛，那眼睛可以看見任何東西，甚至可以穿透門，看見她躲在哪裡。

但他隨後轉身，進入她爸媽的房間，果然被媽媽說中了。她媽媽已經開始數數，把她的手抓得緊緊的，小聲地說出每個數字，同時衡量逃跑的適當時機。

一……

二……

可是勞頓受不了。她非離開不可。

她太快衝出壁櫃，奔向樓梯時，櫃門砰然作響。她母親還沒準備好要跑，只能跌跌撞撞追趕上來，眼看勞頓就快要到達樓梯口，他卻出現了，一把抓住她的手臂，揚起刀子準備刺下。

說時遲那時快，有個東西砸中他使得他往後退，並鬆開手，隨後摔在臥室地板上，勞頓的母親跨坐到他身上，徒手毆打他的臉。

快跑！她尖聲喊道，勞頓於是跑下樓梯，跑到外面街上，母親的話一而再、再而三在她腦中重複。

我們要一直跑、一直跑。

我們要一直跑、一直跑。

我們要一直跑、一直跑。

直到後來，當警察來了並開始詢問後，她才知道自己跑出家門時，母親並沒有跟在後面。她事先告訴她要數到三。

三是安全的數字。

可是勞頓數到二就跑了，這時候惡魔還太靠近，她母親還沒準備好——她就是因為這樣才會死。

母親被殺是她的錯，不是父親的錯。一直以來她都怪他不在她們身邊，怪他把惡魔引上門，但她自己也是惡魔，因為她脆弱，因為她是個壞女兒。如今她自己的女兒就要死了，因為她也是個壞母親。

戴著獨角獸面具的男人打開蕾蕾的房門，跨進走廊。

勞頓繼續遠離，踉踉蹌蹌地後退，雖然面對這個來自她噩夢的東西感到很脆弱，但她知道一件事：她必須將他帶離開蕾蕾身旁。

她可以聽到電話中坦納錫慌張地喊她的名字，但他離得太遠，而這裡沒有人能幫她。護士睡著了。警衛睡著了，兩個都是。也不知戴面具的男人給他們下了什麼藥。

而此時的他手上拿著刀。一把黑綠相間的殭屍刀，就像殺死愷兒·米勒的那一把。

這是坦納錫稍早說過的話。

……然後他就能殺死蕾蕾，這是他的獎勵……

勞頓明白了，他必須先殺死她，這是談好的條件。因此只要她能活著，那麼蕾蕾也會安全。

但就在領悟的同一時間，她的背撞到牆，她已無路可退。

他又向前一步，眼睛在面具的參差眼洞裡閃爍有如玻璃，接著揚起刀，準備出擊。

忽然間不知什麼東西狠狠打中他的身側，使他趴倒在地。

勞頓驚呆了，低頭看著交纏的四肢與掙扎扭動的軀體。

接著她父親抬起頭來，說出和她母親在超過十五年前所說的同一句話。

快跑！

66

勞頓跑走了。

她從纏鬥的軀體旁邊經過，直接跑進蕾蕾的房間。

她尋找門鎖，但是沒有。

她想找東西將門卡住，便拖來飲料推車，但推車太輕，阻止不了任何人進門。

她四下張望尋找武器，想找個重物，找個能用來打人或挖鑿的東西，不過這裡是醫院，設計上根本不會有那種東西。

她探頭進浴廁，裡面也沒有能用做武器的東西，但門可以鎖。

她跳到蕾蕾的床邊，輕拍她的臉頰。

「寶貝，醒醒啊。拜託妳醒醒。」

她按下床頭的緊急按鈕，門上方亮起紅燈。外頭走廊某處遠遠地響起嗶嗶聲，只可惜聲音來自夜班護士的所在位置，而被下藥的他睡得正熟。

不會有人來。

「寶貝，求妳醒醒。」

蕾蕾呻吟一聲，動了動身子，眼珠子往上翻半睜開眼後又閉了起來。她的鎮靜劑藥力太強。

若是拖她下床進到相對安全的浴廁，會花費太多時間。

外頭走廊上，勞頓聽見一聲痛苦的哀號，認出那是父親的聲音。

她低頭看著蕾蕾，和她遭遇同樣情況時相同年紀。她記得母親為了確保她能活命做了什麼。

她從不認為自己能像母親那麼堅強，但現在，此時此刻，她知道她能。為了救她女兒，任何事情她都會做，任何一切。

走廊上又傳來一聲叫喊，她猛地回頭。

當初她母親為了她拚命，現在是她父親在為她拚命。

身為父母就是會這麼做。當野狼來抓你的幼崽，你就會對抗牠。

她再次看著推車，重量不足以抵禦，但比較適合當武器。她抓住推車，拽開房門，衝進走廊，發出來自體內深沉而原始的某處的一聲長嚎。

她父親倒在地上，扭曲的病人服被血染濕，雙腳無力地踢向攻擊者，對方仍高高站立在他旁邊，但此時卻看著勞頓，面具背後那玻璃珠般的眼睛愕然圓睜。

她從推車抓起熱水壺朝他甩去，近乎滾燙的水在空中劃出一道弧線，過程中她自己也燙傷了。那惡魔彎低身子，但不夠快，水壺重重砸在他的肩膀，水倏然潑灑在他身上，讓他踉蹌後退尖聲驚叫。

勞頓將推車晃轉過來，全力朝他衝去，然後在最後一刻放手，讓推車尖銳的金屬邊緣直接撞上他的脅邊，撞得他先是趴倒在地隨後滾向走廊另一頭。他跌倒時面具掉落，當他連滾帶爬將面具撿起重新戴上時，她看見了那底下的臉。蒼白。毫無特色。平凡。

沒有什麼惡魔。

她匆忙奔向父親，踩到灑出的水打滑，正好摔倒在他身邊。

「你還好嗎？」

他抱住身側，痛得咬緊牙根，鮮紅色的血流到病人服上。他抬起頭，眼中的痛楚緩和了一剎那的時間，緊接著他目光轉移，彷彿盯著她身後的某樣東西。

勞頓扭過身子，看見那個面具男蹣跚朝她而來。他從被推車撞到的地方一跛一跛地走來，雙眼充滿恨意，他重新將手舉高，此時刀子正對著她。

她站起來，穿過濕漉漉的地板往後退，退離她父親，經過蕾蕾的房門，此時門上方的紅燈將昏暗的走廊照得一片猩紅。

她繼續往後面走，吸引那個戴著面具、拖著腳步的東西跟上來。

將近二十年的時間，這一刻都縈繞在她心頭，驚恐害怕，每每總會從無止境地上演著這一刻的噩夢中驚醒，而始終渲染著一切的情緒就是恐懼。恐懼它再次發生，恐懼戴面具的惡魔再回來，而這次就會抓到她了。

一直跑，不要停，母親這麼說。

她也確實一直在跑，跑了一輩子——離開家、離開她的過去，跑了那麼久——沒想到還是來到這一步，那個惡魔仍舊追上她了。她感覺到腳下堅硬的亞麻地板變成柔軟的地毯。

她跑得夠久了。該停了。

她穩穩踩定後腳，注視著那個跛著腳愈靠愈近的東西，腦中開始數數。

……一……

她直視參差眼洞裡的那雙眼睛，衡量他的高度。他很高，比她想像的還高。但這不是他。她看到他的臉了，那不是惡魔的臉，甚至不是麥維，那只是一個躲在面具後面的可悲男人。

……二……

她膝蓋微屈，幾乎像是畏縮，他在面具背後微微一笑，享受著在他看來有如恐懼與潰敗的跡象。他舉起刀子準備用力往下刺，終於能將這份祭品獻給他那已經死去的扭曲的神。他又往前跨一步。只要再一步就能碰到她。

……三……

勞頓打直雙腿向上一躍，升高之際同時扭身，左腿橫掃出去，碰到朝她砍來的刀子邊緣，但攻勢持續，在接觸到面具後仍繼續往前，那塑膠面具被踢得粉碎，骨頭也喀喇碎裂。

他的身體立刻癱軟，腳步踉蹌倒退，雙臂無力地畫圈試圖恢復平衡。

勞頓以穩定的蹲姿落地，隨即又往前彈跳，這回右腿在前，左腿被刀割傷處滲著血。她再度瞄準面具，一如她無數次的練習。她的腳往前踢，接觸到他的頭，那顆頭猛地往後仰，與沉重皮革沙包的阻力完全不可同日而語。他身體往後癱倒，摔在地上的力道太大，頭還彈了一下，刀子也從他軟趴趴的手上掉落。

勞頓已經欺近，此時她已分不清走廊上的紅光與她腦中的迷濛紅霧。她俯看著他被破碎面具框住的臉，只見他臉皮鬆弛，眼珠子往上翻，被劃破的嘴唇湧出血來，鼻子則有如一團牛絞肉。

在她身後，有三名醫院的保全人員從走廊跑來，稍早的警報終於有了回應。

她抬起右腳準備朝他的頭踩下，卻被一雙強壯的臂膀從後面抓住、拉開。

「沒事了。」有人說道：「妳現在安全了。妳沒事了。」

這是成年後頭一次，勞頓覺得自己確實安全了。

67

切爾西與西敏醫院發生事故的消息太晚傳出，來不及登上早報，但一如既往地，社群媒體上已傳得沸沸揚揚，等到民眾睡眼惺忪喝著咖啡邊聽晨間新聞時，約翰・李斯局長已經從谷底翻身成了英雄。

各個案件關係人——希莉亞・巴恩斯、秀娜・歐布瑞恩、海格特讀書會WhatsApp群組的淑媛們——全都捲動著她們的動態消息，調高收音機音量，吸取最新消息的細節，同聲一氣地舒了口氣，因為凶手已遭羈押、秩序已然恢復，她們又能再次安全地活在自己的小世界裡了。

內政大臣查爾斯・尼克森罕見地出現在時事節目《今日》中，證實了有一位醫院勤務員正是殺死護理之家大亨馬克・墨菲、其妻與一名八卦報紙記者的凶手，他侵入了切爾西與西敏醫院的私人病房區，意欲殺害勞頓與蕾蕾・李斯，也就是李斯局長的女兒與外孫女，但被李斯局長親手阻止了。局長雖然因嚴重的心臟問題在記者會上昏厥，卻意識到情況不對，英勇地與凶手纏鬥，可惜就在這過程中遭受重創、心臟病發，如今人在加護病房。

尼克森也巧妙展現了政客的獨特手段，在將李斯切割丟包的同時也不忘吹捧他一下，他說李斯稍早在記者會上昏倒以及那番慷慨激昂且不尋常的發言，全都是他一直在服用的強力止痛藥所致，而他服藥則是為了勇敢地努力繼續堅守崗位直到找到適當的接班人。有關於此，尼克森任命了副局長安迪・貝文擔任新一任的大倫敦局長，他將會在當天稍晚舉行記者會，正式接下這項職務，並宣布立即追加四億五千萬的警政預算來打擊一般犯罪，特別是刀械犯罪。

尼克森在最後感謝約翰・李斯局長長年的貢獻，並表達真摯的期望，願他的傷勢能迅速康復，好好享受悠長而平靜的退休生活。

68

約翰・李斯緩緩醒來，感覺彷彿從一片溫暖海水中升起。隨著他醒來，聲音也慢慢滲入，低低的、模糊的說話聲，呢喃細語聲，遙遠而不清楚，他還意識到自己的呼吸聲，很費力，好像有重物壓在胸口。緊接著他感受到另一種壓力，在手上，輕輕的但很扎實，彷彿有人抓著他的手要拉他起身，離開那片溫暖海水。

他睜開眼睛，形體慢慢聚焦，隨後一張他認得的臉——他於是露出微笑。

「格蕾絲！」他聲音沙啞，喉嚨乾得發疼。

那張臉飄忽溜走，他一度慌張起來，接著他聽見從水壺倒水的聲音，然後有隻手伸到他的後腦勺輕輕扶起。他的嘴唇感覺到水的涼意，喝了之後抬眼看她，眨了眨眼努力地將她的臉聚焦，在經過如此漫長的歲月後，他迫不及待想再次看見這張臉。杯子移走了，他再次輕喚妻子的名：「格蕾絲。」這時他開始想起來了——戴面具的男人、他手裡的刀、女兒臉上的恐懼。

他叫她快跑，但不記得她是否做了。他抓住了他，極盡所能地將他困住，即使刀子一再刺入他的身體，他腦中也只有一個清晰強烈的念頭。

這次不會了，他發誓道，在與這個戴著可怕面具的男人扭打纏鬥之際，他不去想身體的痛楚，只緊緊巴住這唯一的念頭。

這次不會了。

他床邊的人影重新朝著他俯身，拿面紙壓一壓他弄濕的嘴角，他抬起眼睛看她——他的格蕾絲，過世已久但又回來了，這表示他想必也死了，無所謂，只要她安然無恙就好。只要勞頓活著，他願意付出任何代價，即便是他自己的性命。

他面帶微笑看著妻子，她的臉終於完全聚焦變得清晰之後，他哭了，既感到遺憾又鬆了口氣。遺憾的是站在他床邊的不是妻子，但又為勞頓果真逃過一劫而鬆一口氣，因為將水杯斜斜湊到他唇邊的人是她，用面紙擦拭他嘴角的人也是她。

勞頓坐在連接兩個房間的門口的椅子上。

她父親動完緊急手術回來以後，她問院方能不能讓他和蕾蕾住同一個病房，好讓她能同時守在兩人的病榻旁。他們說礙於各種不同的規定與感染控制的因素，因此不可能，不過可以將他安排在隔壁房間，只要她答應將連通的門關上。她答應了，但等他們一離開，便拿來一張椅子將門打開卡住，現在她就坐在兩個房間的連通門口，既沒有在哪個房間內也沒有在哪個房間外，一下往右看看父親，一下往左看看熟睡的女兒，然後再轉回左邊，反反覆覆持續不斷地守護著。

有一回父親短暫醒來。她餵他喝了點水，他喊了她母親的名字，然後哭起來，哭完又再次沉沉睡去。

偶爾勞頓會站起來伸展一下疼痛的背部，身子僵硬地在兩個房間走來走去，活像隻巡視周邊的攻擊犬。她腿上厚厚的繃帶略微限制了她的行動，如今止痛藥的藥效逐漸退去，縫合處也隨著心跳速率抽痛著。有位護士跟她說，她差點就殺死那個傷害她的男人。對此她思索再三。

蕾蕾依舊沒有醒來。她仍處於化學物引導的昏迷中，這有助於她復原。勞頓渴望她能醒來，卻也害怕她醒來。當她甦醒，她就得告訴她發生了什麼事以及她為什麼會在這裡。雖然擔心這番對話，但就因為缺乏溝通才導致女兒此時躺在這張床上，這讓她更害怕。因此當蕾蕾清醒後，她們會交談，不管有多痛苦。

她們會交談，而這次，勞頓會傾聽。

但在那之前，她會守護她。她會守護女兒，也會守護父親，盡己所能確保他二人都不會再受到傷害。

攻擊事件發生後的晚上，坦納錫出現了，替她送來家裡的筆電、一個資料箱和幾盒中式料理，那食物有如一條蒜味龍驅走了消毒水的氣味。

他們在兩個病房中間敞開的門裡用餐，用資料箱充當桌子，勞頓坐在蕾蕾房間這邊，坦納錫在她父親那邊，天南地北有一搭沒一搭地聊著。感覺真好，幾乎像尋常狀況，只不過勞頓覷向床上兩人的目光始終沒停過。

用完餐後，坦納錫將垃圾放進他帶餐點進來用的袋子，然後一臉嚴肅地看著勞頓。「我得問妳一個問題，」他說：「妳不想回答的話就別回答，但我非問不可。」

勞頓點點頭，不知他要說什麼而略感焦慮。

「妳為什麼會取勞頓這個名字？」

她鬆了口氣笑出聲來，手指向她父親，說道：「他的錯。你有沒有看過一部電影叫《獵人之夜》？」坦納錫搖頭。「那是一部黑白老片，由勞勃・米契和雪莉・溫特斯主演。米契演一個心理變態，假裝成傳教士企圖騙一個寡婦的錢。他兩手的手指上都有刺青——左手刺「恨」，右手刺「愛」——他在傳道時用左手打右手，但最後右手勝利，證明愛始終會打敗恨，諸如此類的。那是我爸最愛看的電影，你應該看看，很不錯。裡面有殺人命案，你會喜歡的。

「總之，那是我爸和我一起看的第一部電影，我的意思是我剛出生時，他在半夜起床好讓我媽休息一下，就抱著睡著或是嘴裡咿咿嗚嗚的我看了那部片。他們倆好像沒法決定要替我取什麼名字。那部片的導演是個男的，叫查爾斯・勞頓，我爸喜歡那個名字，所以就……」她微笑道：「就是這麼回事。」

坦納錫微微一笑。「是個好故事。」他瞥向約翰・李斯熟睡的形體。「你們家不是正常家庭，這點毫無疑問。」

勞頓順著他的目光看去。「有所謂正常的家庭嗎？」

坦納錫面轉向她，臉上又重現嚴肅表情。「那麼現在這一切讓你們倆的關係變成什麼樣了？」

「不知道。要我說呢，時間會給出答案，但我不確定我們有多少時間。我不斷看著他好確認他還在呼吸，所以我猜這應該說明了點什麼吧。」

坦納錫點頭，接著用手指敲打資料箱蓋。「這些全是妳父親辦公室裡的私人物品。裡面有一些東西，妳可能會有興趣。另外，我也把最新更新的案情檔案email給妳了，萬一妳想讀點東西的話。那裡面也有殺人命案。」

勞頓露出淺笑，這時坦納錫傾身向前親吻她，只是在嘴角輕輕的一吻，卻像有一道電流竄遍她全身。

「晚安，勞頓．李斯。」他說完便朝門口走去，手裡拎著外帶的袋子。他開門正要出去，卻又停下來轉過身。

「如果妳想打電話找我聊聊，就儘管打來，想聊什麼都行。什麼時間都無所謂，好嗎？打來就對了。」

話畢，他點點頭步出房外，勞頓則盯著看那扇門在他身後緩慢關上。

69

坦納錫的到訪奇妙地轉移了勞頓的注意力，但也讓她感到困惑而焦躁不安，不是因為那個吻——那是整個晚上最令人愉快也最不複雜的部分——而是因為他帶來的東西。

她愣愣地看著資料箱片刻，心想父親的事業如此之大，怎麼最後竟能裝得進如此袖珍的容器內。當她終於掀開蓋子往裡看，那少得可憐的內容物讓她更加吃驚：只有幾張照片、一份薄薄的、褪了色的藍色檔案夾，以及一台附充電器的舊筆電，看起來早該比主人更早退休才對。

勞頓拿起第一張裱框照片，上頭是個她不認識的警察。背面以手寫字跡標註他是助理局長彼得．菲維德，她瞬間有似曾相識的感覺，好像聽過這個名字，但時間太過久遠，無法對應到具體的人事物上。第二張照片是她，約莫六歲，在他們阿克頓住家後院，坐在母親腿上。她們倆都凝結在燦笑中。勞頓盯著照片看了許久，想像著照片擺在父親辦公桌上，並同時領悟到：當她窮其一生想方設法要避免提及或看見他，他也同樣盡其所能地確保每一天都能看見她的臉。

褪色的藍色檔案夾內有更多證據，證明他一直都在參與她的人生，而她從來都不知道。裡面有一份為她報名戒毒治療的申請表副本，那是她從急速墜落的人生振作起來的開端。保證人簽名欄中填寫著父親簡潔、獨特的筆跡，旁邊還有個手寫的註記要求關於他的涉入要絕對保密。下一份文件仍是相同的簽名，那是一份獎學金的表格，由他作為擔保人，確保她能獲得這筆獎助學金以完成大學學業。假如她休學，他就得償還所有費用。她從來不知道這件事。檔案夾裡還有她每一張畢業證書的影本，以及她博士論文的封面。另外還有她被倫敦都會大學錄用的通知書副本，顯然是學院院長轉寄給她父親，詢問他是否反對校方聘她為講師。只有一行手寫字表示他並不反對。

勞頓小心地將一切放回資料夾內，反手擦去一滴淚水。她一直認為父親冷漠不關心，是個缺席的家長，殊不知他其實一直在她身旁。一直都在。

她接著取出筆電，但電池已經沒電，於是她插上插頭充電，往兩個房間中間的椅子坐下，先望向在睡覺的父親，接著回頭看隔壁房間的女兒。

她的家庭。

破碎，但還是她的。

接下來，要想睡覺是無望了，她便做了每次用來安撫亂糟糟大腦的事情。她打開自己的筆電，點進案件檔案的最新連結，深深陷在一樁案子的細節中，全心全意貫注在以後將會用來給亞當．伊凡斯定罪的所有新證據。但儘管她的思緒找出了令人安慰的連結，能將一切綁束在一起，打包得條理分明令人寬慰，卻也發現一截鬆脫的線頭，怎麼樣都藏不起來。當她拉扯線頭，循線而上，整個有條有理的畫面忽然開始拆解，直到露出底下另一樣東西，沒有脫線的東西。當凌晨時分父親再次醒來，除了她與此時駐守門外的荷槍警衛之外，所有人都還睡著的時候，她有問題要問他。

「亞當・伊凡斯為什麼會在他完成任務以前，寄email告訴史萊德他的所在？」

約翰・李斯抬眼看著女兒，現在的她是那麼神似格蕾絲，他覺得幾乎痛苦到無法直視。

他乾嚥了一口。「他犯了錯，」他說道，大量的嗎啡讓他嘴裡彷彿滿是棉絮。「他們總會犯錯，終究會。」

勞頓輕輕搖頭，低頭凝視著他，那冷淡好奇的神色讓他感到不安。「如果他們總會犯錯，那我們也總會抓到他們，不是嗎？可是沒有。去年首都殺人案件的破案率只有百分之六十八。」

李斯聳聳肩。「有時候我們也會犯錯。」

勞頓繼續以極度尖銳的目光審視他，讓他覺得她想必都能看穿他的腦袋殼了。

「可是他沒有犯錯，」她輕聲說道：「一開始並沒有。前兩起命案的計畫與執行都非常精密。事實上，凶手信心滿滿知道自己沒有留下任何東西能讓我們抓到他，才會寄照片給記者讓他有新聞可寫。所以說如果他前兩次都那麼謹慎精準，為什麼會告訴記者去哪裡找他，結果又像是在驚慌之餘把他給殺了？如果他知道他要來，又為什麼會驚慌？而如果是他寄的email，他就應該會知道他要來。」

李斯聳聳肩，兩眼始終盯著她的眼睛不放。「說不定email是預定晚一點才要寄出，但中間出了錯。他確實還犯了其他錯誤：在第一個命案現場，他留了一枚指紋在妳的書上，還留了一枚在第二命案現場的報紙上頭。」

「沒錯，他的確是，對吧，每個現場留下一枚指紋，剛好足以證明他在兩個地方都出現過，有助於判刑。你知道嗎？他們搜索亞當．伊凡斯的囚室時，沒有找到任何科技產品，沒有電話、沒有筆電。他完全不使用先進科技產物，連日記都是用鉛筆寫在一本舊的學校練習簿裡，不料他竟然能用一台舊筆電送出無法追蹤的郵件和照片，而這台筆電好像是在燦暮資產的清算拍賣會上買來的。」

她暫停了一會兒，隨後伸手到床的下方拿起一樣東西給他看。「事實上，就和這台一模一樣。」

李斯瞪著這台老舊破損的康柏看，螢幕在昏暗的房間裡發著光，顯示著曾一度擁有它的公司的向日葵標誌，與排成一列的資料夾：

1. 屋子
2. 書
3. 勳章
4. 鑰匙
5. 獅子與獨角獸

記者會前收拾辦公桌時，他從最底層抽屜拿出筆電放進箱子裡，本來打算事後回家途中，把它丟進泰晤士河。

每個人都會犯錯。

他回望著女兒的雙眼，有那麼一瞬間想著要否認，說自己從未見過這台筆電。但時間太短促，他最不想做的就是浪費自己剩餘的時間，對好不容易才願意開始再次與他談話的女兒說謊。於是他轉而低頭看床，因為他無法看著她那雙真摯的眼眸——她母親的眼眸——說出他接下來要說的話。

「他們從來沒有告訴過你真正的正義是什麼樣子。」他壓低聲音，很輕地說，以免被別人偷聽到。「在他們讓你加入的時候沒說過。其實呢，這兩個字他們可沒少說——那些政客、媒體——我們是法律與秩序之黨、我們是正義之黨——只不過當一個孩子被酒駕撞死，駕駛被判五年徒刑，關個三年就出獄，孩子的父母得不到正義。當一個三歲小孩因為哭個不停，被母親男友抓住腳踝，拿頭去撞牆，結果永遠無法再走路或說話，他也得不到正義。」他吸入一口氣，慢慢地吐出，壓制住一波疼痛。

「當然，你會盡自己的力量做到最好，雖然你很快就會發現你的最好永遠、永遠不夠好。你會告訴自己，你不是立法的人，你只是負責維護律法，然後繼續面對這一切悲劇與不公，不然還能有什麼選擇呢？你只能繼續下去……即使事情發生在你身上。

「所以當麥維取走了我的人生，我仍然繼續。後來當妳從我身旁溜開，我也還是繼續。但我從來沒有停止思考過：也許有一天我可以撥亂反正，找到方法讓真正的正義得以伸張。

「所以我留意著麥維和其他每一個曾經致力於毀滅我人生的人：那個破壞我們的案子，幫助釋放麥維的初級律師；她把他的名字洩漏給的記者。以前我總會幻想讓他們受到正義的審判，真正的正義，以眼還眼，以命償命。對我來說那是一種治療形式。沒想到後來律師失蹤，麥維也死了，正義似乎再次從我手中逃脫。」

一陣粗嘎刺耳的咳嗽聲從他體內逸出，他緊抓住胸口，全身顫抖，試圖壓制住不讓它全面爆發。

「可以給我一點水嗎，謝謝。」

勞頓輕輕扶起他的頭讓他喝水，他一面享受著她手的觸感。

「這段時間以來我也都在看著妳，」他重新躺下，仰視著她的眼眸，說道：「那麼地迷失，那麼地拒人於外。有一度我以為妳再也找不回自己，就是妳懷孕的那陣子，沒想到是蕾蕾讓妳重新回到這個世界。她給了妳再次活下去的理由。妳後來的轉變和成就讓我無比驕傲，想想妳一開始的模樣，更令人佩服得五體投地。但我也看得出妳仍然自我封閉，妳仍然困在當初界定妳的那樁罪行裡。我希望或許有朝一日妳能開始重新活在當下，而不是永無止境地專注於過去的罪行。我也希望我們之間能有足夠的時間，能有一天搭起一座橋，跨越那道將我們隔離開來的鴻溝。結果在九個月前，我發現我就快死了，忽然間再也沒有多餘的時間了。

「和我被判死刑差不多同一時間，麥維也死了。就某些方面而言，這讓我鬆了一口氣，以後就不用再處理這件列在待辦清單上的事了。可是我監視了他這麼多年期間，注意到布羅德莫有個男性志工與麥維相處的時間長得超乎尋常。」

「亞當．伊凡斯。」勞頓喃喃地說。

李斯點頭。「我做了深入的背景調查，發現一堆兒童心理學家的報告，妳肯定在名為『獅子與獨角獸』的檔案裡都看過了。童年受虐與動物及成年後的心理變態之間有什麼關聯，相信不需要我告訴妳，因此儘管他接受了治療，他的檔案也因為他未成年而封存了，但妳應該可以理解當我發現麥維新交的摯友，曾在八歲時因對貓凌虐、斬頭被捕時，我內心的警鐘響得有多迫切。

「於是我安排一位熟人，一個欠了我人情的職業竊賊，去跟蹤他，看看他現在變成什麼樣子。他闖入他的住處，發現了日記，麥維的還有他的。前者證明了我一直以來都知道的事：麥維就是蒙面魔人。伊凡斯的日記則寫滿了詳細的幻想，說他打算如何復興麥維的傳奇，落實他的志業，首先就從殺死那個逃跑的小女孩開始。」他抬眼望向勞頓。「就是妳。」

李斯謹慎地吸一口氣，氣息邊緣有咳嗽前兆的嘎搭嘎搭聲威脅著，但始終沒有真的咳起來。然後他繼續說下去。

「我知道逮捕他沒有用——隨便一個半吊子律師都能在幾小時內讓他重返街頭，因為他只是寫下想殺妳的幻想，還沒有真正付諸行動。我想過自己動手解決他，就像我一直想著只要有機會就要殺死麥維。不過這個宇宙，大半時候都那麼混亂又殘忍，有時候卻會在你正好需要的時間提供你正好需要的東西。

「我以前的一個同事現在在一家保全公司工作，他剛剛在海格特一棟住宅裝設了高級警報系統，而且他認出了屋主。他傳給我一張照片，我也認出她了。她有了新名字、新長相，甚至新丈夫。我也認出了那個丈夫，並領悟到我的機會來了，不只能讓這些咎由自取的人全部得到真正的報應，還能確保在我走後，亞當．伊凡斯不會再對妳造成威脅。」

他抬眼看著勞頓。「這向來是我的主要目標，要確保妳安全無虞。但我也看出了，這一切或許終於能幫助妳逃離過去的陰影。我看過妳的書，也追蹤了妳對懸案的研究，我知道妳能力有多好。我還知道妳之所以不碰調查中的案子，是因為妳曾經參與過一次，那次經驗卻讓妳留下傷痕。不過我很肯定，一旦妳像個成人一樣，運用妳的技巧，經歷過實際調查那種觸電的感覺，妳就會明白這才是妳天生該做的工作，也永遠不會再回到學術界那昏暗陰鬱的教室去過那種不算完整的生活。妳需要的只不過是一樁妳無法忽視的罪行。所以我提供了一樁，我殺死卡絲琳．瓦倫後，在現場留下妳的書，好把妳拉進案子裡來。」

他拉起她的手握在手中。

「我根本無意讓妳發現是我做了這些事，我也全然無意讓妳或蕾蕾身陷險境。我把史萊德送到伊凡斯的住處去作個了結。我想要他找到日記、報警，最後寫出關於亞德里安．麥維的真實報導。不料史萊德被殺，我的健康讓人失望，到頭來我所做的一切只是再次讓妳陷入危險。」

他闔上眼睛，壓制一波半肉體、半情緒的痛苦。

「對不起，」他說著緊緊抓住她的手，淚水同時滑落臉頰。「我對妳的愛超越一切，甚至超越我自己的生命。可是不管我做什麼，好像都只會讓妳失望。現在沒時間了。沒有多餘的時間可以讓事情重回正軌。」

忽然響起一個尖銳的警報聲，只見他背部拱起，整個人被痛苦吞噬，她的手幾乎被他的手勁捏碎。

勞頓無視自己的疼痛，也用力捏著他的手。她抬頭看著發出噪音的機器，只見一條綠線直直地劃過螢幕。

「爸，」她喊道，一面用空出的手拍打他的臉，試圖喚醒他。「撐著點，爸。」

她身後的門倏地打開，心臟驟停急救小組將她推開。他們展開急救，大聲喊出他的生命跡象，解開他病人服前面的鈕釦並備妥電擊板。

其中一名成員高喊「CLEAR」，所有人隨即後退。

她父親的身體在床上抽搐，螢幕上的線也跟著跳動，然後又再次成為平穩的直線。

小組成員重新圍攏，在他們急切的對話聲底下，電擊器發出低聲嗡鳴，再次充電。

勞頓無助地旁觀，試著透過緊密靠攏的軀體間的縫隙保持清晰視線，以便看到父親的臉，就好像一刻沒看見他就再也見不到了。

70

那天晚上約翰・李斯沒死。

急救小組在第三次嘗試時，終於讓他恢復心跳，然後快速將他推進加護病房，留下勞頓直瞪著原本放病床的空間，病房頓時感覺空蕩蕩，安靜得叫人不自在，彷彿她身處颶風眼，而風暴仍然在她四周打轉。

勞頓瞥了一眼放在地上文件箱旁，開著的舊筆電，螢幕在盒子與乾淨地板上投射出黯淡、不祥的光。時間很晚了，也可以說很早，看你怎麼看。

如果妳想打電話找我聊聊，就儘管打來，想聊什麼都行。什麼時間都無所謂。打來就對了。

坦納錫這麼說過。

她打給他，才響一聲他就接起來了。

「嘿。」他說。

「我父親又心臟病發了。」她說。

「不會吧。他還好嗎？」

「不知道。他們把他推走了。」

「我打開了箱子，」她說道。坦納錫一語未發。「我發現了筆電，我正在跟他談的時候，他就……他就心臟……我覺得也許……」

「妳要我過去嗎？」

「我現在過來，」坦納錫說：「我去之前，這些事都不要跟任何人談，好嗎？」

「你知道了，」她是在陳述，不是提問。「你說我可以隨時打給你，因為你知道我會打開箱子。你知道我會打開它，推敲出和你一樣的結論。」

停頓的時間拉得好長，只聽見空氣從天花板通風口排入，發出細微的嘶嘶聲。

「所以妳想怎麼做？」坦納錫用低沉、不偏不倚的聲音問道。

他的問題讓勞頓大吃一驚，因為答案很明顯，他們應該將筆電納為證據，她應該寫一份聲明，詳細記錄她父親如何坦承殺害馬克．墨菲和卡絲琳．瓦倫，這是他們該做的事。可是當沉默不斷延伸，她也沒說出以上任何一句話，便有其他答案開始成形。

最後是坦納錫打破沉默。「眼下，」他的聲音依然低沉。「所有的證據，官方證據，都明確指認亞當．伊凡斯是凶手。他的指紋出現在每個殺人現場，而且我們知道亞當．伊凡斯的確是凶手，因為他殺害了布萊恩．史萊德，也顯然意圖殺害妳和蕾蕾，所以無論如何他都會被關一輩子。好吧，也許如果他沒有殺死史萊德，他的辯護團隊或許會質疑怎麼這麼巧，在馬克．墨菲和卡絲琳．瓦倫的命案現場，都各只出現一枚指紋。說不定他們也會猜測有個具有足夠鑑定知識的人，可能從丟棄的可樂罐或什麼東西採集到亞當．伊凡斯的指紋，然後放到現場栽贓——也許是退休警員，或甚至現職警員。但這是非常嚴重的指控，他們若想提出來，需要的遠遠不只是推測而已。他們會需要確鑿的證據證明有其他人涉案，要是很具體的東西，明確地將命案死者和新的涉嫌人連在一起。」

勞頓垂下眼簾看向地上開啟的筆電。

「就目前的情況，」坦納錫繼續說，此時他的聲音低得有如說悄悄話。「除了妳父親以外，筆電的事只有妳和我兩人知道。而妳父親……妳父親已經命在旦夕。」

勞頓等著他再說點什麼，但他讓沉默總結他的想法，她這才察覺他在做什麼。他在概述已經寫好的故事，但要讓她來決定結局。

「為什麼要殺死馬克．墨菲？」她拉起一根仍綁在她心上的鬆脫線頭，問道：「我可以明白他對卡絲琳．瓦倫的怨恨，但殺死墨菲說不通。」

「照片裡那個男人，」坦納錫低聲說：「穿著助理局長制服的那個。他是妳父親的故友——職業警察，沒有家人，在妳母親去世而妳……妳也不在之後，他幫了妳爸很多。總之，他在幾年前退休了，後來罹患阿茲海默症，情況十分嚴重，惡化得非常快。他就死在馬克．墨菲旗下的一間護理之家。」

勞頓頷首闔眼。通常，當她沉溺許久的案子的最後一塊拼圖就定位時，她會有一種少見且短暫的平靜感。但這次並無平靜。她大半個人生都希望能有機會毀掉父親，如今機會就在眼前。她只需要盡忠職守，登錄她手上的證據，讓正義得以彰顯。

正義。

那會是正義嗎？

她想起與父親最後那番談話的痛苦，一個垂死之人的自白，告訴她他做了什麼又為什麼那麼做。她低頭看著檔案夾裡裝滿父親對她絲毫未減的愛的證據，一個幽靈父親以他僅有的方式守護她，因為那是她容許他的唯一方式。她始終以為自己做的一切都是憑一己之力，甚至引以為傲。如今她明白了，他一直都在一旁，看護著她，盡他所能照顧她，正如她想為蕾蕾做的。他甚至為了她殺人，這是任何家長都會做的事，無論是在對或錯的情況下，就像她會為蕾蕾做的那樣，就像她也會殺死亞當・伊凡斯，要不是有人把她拖走的話。

「所以妳想怎麼做？」坦納錫問。

勞頓直盯著才沒多久前父親待過的那個空位。「我不知道，」她說：「我真的不知道。」

71

沒有多餘的時間可以讓事情重回正軌。

那是父親這輩子對她所說的最後一句話，接下來的幾天當中，勞頓經常地想起。坐在蕾蕾病榻旁時她便想著這句話。她眼看著女兒每下愈況，直到醫生請她坐下，告知說醫療未起作用，說她女兒的肝臟正逐漸衰竭，然後開始大略敘述他們可能會採取哪些救治措施，以及假如沒能找到捐贈者，她可能還剩多少時間。但即便是當醫生冷靜地概述著她可能失去獨生女那無法想像的恐怖情事，勞頓卻想起父親在他們最後一次談話中說的另一句話。

不過這個宇宙，大半時候都那麼混亂又殘忍，有時候卻會在你正好需要的時間提供你正好需要的東西。

每一個大倫敦警局的警察都會在加入時，自動登記一項器官捐贈計畫。有些員警會選擇退出。大多數不會。

她父親就沒有。

勞頓被告知蕾蕾需要進行移植的那天，父親在加護病房第四次也是最後一次心臟病發，去世前再也沒有恢復意識，因此也不知道他殺害卡絲琳・瓦倫與馬克・墨菲的消息與其原因被披露後，引爆了多大的媒體風暴。

到頭來只移植了一部分，約翰・李斯的肝臟通過組織相容性檢驗後，一部分移植到蕾蕾身上，讓健康的細胞能刺激受損細胞，最後生長成新而完整的臟器。

她坐在女兒床邊，不去理會媒體接連不斷打來要求採訪的電話，他們想談談關於她那個執行私刑正義，而且被愈來愈多人視為英雄的父親。這時候她想起曾經有一位法醫在進行屍檢時，指著一個剛死不久的酒精中毒者受損的肝臟，告訴她一個鮮為人知的事實。

肝臟是人體內唯一一個能再生的器官，他這麼說道，但有時候受損得太嚴重，它會忘記如何癒合。

在蕾蕾日復一日、週復一週的恢復期間，她經常想到這件事；似乎在不到一個月的時間，蕾蕾就被她那青少年的超能力從鬼門關帶回來，還開始抱怨說移植的疤痕害她再也不能穿中空裝。她們倆聊個不停的時候，她也會想起；勞頓提醒自己，她該做的是傾聽，而不是一下子跳進去試著解決或控制一切。當初不管是什麼樣的暗黑力量讓蕾蕾逐漸硬化進而被壓垮，如今這個簡單的愛的舉動似乎慢慢地融化了那股力量，她暗忖也許心也是一個能夠再生的器官，而且比純粹的實質再生更強大的是，它還能重新學習如何自癒的功夫，即使如她的心這般千瘡百孔也不例外。

而當蕾蕾終於恢復到可以出院，坦納錫便帶她們從後門偷溜出去，避開等候的媒體記者，接著她們直接去了那間俯瞰泰晤士河的大公寓，那是她父親遺贈給她們倆的。她們一起逐一檢視櫥櫃與抽屜，每找到一樣東西便細細查看，小心地收集並培育關於一個她們都不曾真正了解的男人的記憶，同時慢慢地在她們共同的新生活中扎下新的根，而這個新生活與他共享的不只是一段過往而已。

此刻勞頓站在她的新生活中，新廚房的水槽前給水壺裝水。在她背後某處，蕾蕾正和著某個旋律在唱歌，戴著耳機讓她聽不見，使得她的聲音既可怕又美妙。

勞頓伸手要拿手機，才想起她把手機留在床邊充電，但還是燒了水，望著窗外的河水凝視片刻，感覺平靜，又安全。隨後她從櫥櫃拿出一罐新茶葉，從抽屜取出一支湯匙，將茶葉舀進壺中，從頭到尾都沒有特別想些什麼。

一……

……二……

……

致謝

每回完成一本新書總是有太多人要感謝，以至於需要另寫一本書才能公平對待所有人，但我盡量。

這次這本，我欠了Peter Fairweather警員（已退休）天大的人情，我們是學校同學，他的數學總是比我強得多，後來加入海軍與劍橋郡警局都有傑出的表現，當我需要讓書中各個執法員警說話與行動都有模有樣時，他在警局的經歷可說幫了大忙。關於這點，我也要感謝曾任職於大倫敦警局的Heather Rook警長，他也和善地指出我杜撰的情節，尤其是關於他們在倫敦的做法。無須說，若還存在有任何錯誤，都是我一人的責任。

關於各個醫療事務部分，也很感激外科醫師Jonathan Hyde，他是王室索塞克斯郡醫院的心臟科顧問醫師，他給予我的那種寶貴醫學意見，應該只有在寫驚悚小說時用得上。對每一位犯罪作家來說，擁有自己的Hyde醫師是再幸運不過了——儘管嚴格說來，他自一九九三年起就不是「醫師」了！

在出版方面，一如既往地，有一群傳奇人物在鼓勵我、保護我、支持我（有時則是責備我），他們是HarperCollins的Julia Wisdom、Morrow的David Highfill、Soho經紀公司的Mark Lucas與Alice Saunders——與其說是經紀人，她許久以前就變得更像朋友了，但至今仍是我所能奢望得到最好的經紀人。

一如往常，我必須感謝家人——Kathryn、Roxy、Stan與Betsy——那麼地了不起，那麼地風趣，並給予我那麼多的愛與支持，雖然我沒有認真做好自己分內的事，成天在家裡無所事事，像個怪胎一樣嘀嘀咕咕自言自語。我也虧欠Woody和Stevie許多，牠們每天從四點左右就瞪著我看，直到我投降，拉起遛繩，帶牠們到索塞克斯草原去追兔子和狐狸。若不是牠們，我很可能永遠見不到天光，而且甚至會變得比現在更透明。

另外還有成百上千人的幫助，我才能將想法化為你們現在正在讀的內容，這些人是誰他們自己知道，如今你們也知道了，因為他們就列在本書末的榮譽名單中。謝謝你們。萬事感謝。

我還要衷心大大地感謝各地所有書商、部落客、圖書館員與故事高手，謝謝他們讓自己對文學的愛繼續熊熊燃燒，並且盡畢生之力試著為他人點燃類似的火焰。

最後，我想要感謝你，親愛的讀者。這話我已經說過，現在依然沒變——如果沒有你，我只是個瘋子，獨自坐在房間裡，整天喃喃自語。不相信的話，可以問問我的家人。

賽門・托恩

布萊頓－2021年9月

Storytella 242

不存在的受害者

Dark Objects

不存在的受害者/賽門.托尼(Simon Toyne)作；顏湘如譯. --
初版. -- 臺北市 : 春天出版國際文化有限公司, 2025.05
面 ; 公分. -- (Storytella ; 242)
譯自 : Dark Objects
ISBN 978-626-7637-84-5(平裝)

873.57 114004589

版權所有·翻印必究
本書如有缺頁破損，敬請寄回更換，謝謝。
ISBN 978-626-7637-84-5
Printed in Taiwan

Copyright © Simon Toyne 2022
Complex Chinese language edition published in agreement with Scarlet Puppy Productions Ltd c/o The Soho Agency,
acting in conjunction with Intercontinental Literary Agency Ltd, through The Grayhawk Agency.

作　者	賽門·托恩
譯　者	陳岳辰
總編輯	莊宜勳
主　編	鍾靈
出版者	春天出版國際文化有限公司
地　址	台北市大安區忠孝東路四段303號4樓之1
電　話	02-7733-4070
傳　真	02-7733-4069
E—mail	bookspring@bookspring.com.tw
網　址	http://www.bookspring.com.tw
部落格	http://blog.pixnet.net/bookspring
郵政帳號	19705538
戶　名	春天出版國際文化有限公司
出版日期	二〇二五年五月初版
定　價	499元
總經銷	楨德圖書事業有限公司
地　址	新北市新店區中興路二段196號8樓
電　話	02-8919-3186
傳　真	02-8914-5524
香港總代理	一代匯集
地　址	九龍旺角塘尾道64號 龍駒企業大廈10 B&D室
電　話	852-2783-8102
傳　真	852-2396-0050